Dr. Simon George

Ich nix lügen

Ich nix lügen
Wenn ich lügen, du mir Zunge abschneiden

Haarsträubende Rechtsfälle aus einer Anwaltskanzlei

Dr. Simon George

Impressum

Texte: © 2017 Dr. Simon George

Illustrationen: © 2017 Trận văn Mạnh

Cover: Anke Unger, Trận văn Mạnh

Herausgeberin, Lektorat: Anke Unger

Druck: BoD - Books on Demand, Norderstedt

ISBN 978-3-7431-807-34

Bibliografische Information der Deutschen Nationalbibliothek

Die Deutsche Nationalbibliothek verzeichnet diese Publikation in der Deutschen Nationalbibliografie; detaillierte bibliografische Daten sind im Internet über http://dnb.d-nb.de abrufbar.

Inhaltsverzeichnis

Vorwort	8
1. Der Räuber der AHV-Rente	11
2. Der Hühnertausch	16
3. Heirat macht frei – nicht von der Lohnzahlungs-Pflicht des Arbeitgebers	18
4. Never feed the horses you can't ride	22
5. Die Dirne mit dem Scheuermann	25
6. The house of ill fame	29
7. Die (Seiten-)sprünge von Staatsraat Sauterelle	33
8. Zwei Wohnungen und zwei Flaschen Aigle les Mureilles	38
9. Die verführten Jungfrauen	42
10. I'll be home for Christmas, if only in my dreams	45
11. Seekaviar und Lex Mitior	48
12. Ferraris, Lamborghinis und Aston Martins	52
13. Tierliebe	66
14. Zwei Hochstapler im gleichen Gefängnis	74
15. Der unbeteiligte Unfallbeteiligte	84
16. Cabaret, Affen- und Reptilienhaus	86
17. Ein Schweizer Anwalt vor dem Oberlandesgericht Thüringen	95
18. Der Fall Fall (oder der Fall des Mustafa Fall)	98
19. Der inflationäre Wert der Ehe	102
20. Der Grossbrandstifter	105
21. Was ist ehrverletzend?	112
22. Daniel Düsentrieb und Dagobert Duck beim Anwalt	115

Inhaltsverzeichnis

23. Klapprige Gebisse und wackelnde (Holz-)Beine   119
24. „Mein Freund ist ein Ästhet" oder die missglückte Schönheitsoperation   124
25. Der 87-jährige Ehebrecher   127
26. Greise am Steuer   129
27. Stronzo, Varfanculo   133
28. Die unbefleckte Empfängnis   136
29. Der Postbeamte und die Dirne aus dem Rheintal   140
30. Die Kirschdiebe und der Schütze   145
31. Das Raumschiff   148
32. Der anarchistische Kursleiter, der die Kippa verweigerte   151
33. Der Anwalt als Schweizermacher   159
34. Der Altunternehmer im Kampfanzug   161
35. Die wehrhafte Wirtin   167
36. Zitate aus dem Götz von Berlichingen   170
37. Korpsmaterial der Polizei   172
38. Zwei südamerikanische Ehefrauen   175
39. Der manische Autofahrer   182
40. Der gefrorene Yorkshire-Terrier   188
41. Ungewöhnlicher Hauskauf   192
42. Karibische Romanzen   197
43. Ein Kind ist kein Schaden   201
44. Poldi, der Travestiekünstler   204
45. Soziale Kosten des Ausbüchsens oder des Dranges „back to the roots"   208
46. Strichjungen vor Gericht   213

Inhaltsverzeichnis

47. Teurer Ausflug ins Verkehrshaus	218
48. Schuster bleib bei deinen Leisten	220
49. War es Vergewaltigung und Unzucht mit einem Kind?	225
50. Der Steuerhinterzieher	231
51. Zeugnisfähigkeit und Zuverlässigkeit	236
52. Catch as catch can	241
53. Trouble um verschwundene Menschen	246
54. Generalversammlungen und Sitzungen des Verwaltungsrates	251
55. Das Au-Pair-Mädchen aus der Westschweiz	258
56. Mit den Herren Rüdisühli und Dibeli in London	261
57. Von Dirnen, die das (Stoff-)Herz nicht am rechten Fleck tragen	265
58. Die fliegende Porschebrille	268
59. Bauernsohn heiratet Thailänderin	272
60. Feurige Eifersucht unter Latinas	277
61. Eine verdorbene Familie	280
62. Gruppenvergewaltigung	283
63. Eine Taubstumme und ein Pakistani geben sich das „Ja"-Wort	286
64. Der Geistheiler und der vietnamesische Mörder	289
65. Er leckte seinem Lehrer die Füsse	293
66. Streit um den Mietzins für ein Massageinstitut	296
Der Autor	300

Vorwort

Wenn Sie, lieber Leser, sich ohne die nachstehenden Erläuterungen ins Geschehen stürzen wollen, sei dies Ihnen unbenommen. Sie dürfen dieses Vorwort ohne weiteres überspringen. Sie könnten ohnehin nicht daran gehindert werden. Immerhin gibt es hier einige Erklärungen, welche der Autor Ihnen mitgeben möchte und die für Sie in der nachfolgenden Lektüre nützlich oder interessant sein können, weshalb auch dieser Abschnitt Ihnen zum Lesen empfohlen wird.

Die nachstehenden Geschichten sind Fälle aus dem täglichen Berufsleben eines Rechtsanwaltes, dessen Tätigkeit ein Spiegelbild des Alltags seiner Klienten aus den unterschiedlichsten sozialen Schichten in den verschiedensten Lebenslagen ist.

Die Geschichten spiegeln das Leben in seiner Widersprüchlichkeit, seinem (zum Teil unfreiwilligen) Humor, seiner Absurdität und seiner Schicksalshaftigkeit.

Der Anwalt ist oft nicht nur der Rechtsberater seines Klienten, sondern dessen Coach in allen Lebenslagen, indirekter Teilhaber an dessen Schicksal und Lösungssucher und -helfer, wobei er sich immer auf einer Gratwanderung zwischen Empathie in seiner Helferrolle einerseits und der Schaffung der notwendigen Distanz zum Klienten andererseits befindet, welche für eine erfolgreiche Mandatsführung erforderlich ist. Er muss sich immer wieder den dafür nötigen Abstand verschaffen, sonst riskiert er, sich zu verlieren, betriebs- oder fallblind zu werden und nicht mehr als

Betreuer seines Klienten, sondern ausschliesslich als sein Sprachrohr, als „his masters voice" zu agieren.

Der Anwalt hat oft kreativ mit Akten und Fakten umzugehen und sie nicht immer so zu interpretieren, wie der Klient sie sieht, sondern so, dass sie dem Richter, der Behörde oder einem Dritten eine Subsumptions- oder Interpretationshilfe bieten. Es kommt vor, dass er seinen Adressaten Aspekte suggeriert, welche im Interesse des Klienten sind, aber von diesem nicht immer ganz verstanden oder geteilt werden. Dieser würde vielleicht seinen Standpunkt anders darlegen. Der Anwalt wird deshalb im Volksmund manchmal als „Wahrheitsverdreher" betitelt. Wer von Wahheitsverdrehung spricht, der setzt voraus, dass es in jedem Sachverhalt eine objektive Wahrheit gibt. Eine solche gibt es aber oft kaum. Meistens gibt es nur Sichtweisen, herrschende Sichtweisen, stringente Sichtweisen, geteilte Sichtweisen, abweichende Sichtweisen, unrealistische Sichtweisen, absurde Sichtweisen, und so weiter. Was aber nicht ist, kann nicht verdreht werden. Der Anwalt muss den Fall in einer Optik darstellen, welche die grösstmögliche Chance zum Erfolg, das heisst zur Durchsetzung der Interessen seines Klienten bietet. Er muss eine Erklärung seines Klienten und dessen Verhalten präsentieren, die dem Richter selbst logisch und plausibel erscheint und ihn damit auf eine schlüssige rechtliche Subsumption hinführt.

Müssen in Straffällen die Person des Klienten, seine Motive und sein Vorleben geschildert werden, so gilt es das hervorzuheben, was ihn besonders sympathisch oder weniger unsympathisch macht. Der Anwalt muss ihn dem sozialen Umfeld des Richters näher bringen, die Motive des Klienten erklären und verständlich machen. Denn, wenn der Richter die Beweggründe versteht und er sogar eine gewisse Sympathie für den Täter empfindet, ist er eher geneigt, ein milderes Urteil zu fällen. So wird auch die Empathie im Richter angerufen, denn diese ist vor allem dann wichtig, wenn er über ein Strafmass entscheiden muss. Bei alledem kann die anwaltliche Tätigkeit sehr kreativ sein. Maître Verges, einer der berühmtesten Strafverteidiger Frankreichs, hat dazu vor Jahren in einem Interview im deutschen „Spiegel" erklärt: „Ein Anwalt agiert wie ein Gesichtschirurg. Er verpasst seinem Patienten ein möglichst angenehmes Äusseres." Dieser Vergleich ist zutreffend. Der Anwalt präsentiert eine Person vorteilhaft, damit er einen Erfolg im Sinne eines Freispruchs oder einer möglichst milden Strafe erzielen kann. Ähnlich präsentieren sich häufig auch Zivilfälle, beispielsweise Scheidungen, überall dort, wo persönliche und nicht nur rein rechtliche Fragen im Vordergrund stehen.

Die folgenden anekdotisch geschilderten Fälle sollen der Unterhaltung und der Erbauung des Lesers dienen. Sie haben sich mit kleinen Änderungen, welche der Autor aus Persönlichkeitsschutzgründen vorgenommen hat - so sind Namen, Nationalitäten und persönliche Daten geändert worden -, wirklich zugetragen. Natürlich hat er die wahren Begebenheiten aus einiger Distanz als Anwalt und mit dem ihm eigenen Sinn für deren absurde und humoristische Facetten geschildert. Mit diesem Sinn betrachtet empfiehlt sich dieses Buch als erbauliche Unterhaltung für den Leser, wenn auch für die Betroffenen leider der Ernst ihres Erlebnisses überwogen haben mag und ihr Schicksal nur zum Teil und erst in der Retrospektive zur Geschichte oder gar zur komischen oder lustigen Geschichte wurde.

Dr. Simon George

1. Der Räuber der AHV-Rente

Der Täter war IV-Rentner. Er besass keinen Führerschein und kein Auto, aber er war stolzer Inhaber eines frisierten Motorfahrrades, womit er leidlich vorankam. Dieses verhalf ihm auch zur erfolgreichen, wenn auch nicht geräuschlosen Flucht nach seiner ersten vollendeten Tat. Obwohl damals noch keine Helmpflicht für Motorfahrräder bestand, trug er bei der Fahrt immer einen auffälligen blauen Helm, auch zum Schutz im Falle einer seiner epileptischen Anfälle.

Er machte sich in einer Nacht in seinem Dorf auf den Weg in der Absicht, seine IV-Rente aufzubessern, und stattete zu mitternächtlicher Stunde der etwas heruntergekommenen und chaotischen Behausung eines alleinstehenden AHV-Rentners eine Visite ab. Der Täter behielt den blauen Helm auf, obwohl er kein UNO-Soldat auf Friedensmission war. Vielleicht tat er dies zur Tarnung, wohl eher aber zufälligerweise. Zur Camouflage war er nämlich ungeeignet, denn er war wie erwähnt auffallend schrill blau, nicht integral und hatte kein Visier.

Der Blauhelm versuchte vorerst, durch den Vordereingang des alten Hauses einzudringen und, als er diesen abgesperrt fand, schlich er ums Haus, stieg eine Aussentreppe hoch, drückte die Türklinke des unverschlossenen Hintereingangs und schlich ins Haus. Er konnte den mitgebrachten Hammer und den Stechbeitel unbenutzt bei der Türe liegenlassen. Mit einer Taschenlampe suchte er die Räume im Parterre ab, wo er sich durch ein riesiges

Durcheinander von Gartengeräten, Schläuchen, Gabeln, Drähten, Kabelbindern, Werkzeugen, Farbtöpfen, Hobel- und anderen Werkbänken kämpfte. Er schlich die Treppe hoch ins erste Geschoss, in einen kombinierten Koch-, Ess- und Messieraum, voller Speiseresten in schmutzigem Geschirr, welches auf den Abwasch des Hausherren, respektive nächtlicher Heinzelmännchen wartete. Auf einem Tisch befand sich ein Durcheinander von Dokumenten, Papieren und unerledigtem Bürokram.

Dann folgte er einem quietschenden, sägenden Schnarchgeräusch ins Obergeschoss, Hundegebell war zum Glück keines zu hören und er stand unvermittelt vor einem Bett mit schnarchendem Inhalt, den er unsanft wach schüttelte. Der Master of Disaster erwachte langsam aus seiner schweren Agonie und fragte schlaftrunken: „Was willst du?"
„Dein Geld", war die schroffe Antwort.
„Ich habe keins", erwiderte der Alte kleinlaut. „Dann gehen wir eben suchen", antwortete der Blauhelm und komplimentierte sein Opfer aus dem Bett, worauf die beiden mit einer mehr oder weniger systematischen Hausdurchsuchung begannen, was sich angesichts des Tohuwabohus als kein leichtes Unterfangen herausstellte. Sie suchten erst im zweiten Obergeschoss, dann im ersten und zuletzt im Erdgeschoss.

Einträglich war die Hausdurchsuchung nicht. Die liquiden Mittel des AHV-Rentners waren beinahe aufgebraucht und an Speiseresten hatte der Blauhelm kein Interesse. Er hatte ein ungünstiges Datum für den Hausbesuch gewählt, nämlich ein Monatsende. Die AHV wird in der Regel aber erst am Monatsbeginn für den Vormonat ausbezahlt. Messie liess sie sich damals noch von der Post schicken und hatte kein Postkonto.

Lediglich auf dem Küchentisch zwischen einem angebissenen Konfiturebrot und einer halb ausgetrunkenen Tasse Kaffee fanden sich in einem weissen Plastikbecher 17 Franken und 50 Rappen an Münzgeld, welche Blauhelm einstrich.

Der Einbrecher schimpfte über die mangelnde Liquidität des Hausherrn, nachdem weiter nichts Geldwertes mehr zu finden war und dieser beklagte fast sich selbst entschuldigend, dass die
AHV halt erst anfangs des nächsten Monats kommen würde, worauf der Einbrecher erklärte, er komme wieder, wenn mehr Geld da sei. Er überliess den Alten seinem Schicksal, stieg die Treppe hinunter und verschwand diesmal durch die Vordertür. Er schwang sich aufs Mofa und donnerte so geräuschvoll davon, dass ein aufmerksamer Beobachter und Lauscher den Fluchtweg fast bis zum Wohnort des Täters hätte akustisch verfolgen können. Der Alte hatte ihm zuvor noch nachgerufen: „Muesch nüme cho"! Ein Rat, den Blauhelm nicht befolgen würde.

Zum mutmasslichen Datum der Auszahlung der Rente kehrte Blauhelm an den Ort der bösen Tat zurück und die nämliche Prozedur wiederholte sich. Er schlich in das Obergeschoss, weckte den Schnarchenden, welcher erschreckt hochfuhr und rief: „Ah du bisches wieder".
Auch diesmal schüttelte er ihn aus den Federn zwecks Hausdurchsuchung. Diesmal war sie ertragsreicher und der Einbrecher machte sich mit ein paar Hundert Franken davon - oder wollte sich davon machen. Denn weit kam er nicht. Er wurde in flagranti ertappt. Kaum hatte er sein frisiertes Mofa gestartet, stand ein Streifenwagen der Polizei vor ihm. Zwei Polizisten stellten ihn, legten ihm Handschellen an, beschlagnahmten sein Höllenmotorfahrrad und verlegten ihn nach der Konfiskation des Diebesgutes in die Untersuchungshaft. Das nächtliche Licht im

Hause des Alten war den Nachbarn aufgefallen und sie hatten die Polizei avisiert. Der Alte hatte ihnen vom nächtlichen Unheil und dessen möglicher Wiederholung in der Woche zuvor berichtet.

Die Gerichtsverhandlung fand in einem alten ehrwürdigen Gerichtsgebäude im Rokokostil statt. Viele Schnörkel verzierten die Treppengeländer, die Möbel und die Stuckaturen an den Decken. Der ganze Prunkbau war in süssem Rosa gehalten. Das Verhandlungsthema hingegen war weniger feierlich und für den Angeklagten peinlich, hatte er doch sogar als Dieb versagt. Das Opfer, der Messie, hinterliess mit seinem fünf-Tage-Bart und seinen schlecht sitzenden Brockenhauskleidern einen ebenso wenig würdigen Eindruck. Ich hatte dem Gericht zur Erbauung der anwesenden Zuschauer und der in solchen Fällen gerne anwesenden Boulevardpresse die komische Geschichte ein wenig ausgeschmückt wiedergegeben und den Ablauf der Diebstähle mit einem Slapstick aus einem schlechten Film verglichen. Zur Belustigung habe ich die Dialoge der Akteure im Plädoyer in direkter Rede und in Nachahmung des Originaltons wiedergegeben, was beim Publikum heiteres Gelächter auslöste. Die Pressevertreter wollten natürlich mein Manuskript haben. In einer Boulevardzeitung wurde mein Plädoyer fast wörtlich abgedruckt und mit einer deftigen Karikatur illustriert. Das Gericht fand den Vortrag allerdings weniger lustig, und goutierte vor allem meinen Vergleich dieser Vorfälle mit Slapsticks von Laurel and Hardy nicht - obwohl die Richter in der geheimen Urteilsberatung gelacht und geschmunzelt hatten, wie ich später auf offiziösem Weg durch den Gerichtspräsidenten erfuhr. Ihr Amusement durften die Richter aber in ihrer mündlichen Begründung nicht zugeben, denn der Richter hat eine moralische Verantwortung gegenüber dem Opfer, dem Täter und der Öffentlichkeit, er muss präventiv auf den Täter einwirken und er darf sich in einer

Urteilsbegründung nicht belustigt zeigen, auch wenn er den Tathergang als komisch empfindet. So musste das Gericht bei der Befragung des Alten Contenance bewahren und durfte ob seiner naiven dümmlichen Bemerkungen nicht lachen. Es war seine Aufgabe, dem vor Scham rot angelaufenen Blauhelm, der weitgehend schwieg, wie der Sankt Nikolaus ins Gewissen zu reden.

Letztendlich erhielt der Blauhelm eine gerechte Strafe und hütete sich künftig, auf die vorgefallene Art seine IV aufzubessern. Allerdings gelang die Individualprävention nicht zu 100%, wie der nachfolgende, nicht strafrechtlich geahndete Fall zeigt, von dem ich später erfuhr.

2. Der Hühnertausch

Künftig war der Blauhelm beim sich Verschaffen eines persönlichen Vorteils vorsichtiger in der Auswahl seiner Opfer und Taten. Einmal haben er und sein bester Freund beschlossen, die Bestände ihrer Hühnerställe zu verjüngen. Die Zeit war knapp bis zu Ostern, der Hauptsaison für den Absatz der Eier von Legehennen. Also musste alles unternommen werden, die Produktionslücke möglichst schnell auszufüllen. Natürlich hatten sie die Absicht, in ihren Ställen das Wachstum der Küken mit Hormonen anzutreiben. Aber Blauhelm wollte mit einem schnellen Start seinem Hühnerstall einen möglichst grossen Vorsprung gegenüber seinem Freund verschaffen. Dies gelang ihm Dank seines Invalidenrentnerstatus. Da sein Freund während der Woche der Arbeit nachgehen musste, beauftragte er den Blauhelm nämlich damit, auch für ihn zwei Dutzend Küken einzukaufen, was dieser wie vereinbart tat. Nach dem Kauf prüfte Blauhelm die Akquisitionen akribisch. Dabei fielen ihm die unterschiedlichen Grössen der Jungtiere auf. Und er fand es ungerecht, dass auch in seinem Karton sich weniger entwickelte Jungtiere neben kräftigeren befanden. Dem schuf er Abhilfe, indem er kleine Küken aus seinem Karton gegen grosse aus dem Karton seines Freundes Zug um Zug tauschte, mit der Folge, dass er seinem Freund am Abend 24 Leichtgewichte ablieferte, während er in seinem Stall die Gesunden und Kräftigen aussetzte.

Der Schwindel blieb nicht lange unentdeckt. Ein Verdacht, den der Freund schon am Abend der Auslieferung hegte, bestätigte sich anlässlich seiner nächsten Stallvisite beim Blauhelm am folgenden Samstag. Der Grössenunterschied der Küken war frappant und wurde vom Freund sofort angesprochen. Er lasse sich nicht mit der zweiten Qualität der Küken abspeisen, erklärte er, während der

Schlaumeier die erste Auslese für sich behalte. Das Schlitzohr zeigte alsbald Reue und war bereit, eine neuerliche, diesmal gerechtere Rochade vorzunehmen. Geschadet hat der Hühnertausch der Freundschaft der beiden dank der Grossherzigkeit des Übervorteilten nicht und sie blieben Freunde bis zu Blauhelms Rückreise in sein Heimatland ein paar Jahre später. Jahre, die er ohne noch einmal straffällig zu werden überstand.

3. Heirat macht frei - nicht von der Lohnzahlungspflicht des Arbeitgebers

Ein Marktfahrer war der Meinung, dass er seiner Angestellten, die er ehelichte, nach Eingang der Ehe keinen Arbeitslohn mehr bezahlen müsse und er erklärte ihr nach der Hochzeit: „Jetzt sind wir verheiratet, damit bin ich nicht mehr dein Arbeitgeber sondern dein Ehemann und muss dir keinen Lohn mehr zahlen." Eine Logik die sie, eine Asiatin, zwar vorerst stoisch hinnahm, aber zurecht nicht verstand, denn mit der Eingehung einer Ehe zwischen dem Arbeitgeber und der Arbeitnehmerin wird der Arbeitsvertrag nicht einfach aufgehoben.
Nach kurzer Zeit, zur kältesten Winterzeit, suchte sie mich in meiner Kanzlei auf und klagte mir ihr Leid:
„Dr. George, mein Husband böse, seit Heirat, er mir keine Lohn zahlen. Ich kein Geld zum Einkaufen. Er mir die Fahrradnummer abschrauben, damit ich nicht mit Fahrrad herumfahren soll. Ich aber trotzdem fahren. Ich will scheiden. Er sowieso haben neue Frau in Thailand. Ich will meine Geld und meine Lohn und andere Arbeit machen."
„Haben Sie Kinder?", fragte ich.
„In Thailand schon Kinder haben. Aber von andere Mann. Diese schon gross. Mit diese Mann keine Kinder nur Heirat," war ihre Antwort. Zur Zeit wohnte sie bei ihrem Noch-Ehemann in einem kleinen Dorf 15 km von meiner Kanzlei. Sie war Ende Dreissig, zierlich, fürs Alter hübsch, Analphabetin. Wie sie den Weg in meine Kanzlei gefunden hatte, war mir unbekannt. Vielleicht hatte sie eine frühere Ehefrau gefragt, wer der Anwalt gewesen sei, welcher sie in der Scheidung vertreten habe, oder vielleicht hatte der Ehemann so viel über mich geflucht, dass sie gefunden hat, ich wäre der Richtige.

Mir war ihr Ehemann aus früheren Scheidungsfällen bekannt. Er war ein Liebhaber asiatischer Frauen und ehelichte öfters eine solche, wobei er in der Regel das Angenehme mit dem Nützlichen verband und die jeweilige Liebe und spätere Ehefrau bei sich arbeiten liess. Bei den Vorgängerinnen hatte er es gleich gehalten. Er verliebte sich in sie, stellte sie an, heiratete sie, unter Streichung des Arbeitslohnes, leitete nach einer Weile die Scheidung ein und schickte sie zurück, woher sie gekommen war.

Früher hatte er auch Erfahrungen mit Frauen anderer Herkunft. So war er mit einer Landsmännin verheiratet gewesen, von der er sich in einer kostspieligen Scheidung erlösen musste. Geläutert von Engagements mit Schweizerinnen, schwebten seine Interessen vorerst ins nähere, später ins fernere Ausland. Mit Erfolg, was die Anzahl der Beziehungen, aber mit Misserfolg, was deren Dauer anbelangte. Die Erweiterung seiner ehelichen Beziehungen über die Landesgrenze hinaus führte aber nicht zur Erweiterung seiner geografischen Kenntnisse und seines kulturellen Horizonts. Das ethnische Umfeld seiner Ehefrauen interessierte und kümmerte ihn wenig. So hatte er in einem Nachtclub eine Tanzkünstlerin aus der Dominikanischen Republik kennengelernt und geheiratet, ohne auch nur den Hauch einer Ahnung zu haben, wo dieses Land liegt. Da sie schwarz war, hatte er vermutet, dass sie aus einem afrikanischen Staat oder irgend einem Homeland von Südafrika stamme. Aber so wichtig erschien ihm das auch wieder nicht. Erst als seine Frau eine Passverlängerung brauchte und er zufällig ihr Land googelte und bei Wikipedia forschte, fand er heraus, dass er sich bei der Herkunft seiner Frau im Kontinent geirrt hatte. Ein Irrtum, der ihn nicht störte, solange sie ihm gegenüber ihre Dienste versah. Dies war irgendwann dann nicht mehr der Fall, weshalb der Marktfahrer seine heiratspolitischen Ufer nach Asien ausdehnte.

Zurück zu meiner Klientin. Auf dem Rückweg traf ich sie vor der Kanzlei im winterlichen Schneematsch ohne Wintermantel. Sie schlotterte erbärmlich, als ich 20 Minuten nach der Besprechung die Kanzlei verliess. Vom Taxi, das sie bestellt hatte, war keine Spur. Die sie erlösende Heimfahrt wurde dann durch die Anwaltssekretärinnen organisiert.

Dieser Vorfall passte exakt ins Bild dieser Ehe. So liess er sie nicht genau wissen, wo ihr vorehelicher Lohn thesauriert war. Er sprach kein Deutsch, sondern nur Pidgin-Englisch mit ihr. Auf meine Frage, wo sie ihr Geld deponiert habe, antwortete sie: „In a small bank". Dies löste wegen des Bankgeheimnisses eine komplizierte Umfrage von mir bei den Banken aus. Glücklicherweise habe ich bei der Angabe "in a small bank" nicht an eine Grossbank gedacht, sondern an die Raiffeisenbank und die Kantonalbank und wurde, da ich deren Verwalter kannte, bald fündig. Mindestens war die Frau nicht mittellos. Ihr Lohn aus früherer Arbeit war noch da und nicht vom Ehemann verbraucht.

Bei der güterrechtlichen Auseinandersetzung glaubte der Ehemann, er sei besonders grosszügig, als er seiner Frau ihre Kleider beschauend erklärte: „You can have your clothes for free." Offensichtlich war allerdings kein Wintermantel dabei. Weniger grosszügig war er bei der Finanzierung ihrer Rückreise, als er erklärte: „I will pay you one way ticket to your country."
Sie antwortete: „I want to have return ticket."
Sein Einwand lautete: „What do you want to do in Europe. You are lost without me here?"
Worauf sie im Unterton der Entrüstung zurückgab: „No problem I can work, I have pussy."

Darauf wandte ich ein Schmunzeln unterdrückend ein: „Ja, dieses Arbeitswerkzeug müssen Sie ihrer Frau überlassen, dieses können Sie ihr nicht wegnehmen. Dies ist ein überzeugendes Argument, ihr ein Rückflugticket zu finanzieren, zumal es nicht viel mehr kostet als ein Hinflugticket."
Darauf lenkte der Mann grosszügig ein, sie erhielt das Rückflugticket, kam nach der Scheidung zurück, nahm aber angesichts der Tatsache, dass sie bald das kanonische Alter erreichen würde, auf mein Anraten zwar nicht den Beruf einer Pfarreiköchin, aber denjenigen einer Raumpflegerin in einem öffentlich-rechtlichen Betrieb an, wo sie sehr beliebt war. Der Gang (oder die Rückkehr) ins horizontale Gewerbe blieb ihr so erspart.

Ihren Arbeitslohn konnte sie natürlich behalten. Aber da die Ehe nur kurze Zeit gedauert hatte und keine Kinder daraus hervorgegangen waren, musste er ihr nur eine kurze Übergangsrente zahlen und kam wie schon öfters zuvor und danach um grössere Unterhaltszahlungen herum.

Der Ehemann trieb sein Heiratsunwesen weiter mit weiteren Asiatinnen. Eine überlebte ihn, erbte sein doch ansehnliches Vermögen und kam in den Genuss einer Witwenrente. Für sie hatte sich die Heirat zumindest materiell gelohnt, mithin war sie zur rechten Zeit am richtigen Ort.

4. Never feed the horses you can't ride.

Das Zitat im Titel wird John Wayne zugeschrieben, entspricht aber wohl eher einer alten Cowboy-Weisheit. Der Abschnitt vier handelt wie der Abschnitt drei von Männern, die sich bezüglich der Behandlung ihrer Familien weniger an Eherecht und Ethik, sondern mehr an Tierhaltungsmethoden vor Einführung des Tierschutzgesetzes orientieren.

Der hier beschriebene Herr wusste im Gegensatz zu jenem im vorherigen Fall genau, woher seine Frauen stammten, denn er hatte sie jeweils vor Ort, d.h. in Brasilien rekrutiert, wobei ihm weniger hohe Intelligenz, sondern besonders üppige Formen wichtig waren. Und, wenn diese noch üppiger oder schlaffer wurden und ihm nicht mehr gefielen, schickte er seine Frauen in die Wüste, drehte er ihnen den Geldhahn zu und ging auf neue Scoutingtour nach Südamerika, wie ein Fussballtrainer. Wobei er dabei weniger im Maracana-Stadion als vielmehr in düsteren Lokalen herum pirschte.

Im Falle des hier beschriebenen Opfers hatte er die Rechnung allerdings ohne den Wirt, oder konkreter ohne den von der Fürsorge eingesetzten Offizialanwalt, Dr. George, gemacht.

Seine Ehefrau war ihm, obwohl auch er kein Schwergewichtsringer des Intellekts war, intelligenzmässig stark unterlegen. Sie war annähernd debil, und nicht nur sprachlich nicht in der Lage, die einfachsten Dinge des Lebens zu bewältigen. Als er sie nach erfolgreichem Scouting einer neuen Anwärterin in Südamerika aus der Wohnung geworfen hatte, fand sie kein existenzielles Einkommen. Eigentlich hätte er für sie aufkommen müssen. Aber über Jahre hatte es die Fürsorgebehörde, welche die Frau betreut hatte, versäumt, entsprechende Forderungen an ihn zu stellen. Sie konnte nicht einmal als Putzfrau arbeiten und wurde von der Gemeinde in einem sozialen Beschäftigungsprogramm eingesetzt, wo sie unter Aufsicht Büros putzte und wo ihr beispielsweise erklärt werden musste, dass sie nur Frischblumen, nicht aber Seidenblumen zu tränken hatte. Sie erhielt Unterstützung von der Fürsorge, welche ihr auch eine Einzimmerwohnung zugewiesen hatte, wo sie meist allein, aber, wenn sie das Besuchsrecht ihrer Kinder ausüben konnte, mit ihrem 19-jährigen Sohn und der 20-jährigen Tochter hauste. Zustände, wie sie in der Schweiz sonst nicht vorkommen. Die Fürsorge fand diese Situation aus Kostengründen allerdings nicht unhaltbar, war aber doch froh, dass ich mich erfolgreich für deren Verbesserung einsetzte.

Als der Schürzenjäger mit einer neuen Trophäe aus Südamerika angereist war, klagte er auf Scheidung und wollte seine Ehefrau definitiv loswerden. Ich schilderte dem Gericht in drastischen Worten, dass der Trophäenjäger in Intervallen immer neue Frauen aus Südamerika importiere, solange sie ihm gefielen füttere und sie danach, wie das Kind ein altes Stofftier, wegstelle und sie der Fürsorge für die kostenträchtige Entsorgung überlasse, was nicht Sinn des Sozialstaates sei. Er handle nach dem Lebensprinzip, welches John Wayne nachgesagt werde und laute: „Never feed the horses you can't ride." Der Mann habe der Frau bis zu deren Eintritt ins AHV-Alter einen angemessenen Unterhaltsbeitrag zu bezahlen und ihr einen Teil seines Vermögens abzutreten unter Bestellung eines amtlichen Vermögensbeistandes für die Frau.

Der Scout for girls (natürlich nicht der Girlscout) und sein Anwalt protestierten an der Gerichtsverhandlung und zeigten wenig

Verständnis für die Anliegen der scheidenden Frau. Zu guter Letzt erklärte ich dem Gericht, dass man diese Frau nicht wie ein Kamel in die Wüste schicken könne. Das Gericht hatte Verständnis für dieses Argumente und schützte meine Begehren. Auch die Fürsorgebehörde war hocherfreut, denn die bisherige Unterstützung der Frau hatte bereits ein grosses Loch in die Fürsorgekasse gerissen, welches auf diese Weise wieder aufgefüllt werden konnte und der Prozessgewinn reichte sogar aus, Rücklagen für künftige Kosten zu bilden. Das erstrittene Kapital wurde ihrem Beistand zur Verwaltung übergeben. Sie hätte das Papiergeld wie die Papierblumen wohl täglich gegossen, ohne dass es gewachsen wäre oder sie hätte es noch weniger sinnvoll verwendet.

5. Die Dirne mit dem Scheuermann

Die Dirne war ca. 50 Jahre alt und blickte beim ersten Termin bei Dr. George auf stolze 34 Jahre einschlägige Berufserfahrung im horizontalen Gewerbe zurück. Offensichtlich hatte sie in dieser langen Zeit ihren Rücken gehörig gescheuert. Sie kam in die Anwaltskanzlei, weil sie chronisch unter starken Rückenschmerzen litt und eine Invalidenrente beantragen wollte. Sie erklärte, sie leide an einem Scheuermann.

Die Bezeichnung Scheuermann kommt nun allerdings nicht von scheuern, sondern vom Erstbeschreiber einer Krankheit, dem dänischen Radiologen Holger Werfel Scheuermann (Siehe Wikipedia unter Scheuermann). „Scheuermann" war daher, anders als die Dirne meinte, nicht die richtige Diagnose für den durch ihre Tätigkeit „abgescheuerten" Rücken. Dass der Rücken hier besonders gescheuert würde, stünde im übrigen auch nicht zu vermuten, denn bei dieser Tätigkeit gibt es andere Körperteile, die viel eher und schneller der Abscheuerung unterliegen, als der Rücken. Zudem würde diese Art der Missbildung der Wirbelsäule von den Ärzten kaum als berufskausal betrachtet werden. Die Scheuermankrankheit ist in der Regel, anders als die Dame meinte, Folge einer juvenilen Wachstumsstörung. IV-technisch handelte es sich dabei also nicht um eine Berufskrankheit. Wenn man allenfalls noch von einer Berufskausalität hätte sprechen können, dann deshalb, weil die Dirne ihren Beruf im zarten Alter von 16 Jahren, also im Zeitpunkt des juvenilen Wachstumsstadiums der Wirbelsäule, aufgenommen hatte und der Scheuermann allenfalls als Spätfolge ihrer anfänglichen beruflichen Tätigkeit zu sehen war.

Mir war schnell klar, dass ich bei der IV-Behörde nicht argumentieren konnte, die Dirne leide an einer Berufskrankheit wie beispielsweise ein Bäcker an einer Mehlallergie oder ein Giesser an einer Staublunge, typische Berufskrankheiten, bei denen Erfolgschancen auf Zusprechung einer Rente bestand. Eine berufstypische Krankheit bei Dirnen wurde in Judikatur und Doktrin nie beschrieben und auch nie anerkannt. Auch war damals nicht so klar, ob die Tätigkeit einer Dirne überhaupt ein Beruf ist und ob die Unmöglichkeit von deren Ausübung einen materiellen Schaden im Sinne des IV-Gesetzes und der entsprechenden Verordnung darstellte. Immerhin ist der Dirnenlohn zivilrechtlich nicht einklagbar, weil die Tätigkeit als Dirne als sittenwidrig gilt. Dies alles legte ich meiner Klientin dar und kam zum Schluss, dass sie, auch wenn sie derart am Rücken leide, kaum eine Chance auf eine Rente habe. „Ja, was soll ich dann machen?", war ihre Frage und meine Antwort: „Wechseln sie den Beruf! Oder mindestens die Stellung bei der Arbeit, sodass ihr Rücken weniger beansprucht wird. Sie erreichen ohnehin bald das Alter, das sie zwingt, einer anderen Tätigkeit, wie Raumpflegerin, Hilfspflegerin, Hundeausführerin etc. nachzugehen. Jedenfalls sollte es eine Tätigkeit sein, welche ihren Rücken weniger belastet als jene im horizontalen Gewerbe."

Die Frage, die sich weiter stellte, war, ob die IV eine Umschulung akzeptieren würde. An sich setzte eine Umschulung eine frühere Berufsschulung voraus. Eine solche hatte sie nicht. Allerdings ist die IV nicht so kleinlich und grammatikalisch in der Auslegung des Begriffs Umschulung. Deshalb schlug ich ihr vor, einen Antrag auf Umschulung zu stellen, doch sie wollte, offenbar nach dem Sprichwort, Schuster bleib bei deinen Leisten, den Beruf partout nicht ändern. Die Dirne wollte also bei ihren Freiern bleiben, dachte aber, die Praktiken, Techniken und

Arbeitsstellungen zu verändern, sodass sie weniger physischen Belastungen und vor allem nur kleineren Belastungen des Rückens ausgesetzt sein würde. Später wurde noch ihre Frage des Erhalts einer Arbeitslosenunterstützung erörtert und verworfen, nachdem ich ihr erklärt hatte, eine solche käme nicht in Frage. Nachdem sie selbständig erwerbstätig gewesen sei, habe sie keinen Anspruch auf Arbeitslosengelder. Auch als Unselbständige hätte sie keinen solchen, da ihr Erwerb und das damit verbundene Einkommen unsittlich gewesen sei.

Im Verlaufe des weiteren Brainstormings meinte ich dann, sie könne bei ihrer weiteren Dirnentätigkeit sich wechselbelastend beschäftigen. Eine wechselbelastende Tätigkeit würden die IV-Ärzte jeweils den Patienten in ihren Gutachten auch vorschlagen. Das heisse im Klartext, dass sie mit ihren Kunden jeweils nach kurzer Zeit die Position und die Stellung ändere und einmal sitzend und dann wieder stehend also wechselbelastend verkehre. Mit anderen Worten, solle sie bei ihrem Job das Kamasutra durchspielen.

An den nächsten Anwaltstermin kam sie hocherfreut und erklärte mir die Umsetzung einer veränderten Tätigkeit. Sie habe sich ein Sado-Maso-Gerät bauen lassen.
„Ja, wie funktioniert dieses denn", fragte ich.
„Ganz einfach," war die Antwort, „Der Kunde läutet an der Tür. Ich öffne und befehle: „Wirf 300 Franken auf den Boden. Jetzt bist du ein Hund. Fass das Geld mit deiner Schnauze, aber zerbeiss es nicht. Jetzt gehst du die Treppe hoch auf allen vier Pfoten ohne zu bellen, sonst verlierst du nämlich das Geld. Dort machst du Männchen, stehst in den aufgestellten Holzrahmen und ich binde deine Hinter- und den linken Vorderpfoten an den Holzrahmen, wenn du Rechtshänder bist."

Vorne sei ein grosser Spiegel. Sie stelle sich mit Lederstiefeln, Ledercorselage und Reitgerte hinter ihn und triebe ihn, ihm durch den Spiegel streng in die Augen blickend, an, kräftig Hand an sich zu legen, bis er auf den Boden ejakuliere. Dann werde er ausgespannt und habe dem Befehl zu folgen: „Jetzt leck das vom Boden auf".

Anerkennend stellte ich fest, dass die kreative Idee mit dem Sado-Maso-Gerät wohl die Lösung für Ihre Beschwerden wie auch für ihren Geldbeutel sei und sie zudem damit die Kassen der IV entlaste. Immerhin sei dabei festzustellen, dass sich die Freier dieser Prozedur freiwillig unterziehen würden und wegen Einwilligung des Verletzten auch keine Tätlichkeit oder Körperverletzung an ihnen begangen würde. Die Dirne kam nie wieder in die Anwaltskanzlei, weshalb ich annahm, sie habe sich keine neue Berufskrankheit, wie z.B. einen Tennisarm vom Peitschen zugezogen.

6. The house of ill fame

Die Bezeichnung, „the house of ill fame" trifft auf eine Bar/Dorfbeiz in einem kleinen gemütlichen Ostschweizer Dorf bis heute noch zu. Sie war einmal eine anständige Dorfbeiz in der Nähe des örtlichen Bahnhofes, wo sich die Männerriege, die Dorfmusik und der Damenchor zum Stamm und zu den Vereinsanlässen trafen, wie auch die Mitglieder der Käsereigenossenschaft nach dem Milchzahltag, wenn sie den Abend bei ein paar Bieren ausklingen liessen. Zu Hause wurden bei den Bauern nur die Eigenprodukte Saft und Süssmost getrunken, denn das Dorf liegt in Mostindien.

Seit einem Vorfall allerdings war die Dorfbeiz mit einem Fluch belastet. Im Besenschrank im oberen Stock des Lokals wurde nämlich die Leiche einer Dame aus der Karibik gefunden. Was sie dort genau getan hatte, bevor sie verblich, und wie sie in den Besenschrank kam, wurde nie richtig abgeklärt. Mindestens wurde dies den Dorfbewohnern nie mitgeteilt. Es jagten sich Gerüchte, sie habe dort nicht geputzt und sei nicht deshalb in den Besenschrank gelangt. Sie sei dort im Kunstgewerbe als Tänzerin und in der Freizeit im Gunstgewerbe als Dirne tätig gewesen. Aber das waren keine Erklärungen dafür, wie sie in die verschlossene Besenkammer gekommen war. Da sie keine Entfesselungskünstlerin war, dürfte sie nicht im Rahmen einer Probe freiwillig dort hineingelangt sein, ohne sich wieder befreien zu können. Ein Unfall konnte es also nicht sein.

Ob es Mord oder Selbstmord, Erstickungstod oder Tod durch Putzmittelvergiftung im Besenschrank war, blieb nach Wissen der Bevölkerung bis heute ungeklärt.

Es gab seit einiger Zeit Gerüchte, wonach in diesem oberen Stock der Dorfbeiz sich Dirnen herumtreiben würden. Im unteren Stock war neben der Dorfbeiz eine Bar eingerichtet worden. Der

Damenchor verkehrte mittlerweile nicht mehr dort, er hatte schon vor einiger Zeit ein neues Stammlokal gefunden. Die Männervereine blieben aber weiterhin dort, wobei immer intensiver geflüstert wurde, sie täten dies nicht nur, um ihre Vereinsangelegenheiten zu erledigen, sondern auch, um die Bar zu besuchen, wo sich immer mehr Frischfleisch herumtrieb. Die Ehefrauen sahen diesem Treiben nicht gerne zu und manch eine verbot ihrem Mann den Besuch der Bar.

Die Wirte gaben sich die Türklinke, wurden immer offensiver und es entstand mit der Zeit eine Kontaktbar. Die Geschäftsideen ihrer Betreiber wurden immer gewagter. So wurde im Erdgeschoss zwischen der eigentlichen Bar und der Dorfbeiz, welche halbwegs getrennt waren, eine Rodeoanlage errichtet. Eine Anlage wie in Texas, die man besteigen kann und auf deren Sattel man möglichst lange ausharren muss, während der künstliche Stier immer wildere Bewegungen und Verrenkungen vollbringt, um den Reiter abzuwerfen. Vorliegend sah aber das Gerät nicht wie ein Stier aus. Nur dessen technischer Unterbau war vorhanden. Aber das Fell des Stiers, sein Kopf und sein Sattel fehlten. An deren Stelle waren oben auf dem kahlen Gestängegewirr sechs Dildos unterschiedlicher Grössen angebracht, auf denen nackte Tänzerinnen sassen, welche in ihrem Teufelsritt auf den Dildos sitzend Halt fanden. Dieser Rodeotanz mit fliegenden Brüsten und Verrenkungen wurde von Lichteffekten begleitet, die die Frauen in Bildrissen einmal hoch in der Luft mit Busen vor dem Kinn und in die Luft geworfenen Armen, im nächsten Bildriss zusammengedrückt von der Schwerkraft fast auf dem Gestänge zeigten. Die Körper der Amazonen mussten, so schien es, extremsten Schwerkraftsbelastungen, wie sie Kampfpilotinnen oder Astronautinnen ausgesetzt sind, aushalten. Auf ihrem Stierkampf oder Dildoritt wurden sie von den Gästen, welche rund um den Rodeo herumstanden, frenetisch angefeuert. Da die Frauen auf den Dildos nicht so schnell Halt verloren wie geübteste Cowboys auf ihrem Sattel, dauerte die Vorstellung deutlich länger. Dies zur Erbauung und zum Amüsement auch aus anderen Gegenden kommender, immer zahlreicher werdender Besucher. Aber bald machten Gerüchte über das üble Treiben in der Bar die Runde und kamen auch den Landfrauen zu Ohren, was zu erhitzten Diskussionen im Dorf und der Umgebung führte.

Bald bekamen auch die Behörden Wind von dieser Art der Führung des Etablissements und eine Delegation des Gemeinderats führte unangekündigt einen Augenschein durch. Der Ausschuss des Gemeinderates war, gelinde gesagt, „not amused". Die weitere Kontrolle ergab nämlich auch, dass im oberen Stock des Restaurants Privatzimmer für die Weiterführung des Rodeos in privatem Rahmen bereit standen, welche stundenweise an die Amazonen mit ihren männlichen Rodeos vermietet wurden, wobei die Barwirtin von den Berittenen noch jeweils 100 Franken für Bettwäsche, Bademantel und Frottiertüchlein abnahm, und zwar nicht pro Nacht sondern pro Kunde und Schäferstunde. Dabei sei (fast überflüssig) erwähnt, dass die einzelnen Zimmer jeweils mehrmals pro Nacht vermietet wurden. - Das Lokal wurde superprovisorisch und provisorisch geschlossen und gegen die Wirtin ein Strafverfahren wegen dem damals noch im Gesetz verankerten Straftatbestand der Kuppelei eröffnet.

Beides nahm die „Geschäftsleitung" nicht einfach hin und schaltete Dr. George ein. Ich musste mich im Verwaltungsverfahren und im Strafverfahren für die Wirtin einsetzen. In letzterem war das Problem, dass die Wirtin die Zimmer nicht einfach pro Nacht vermietet, sondern jedes Mal wie erwähnt noch 100 Franken verlangt hatte, somit von der Unzucht im Einzelfall profitiert und damit den Straftatbestand der Kuppelei erfüllt hatte. Die Schwierigkeit im Verwaltungsverfahren war, dass ihr schlechte und unsittliche Geschäftsführung vorgeworfen wurde. - Ich riet ihr nach Prüfung der Sachlage, auf einen langwierigen Verwaltungsrechtsweg zu verzichten, weil einem Rechtsmittel keine aufschiebende Wirkung zugestanden und das Lokal bis in ungewisse Zukunft geschlossen bleiben würde. Der Verlust wäre also enorm. Sie solle besser das Mietverhältnis per sofort auflösen, dem Vermieter eine geringfügige Abgeltung leisten und andernorts einen neuen Betrieb mit einen vorsichtigeren Geschäftskonzept eröffnen. Es sei nur eine Schliessung und kein Patententzug verfügt worden, sie könne persönlich weiter wirten. Diesen Rat befolgte sie unverzüglich. Ich regelte die Probleme mit dem Vermieter und der Hydra wuchs andernorts ein neuer Kopf.

Die Dorfbeiz wurde allerdings ihren üblen Ruf nicht los und blieb ein „house of ill fame". Noch heute kann man an einem heissen Sommerabend vor dem Eingang und den Schaufenstern wasserstoffperoxid behandelte, langbeinige kurzbejupte Blondinen auf den Sonnenuntergang und die Dämmerung warten sehen, denn auf Freiers Füssen schleicht es sich im Dunkeln unbemerkter an das „Haus der Sünde" heran.

7. Die (Seiten)sprünge von Staatsrat Sauterelle

Dauergast in der Anwaltskanzlei war eine Dame, welche das mutmassliche Pensionsalter für Dirnen, welches nicht so genau festgelegt ist, längst überschritten hatte, als sie sich aus dem Gunstgewerbe zurückzog und nur noch einzelne wohlhabende ältere Privatkunden betreute. Immer, wenn sie in die Kanzlei eintrat, begrüsste und küsste sie alle Anwesenden, Partner, angestellte Anwälte und Sekretärinnen. Sie brachte zuweilen Kuchen und vor Weihnachten Weihnachtsguetsli mit, welche sie selber gebacken hatte. Die besten und variantenreichsten Weihnachtsguetsli, welche man sich überhaupt vorstellen konnte. Sie backte offensichtlich mit Leib und Seele. Ob sie ihrer Hauptberufung auch mit Leib und Seele nachging, entzieht sich der Kenntnis des Schreibenden. Sicher war sie mit dem Leib dabei, denn diesen verkaufte sie stundenweise.

Nicht immer aber waren ihre Umarmungen angenehm, vor allem nicht, wenn sie sich in der Öffentlichkeit abspielten. Ich erinnere mich an eine Begegnung mit ihr und ihrem Hund in einem Supermarkt. Ich trug einen eleganten Massanzug und, während die Dame mich umarmte und küsste, klemmte der Hund meine edelbetuchten Beine zwischen seine Vorderläufe und begann, sie rhythmisch zu bearbeiten, worauf ich verlegen mit allen Vieren versuchte, die Liebesangriffe abzuschütteln, was mir letztendlich auch gelang, bevor ich den Anzug in die Chemische Reinigung bringen musste.

Sie war mit den Beratungen in der Anwaltskanzlei derart zufrieden, dass sie einem jungen Anwalt anbot, ihm und dessen Frau eine Reise nach Wien zu schenken und währenddessen seine Kinder zu hüten. Das freundliche Angebot wurde allerdings abgelehnt.

Die Dame hatte immer gut verdient und selbst in ihrem kanonischen Alter haben die Herren sie für ihre Dienstleistungen fürstlich honoriert. In besten und auch noch in guten Zeiten hatte sie wichtige Persönlichkeiten bedient und sie behauptete vor Schranken meinem Kollegen gegenüber einmal, der Gerichtspräsident, vor dem sie gerade stünden, habe verschiedentlich vor ihr gelegen, allerdings nicht wie jetzt im schwarzen Anzug, sondern wie Gott ihn geschaffen hätte. Selbst, wenn diese Behauptung zugetroffen hätte, was wir aufgrund der Sachlichkeit des Richters bezweifelten, hätte die Rechtsfindung nicht darunter gelitten, denn die ehrbare Dame fand ihre gerechte Strafe für ein Strassenverkehrsdelikt.

Die Ehrbare war übrigens durchaus auch eine Wehrbare, denn immer wieder musste sie in kleineren Streitigkeiten vor Gericht vertreten werden, Ehrverletzungen und Nachbarkonflikte, z.B.

wenn die Partys im und am Pool zu laut wurden. Das üble Treiben zu ihren besten Zeiten fand nämlich nicht nur im hausinternen Studio, sondern überall auf ihrem ansehnlichen Grundstück statt und, wenn es die Temperatur erlaubte, draussen im oder um den Pool. An der (fehlenden) Bademode am FKK-Pool konnten die Nachbarn keinen Anstoss nehmen, denn das Grundstück der Dame war von einem hohen Sichtschutz umgeben.

Böse Nachbarn rächten sich mit einer Immissionsklage vor Gericht, welche auf Anraten des Richters wieder zurückgezogen wurde. Darauf warfen sie einen mit Rattengift behandelten Cervelat über den Sichtschutz, den der Hund der Dame verzehrte, worauf er unter schrecklichen Qualen in die ewigen Jagdgründe abberufen wurde.

Der Sichtschutz erfüllte auch seinen Zweck, als, so schilderte sie, in einer Nacht sich zwei Politiker und ein Anwalt - nicht der Schreibende - bei ihr mehr oder weniger zufällig zu einem Stelldichein, oder sagt man bei einer Gruppe Stellteuchein?, eingefunden hatten. Der Sprunggewaltigste der Anwesenden, Staatsrat Sauterelle - nomen est omen - war schon vorher auf dem Zimmer der Dame gewesen, als die zwei anderen Herren nach einer Sitzung beschlossen, zur fröhlichen Abrundung des Abends noch einen Abstecher in das Haus der Freuden zu unternehmen. Sie läuteten. Nach geraumer Zeit öffnete sich die Tür und die leicht zerzauste Dame im Morgenmantel musterte und begrüsste sie und führte sie ein in die gute Stube, wo alte Freunde, nämlich Sauterelle und die zwei Neuankömmlinge sich trafen und angenehm überrascht begrüssten.

Die gemütliche Runde trank zur Stimmungsmache zuerst eine oder zwei schöne Flaschen Dom Perignon und entschloss sich dann zu einem fröhlichen Badeplausch im Pool der Gastgeberin. Die

Herren entledigten sich ihrer Anzüge und sprangen im Adamskostüm bei beleuchtetem Bad aber sichtgeschützt ins Wasser, und die feuchtfröhliche Partie setzte sich noch feuchter fort. Plötzlich packten zwei der Herren die nasse Dame an Händen und Füssen und eins, zwei, drei wurde sie ins Wasser geschwungen. Während sie kreischte, platschte sie ins kühle Nass. Darauf war Sauterelle das Opfer. Er war wesentlich schwerer und sein Amtskollege hatte Mühe, ihn an den Armen zu halten, wahrend der Anwalt an den Beinen tüchtig Schwung nahm. Eins, zwei, drei, ein asynchrones Schwingen und hopp peng platsch ins Wasser. Das Peng wurde durch den Kopf ausgelöst, der auf dem Bassinrand aufschlug und das Platsch von Beinen und Rumpf, welche zeitlich nur leicht verzögert ins Wasser platschten. Au wei, armer Sauterelle. Dieser Hüpfer zeichnete sich, anders als das vorherige Schäferstündchen, gar nicht durch Sprunggewalt aus. Alle schrien auf. Im beleuchteten azurblauen Wasser bildeten sich dunkle Wolken Blutes, welche sich schnell vergrösserten und im Widerschein des Unterwasserlichtes immer bedrohlicher wie Gewitterwolken aussahen. Die Herren Sprunghelfer sprangen ins Wasser und stützten Kopf und Oberkörper von Sauterelle. Er war bei Bewusstsein und kämpfte mutig mit seiner Fassung. Die drei fanden die Römertreppe mit dem Ausstieg und schleppten Sauterelle auf den Poolrand.

Die Gastgeberin hatte schon geistesgegenwärtig die Ambulanz gerufen. Glücklicherweise war es kein Verkehrsunfall, sonst hätte die Polizei, die Sauterelle unterstellt war, die Ambulanz begleitet. Was für ein Desaster, wenn sie den unbekleideten, blutüberströmten Departementsvorsteher am Pool der stadtbekannten Liebesdienerin erkannt hätten, eine Respektsperson, welche sie bisher nur in dezenter dunkler Kleidung angetroffen hatten. Zum Glück war Sauterelle nicht

Vorsteher des Gesundheitsdepartements. So wurde er inkognito mit einem Kopfwundverband versehen und mit einem weissen Bademantel überdeckt, der sich zusehends roter und roter färbte, in die Ambulanz verfrachtet und ins Kantonsspital gebracht. Der Abend endete damit nicht mit dem erwarteten Happyend.

Am nächsten Morgen rief der beteiligte Anwalt sehr früh, nachdem er sich über das Befinden von Sauterelle erkundigt hatte, den anderen Regierungsrat an. Und, obwohl die gesundheitliche Situation von Sauterelle nicht sehr beunruhigend, sondern sein Zustand mit Kopfschwartenriss und Hirnerschütterung relativ stabil war, berichtete er ihm mit vorgespielt aufgebrachter Stimme: „Sauterelle geht es schlecht und wir werden vor den Kadi zitiert." Da reagierte der Angesprochene entsetzt, sah bei der nächsten Wahl schon seine Felle davonschwimmen und seine Position als Vertreter einer sozialen Familienpolitik in Frage gestellt und fragte den Anwalt, ob er sein Amt zur Verfügung stellen müsse. Da lachte der Anwalt lautstark über seinen gelungenen üblen Scherz und beschwichtigte den Familienpolitiker. „Sauterelle geht es den Umständen entsprechend gut und du kannst weiterhin für eine saubere Familienpolitik einstehen." Übrigens war Sauterelle bald wieder genesen und stand für weitere vier Jahre dem strammen Polizeidepartement vor. Vielleicht hat er sich zu Herzen genommen, dass nicht jeder (Seiten)sprung ungefährlich ist. Es ist aus diesem Vorfall auch kein Haftpflichtfall für die Schwimmbadbetreiberin entstanden. Sauterelle hatte sich politisch klug, wie er war, gehütet, die Werkeigentümerin für seine Verletzung verantwortlich zu machen.

8. Zwei Wohnungen und zwei Flaschen Aigle les Mureilles

Ein ausländischer Akademiker war vor der Scheidung von seiner Ehefrau nach Amerika geflüchtet und hatte alles mitgenommen, was nicht niet- und nagelfest war, ohne eine Adresse oder irgend eine Spur von sich zu hinterlassen. Erst viele Jahre später erfuhr sie von seinem Tod in Texas. Er hatte ihr gegenüber erkleckliche Schulden aus Güterrecht und wegen Nichtbezahlung der Unterhaltsbeiträge, welche ich für sie erstritten hatte. Zum Glück konnte der Ex-Mann nur Fahrnisse, aber keine Immobilien mitnehmen. Zwei Eigentumswohnungen in einem Westschweizer Kurort standen im hälftigen Miteigentum der zwei Eheleute und die waren noch nicht aufgeteilt, als er verschwand. Seine Miteigentumsanteile hatte er ohne Zustimmung seiner Frau nicht antasten können.

So wurden die zwei hälftigen Miteigentumsanteile des Ehemaligen an den Wohnungen mit Arrest belegt. Dann wurde er betrieben und letztendlich wurden diese Anteile zur betreibungsrechtlichen Versteigerung ausgeschrieben. Das Versteigerungsdatum wurde am Ort der gelegenen Wohnungen in der Westschweiz angesetzt.

Die Klientin hatte aus Kostengründen auf einen Anwalt französischer Muttersprache verzichten wollen. Ich bin Deutschschweizer und hatte mich gefragt, ob es sinnvoll sein würde, als Vertreter der Ehefrau zu steigern. Ich bangte ein wenig, gegen trickreiche Westschweizer Immobilienhändler in einer öffentlichen Steigerung auf französisch antreten zu müssen. Immerhin war die Steigerung im Amtsblatt und in den lokalen

Zeitungen publiziert worden und es war mit einem gewissen Dritterwerbsinteresse zu rechnen.

Dann machtde ich aber folgende Überlegung: Die Wohnungen waren zwar modern, sonnig und an guter Lage bei den Skiliften. Wer hatte aber ein Interesse, einen hälftigen Miteigentumsanteil an einer Wohnung zu erwerben, wenn der andere Miteigentumsanteil bereits einer älteren Dame gehörte? Wäre sie jünger gewesen, oder eine berühmte Schauspielerin, ja dann. Oder hätte sie einen Stalker gehabt, dann hätte dieser mit dem Erwerb gute Voraussetzungen auf Nähe geschaffen. Die Frage, ob sie einen Stalker habe, hatte sie verneint. Also war nicht mit allzu grossem Interesse auf die Steigerung durch einen Dritten zu rechnen. Dementsprechend riskierten wir, allein ins Schloss in der Suisse Romande zu fahren, wo das Betreibungs- und Konkursamt seinen Sitz hatte.

Dort erwartete uns dann entsprechend dieser Überlegung keine grosse Bühne. Der Empfang gestaltete sich eher bescheiden. Anwesend war der Konkursbeamte, sein Sekretär und der Betreibungsbeamte vom Wohnsitz der Klientin, an welchem der Arrestbefehl zuerst ausgestellt worden war. Der verstand kein Wort französisch, hatte auch keinen Übersetzer mitgenommen und war auf die Übersetzungen durch mich angewiesen, weshalb ein Streit zwischen der Klientin und ihm entbrannte. Sie warf ihm vor, er beanspruche die Übersetzungsdienstleistung ihres Anwaltes, obwohl sie und nicht er diesen bezahle. „Warum kommen Sie überhaupt hierher, Sie nützen ja nichts und blähen nur die Kosten des Verfahrens auf. Sie sind Schweizer und können nicht einmal französisch, ich zahle meinen Anwalt nicht dafür, dass er auch noch für Sie übersetzt", schimpfte sie auf Hochdeutsch mit skandinavischem Akzent. Ich schlug dann vor, im Sinne einer speditiven Abwicklung der Sitzung und weil auch sie kein

französisch sprach, formlos für alle Beteiligten zu übersetzen, was einvernehmliche Zustimmung fand. Liegenschaftsspekulanten waren, insofern hatte ich mich nicht getäuscht, keine anwesend und so konnte bald zur Steigerung geschritten werden, nachdem die Klientin gegenüber mir noch halblaut, aber für alle Anwesenden unmissverständlich hörbar geschumpfen hatte:
„Der Deutschschweizer Betreibungsbeamte ist ein Idiot und im Gegensatz zu uns nicht einmal Akademiker."

Der Konkursbeamte setzte zur Steigerung des hälftigen Miteigentumsanteils der ersten Wohnung an. Er erklärte auf französisch: „Der Ausrufpreis ist ein Franken. Wer offeriert einen Franken?"
Ich: „Meine Klientin!"
„Wer offeriert mehr?"
„Zum Ersten, zum Zweiten – und zum Dritten! Der Zuschlag geht an Ihre Klientin."
Deren Personalien wurden aufgenommen und sie erklärte noch einmal, mit dem Zuschlagspreis einverstanden zu sein. Die erste Steigerung war beendet.

Der Konkursbeamte hob jetzt zur Steigerung des hälftigen Miteigentumsanteils der zweiten Wohnung an, die Prozedur fand analog und mit gleichem Ausgang statt und die Klientin war stolze Eigentümerin auch des zweiten hälftigen Miteigentumsanteils und somit der beiden Wohnungen, nachdem sie ja schon vorher je die Hälfte besass. Sie hatte diese Anteile für zwei Franken erworben.

Jetzt hatte sich die Spannung gelöst und die Klientin war deutlich fröhlicher, zumal sie wusste, dass der Steigerungspreis nicht ausreichte, die Reisespesen des Deutschschweizer Betreibungsbeamten zu decken. Aber es kam noch besser: Da die

Steigerung schneller vollzogen worden war als geplant, lud der Konkursbeamte alle Beteiligten auf Kosten des Konkursamtes zu einem Gläschen Wein ein. Offenbar hatte er nach einer so kurzen Sitzung das Bedürfnis, den Rest des Nachmittags Vergnüglicherem zuzuwenden und so traf er sich mit uns und dem Amtskollegen „d`outre Sarine"[1] in der nahen Schlosskellerei, wo er zwei schöne Flaschen Aigle les Mureilles bestellte und die Runde, nun friedlicher und entspannter gestimmt, einen fröhlichen Ausklang fand, wobei selbst die Klientin mit dem Deutschschweizer Betreibungsbeamten, den sie kurz zuvor noch beschimpft hatte, anstiess. Die zwei Flaschen Aigle les Mureilles gingen zulasten des Konkursamtes und die haben einiges mehr gekostet als die zwei hälftigen Wohnungen. Die Klientin machte also ein absolut gutes Geschäft.

Die Heimreise gestaltete sich fröhlich, die Klientin war zufrieden über den Erwerb zweier Schnäppchen und Dr. George war über den Steigerungserfolg über die Westschweizer Liegenschaftshaie erbaut, welche sich zwei Gelegenheiten entgehen gelassen hatten. Auch der Deutschschweizer Betreibungsbeamte mag erfreut und zufrieden nach Hause zurückgekehrt sein, nachdem sich sein Blut langsam mit dem köstlichem Weissen vermischt hatte.

---

1) Die Sarine ist der Grenzfluss im Kanton Fribourg, welcher die Sprachgrenze zwischen der deutschen und der französischen Schweiz bildet. D' outre Sarine heisst ennet der Saane und Amtskollege d`outre Sarine bezeichnet aus Sicht des Westschweizer Beamten den deutschschweizer Amtskollegen.

9. Die verführten Jungfrauen

Der Bezirksstatthalter stürmte mit 20 Polizisten in Kampfuniform den Nachtclub Valparaiso. Vorerst schlich die bewehrte Truppe von verschiedenen Seiten in Kampfformation auf das Gebäude zu, sicherte Vorder- und Hintereingang und stürmte dann das Lokal, mit der Bühne, wo gerade eine Stripteasetänzerin ihre letzte Hülle fallen lies, und dem oberen Stock, wo unbekleidete Herren und leicht beschürzte Damen im Halbdunkeln versuchten, die zu ihnen gehörenden Kleidungsstücke zu ergattern und dabei nicht immer das passende Stück fanden. Ein peinliches Tohuwabohu, für die Damen, weil sie sich vor der Überprüfung ihrer Papiere fürchteten und für die Herren, weil sie Angst hatten, von den Polizisten in einer höchst verfänglichen Situation erkannt zu werden. Plötzlich standen alle im grellen Licht und alles, inklusive die Zimmer des dazugehörenden Hotels, wurde durchsucht.

Die Freier wurden nach Prüfung der Personalien entlassen, ebenso die Damen, welche mit einer sogenannten L-Bewilligung, d.h. Künstlerinnenbewilligung ihre Anwesenheit legitimierten. Aber die Frauen ohne solche Bewilligungen wurden verhaftet. Ebenso der Wirt des Barlokals und Hotels. Sie wurden in Untersuchungshaft bzw. in Auslieferungshaft genommen und es wurden Strafverfahren eröffnet. Gegen den Wirt lautete der Vorwurf auf Menschenhandel, Nötigung zur Unzucht und Verletzung der Ausländerbestimmungen und gegen die Frauen Verletzung der Ausländerbestimmungen. Nun stellt die Verletzung dieser letzten Bestimmungen in der Regel eine blosse Übertretung dar, während der Menschenhandel ein schweres Verbrechen ist, welches mit Gefängnis oder Zuchthaus bestraft wird. Von den

Aussagen der inhaftierten Zeuginnen hing daher ab, ob der Wirt bald wieder freigelassen würde oder nicht. Haben sie freiwillig oder unter Zwang im Etablissement gearbeitet, war die Frage.

Die Einvernahmen fanden im kantonalen Untersuchungsgefängnis statt. Der Untersuchungsrichter und sein Sekretär sassen vorne, der Wirt und ich rechts und die Übersetzerin links. Die Damen wurden eine nach der anderen hereingeführt und nahmen vor dem Untersuchungsrichter Platz. Nun stellte sich heraus, dass die Übersetzerin nur für Portugiesisch-Deutsch zuständig war, die meisten „Künstlerinnen" jedoch Spanisch sprachen. Die kurze Verlegenheit klärte sich, als ich mitteilte, ich könnte die Übersetzung bewältigen, wenn alle einverstanden wären. Die Damen stimmten zu, ebenso der Wirt und schlussendlich auch der Untersuchungsrichter.

Die Befragung begann mit einer Künstlerin ohne Künstlerbewilligung aus der Karibik. Der Vorwurf gegenüber dem Wirt lautete, er habe dieses und andere Mädchen in die Schweiz gelockt und hier zur Unzucht gezwungen. Der Untersuchungsrichter klärte zuerst die Personalien der jeweiligen Frau ab und fragte dann: „Was haben Sie in ihrem Land beruflich gemacht?"
Meine Übersetzung - ich wählte, wie in Lateinamerika und der Karibik üblich, anstelle der Sie-Form die Du-Form - lautete:
„Que tu hissiste en tu paes, que trabajaste?"
Antwort der jungen Künstlerin: „La prostitution."
Übersetzung: „ Die Prostitution" und der Untersuchungsrichter kommentierte: „Ja, ich habe es schon verstanden."
Schon lachten alle im Verhörsaal und der Untersuchungsrichter schmunzelte. Die nächste Frage lautete: „Ja, warum sind Sie in die Schweiz gekommen?"

Übersetzung: „Para que tu veniste en Suiza?"
Antwort Mädchen: „Para hacer la prostitution."
Da schallte der ganze Saal inklusive Verhörrichter und Sekretär und ich kommentierte:
„ Ja, da wurde keine Jungfrau Maria in die Schweiz entführt und zur Unzucht gezwungen."
Alle nickten zustimmend zum Kommentar.

So ging die Befragung weiter, inhaltlich waren die Aussagen übereinstimmend und an eine Fortführung der Strafverfolgung gegenüber dem Wirt bezüglich der ersten zwei Straftatbestände war nicht zu denken. Es blieb bei einer relativ geringfügigen Übertretung. Ein paar Rechtschreibekorrekturen im Protokoll waren noch nötig. So hat der Protokollführer unser Land Schweiz in verschiedenen neuen Sprachen schreiben gelernt, und gelernt, dass es auf Spanisch „Suiza" und auf portugiesisch „Suica" heisst, was natürlich korrigiert werden musste.

Der Wirt wurde von den Handschellen befreit und aus der Untersuchungshaft entlassen. Er hat mir meine Unterstützung hocherfreut überschwenglich verdankt. Anderntags konnte er seinen Nachtklub wieder öffnen.

10. I`ll be home for Christmas, if only in my dreams

Diesen amerikanischen Christmas-Choral hatte der hier geschilderte Gefängnisinsasse wohl in seinem Transistorradio in seiner Zelle kurz vor Weihnachten gehört, als er beschloss, Weihnachten nicht hinter schwedischen Gardinen, sondern zu Hause verbringen.

Wie er seinen Traum in Erfüllung zu bringen versuchte, erfuhr die Gerichtsbarkeit beim Verhör seines Zellennachbarn. Laut Einvernahmeprotokoll, das der amüsierte Protokollführer detailreich und vermutlich etwas ausgeschmückt vorlegte, berichtete der Mitgefangene folgenden Tathergang:
„An diesem Abend kurz vor Weihnachten war wie immer um 10 Uhr Lichterlöschen im Gefangenentrakt. Normalerweise hört man dann schon bald das Schnarchen oder Sägen aus den einzelnen Zellen in verschiedenen Tonlagen. So war das auch an diesem Abend. Nur tönte ab ca. 10 Uhr 30 in der Nachbarzelle des Zelleninsassen K. nicht ein Sägen des Tiefschlafes, sondern eindeutig ein hohes quietschendes Metallsägegeräusch. Ein Sägegeräusch also, das in Männergefängnissen im Normalfall weniger verbreitet ist. K., der Gefängnisnachbar, hatte so ca. 25 Minuten gesägt, als Schritte durch den Gefängnisgang schallten und der Wärter S. rief: „K. hör auf zu sägen," worauf K. ruhig weiter sägte. Es entspann sich eine Diskussion zwischen Wärter und Gefangenem über die Folgen eines Ausbruchs, von dem der Wärter abriet, aber K. sägte mit Unterbrüchen weiter, während derer er mit S. sprach. Die Diskussion war gut hörbar, weil der Wärter, der allein war und nicht wagte, in die Zelle einzutreten, von draussen sprach."

Offenbar wollte auch der Wärter Weihnachten zu Hause und nicht im Spital verbringen.

„Der Wärter S. entfernte sich dann von der Zellentür, nachdem er gemerkt hatte, dass er nichts ausrichten konnte und K. sägte ruhig weiter. Es vergingen so ca. 10 Minuten, während derer K. sägte, als erneut Schritte durch den Gefängnisgang schallten und sich die autoritäre Stimme des Gefängnisdirektors bemerkbar machte, der rief: „K. hör auf zu sägen. Du verlängerst deinen Gefängnisaufenthalt nur." K. sägte bei der kurzen Diskussion weiter und liess sich nicht von seinem Vorhaben abbringen. Darauf entfernte sich auch der Gefängnisdirektor lauten Schrittes."

Auch ihm war offensichtlich seine eigene Haut mehr wert als Ordnung im Gefängnis.

„Darauf sägte K. weiter. Einige aufgeweckte Mitgefange unterstützten K. lautstark, indem sie laut „hopp Schwyz" riefen, was den Delinquenten gebührend anfeuerte. Mithilfe dieses enthusiastischen Fanclubs sägte K. noch ca. 20 Minuten bis zum krönenden Finale weiter. Dann war es still und ruhig."

Stille Nacht, heilige Nacht. Einsam und ohne K. der Wächter wacht. Nur noch der Engel Halleluja und der ausgebrochene Einbrecher waren unterwegs in der vorweihnachtlichen Nacht. Der Ausbrecher kam allerdings nicht sehr weit auf seinem weihnachtlichen Weg nach Betlehem. Nach einem Kilometer war die Flucht vorbei. Es war nicht der Engel Halleluja, sondern die Polizei mit Streifenwagen, welche K. In Empfang nahm und ihn an einen sicheren Ort führte. Das Weihnachtslied hat sich trotzdem bewahrheitet:

„I`ll be home for Christmas, if only in my dreams."

K. war zu Hause an Weihnachten, aber nur in seinen Träumen.

Diesen Fall eines Ausbruchs aus dem Gefängnis habe nicht ich als Anwalt betreut, sondern mein Partner als ausserordentlicher Gerichtsschreiber im Gericht, das den Ausbruch zu beurteilen hatte. In der Beratung gab dieser zu erheblichem Schmunzeln Anlass. Ein Richter erklärte: „Das glaub ich ja nicht" und einige der Leser werden dies auch denken. Der Ausbruch erfolgte anders als im Film nicht mit dem Helikopter oder durch einen Tunnel nach Rififi-Muster, sondern sowohl der Ausbrecher als auch jene, die den Ausbruch verhindern sollten, stellten sich sehr viel dilettantischer an. Das Leben ist oftmals facettenreicher, bunter und verrückter als die Phantasie eines Scriptwriters, manchmal aber auch trivialer und banaler, wie der vorliegende Fall zeigt.

11. Seekaviar und Lex Mitior

Dass ich eine Vorliebe zu Seekaviar sprich Forellenrogen entwickelt hatte, lag vor allem in meinen früheren Fernreisen begründet, wo ich Lachsrogen auf einem feinstgeriebenem weissem Rettichbeet, mit etwas Salz bestreut, als Köstlichkeit für Zunge und Gaumen zu schätzen gelernt hatte. Da gab es etwa Ikura in Japan, Lachsrogen, Rogen vom Stör, Kaviar am kaspischen Meer oder auch andere Fischrogen, wie etwa Hering- oder Seehasenrogen. Sie sind auf die vorerwähnte Art auf leicht getoastetem Weissbrot und gesalzener Butter eine Delikatesse. Dazu gehört ein Prosecco di Valdobbiene. Es muss, wie Mario Simmel schon festgestellt hat, nicht immer Kaviar sein. Und ein guter Cartizze di Valdobbiene schmeckt gut gekühlt fast ebenso gut wie ein Champagner.

Forellenrogen auf weissem Rettich in der Fangzeit vor Weihnachten, ähnlich dem Ikura zubereitet, habe ich durch die Fischer kennengelernt, die sich eine Zeitlang die Türklinke meiner Kanzlei in die Hand gaben und dabei einen Teil des Honorars in Naturallohn, eben in Forellenrogen, bezahlten, welche ich so gerne genoss.

Die Türklinke gaben sich die Fischer in die Hand, weil sie die Vorschriften über die Maschenweiten der Netze nicht einhielten und deshalb gebüsst oder im Wiederholungsfall mit einem Seeverbot auf bestimmte Zeit oder in ganz schweren Fällen auf unbestimmte Zeit belegt werden konnten. Grundsätzlich beklagten die Fischer sich über die Ungerechtigkeit und Willkür bei den Bestimmungen über die Maschenweiten der Netze. Die Fische würden immer kleiner, weil die Seen immer sauberer würden und immer weniger Phosphate dort hinein flössen. Die Netze müssten daher an diese veränderten Bedingungen angepasst werden. Da auch der neue Fischereiaufseher sehr kleinlich und streng in der Auslegung der sehr widersprüchlichen Gesetze, Verordnungen und Staatsverträge über die Fischerei war, wurde er unter den Fischern bald zur bestgehassten Person auf dem Wasser und manch einer wünschte sich, jener würde eines frühen morgens als Fang in einem Netz landen und bleich wie ein Weissfisch im Netz eingeholt.

Die Fischer trafen Gegenmassnahmen. Um die Maschenweiten der geeichten Netze zu verkleinern, kochten sie diese im siedend heissem Wasser und warfen sie danach ins eiskalte Nass. Der Effekt war gut. Die geeichten Netze hatten eine erheblich kleinere Maschenweite als in der Eichung angegeben und so gingen wieder mehr Fische ins Netz. Nur, der Fischereiaufseher war auch nicht dumm, er durchschaute das Spiel und mass bald die geeichten Netze auf dem See nach. So gingen auch wieder mehr Gesetzesbrecher ins Netz. Es war ein Fischen und gefischt werden, ein Katz und Maus Spiel. Und mit der Zeit ging den Fischern das Fischerlatein aus.

Da musste das Anwaltslatein aushelfen. Und es half: Der Bodensee ist ein internationales Gewässer, weshalb unterschiedliche Staatsverträge, staatliche und kantonale Gesetze und Vollziehungsverordnungen galten, welche damals noch schlecht oder gar nicht aufeinander abgestimmt waren. Es gab Konkordate zwischen Anliegerkantonen, einen Vertrag zwischen der Schweiz und Baden-Würtemberg. Kantonale und Bundesgesetze, welche sich zum Teil widersprachen, insbesondere auch mit Bezug auf die Maschenweiten und entsprechend unkoordinierte Strafbestimmungen. Auch war unklar, welche Normen wo anwendbar waren. Die Schweiz ging vom Seemitteprinzip aus, das heisst, ihre richterliche Kompetenz und ihre Normen waren für das Fischen bis zur Seemitte anwendbar. Für Deutschland insbesondere Baden-Württemberg ging die innerstaatliche Hoheit nur bis zur jeweiligen Seehalde, danach war Internationales Gewässer und Staatsverträge waren anwendbar. Der Freistaat Bayern und Österreich gingen vom Äquidistanzprinzip aus, d.h.die Grenze verlief im gleichen Abstand zu den zwei Seeufern in die Seemitte hinaus. Sicher war nur, dass deutsche und Schweizer Fischer , wenn sie am selben Ort gegen die gegen Maschenweitebestimmungen verstiessen, nicht aufgrund ihrer Staatszugehörigkeit unterschiedlich bestraft werden durften. Dies verbot das strafrechtliche Legalitätsprinzip.

Kurz, der Bodensee war in einem gewissen Sinn fischereitechnisch ein rechtsfreier Raum, oder ein Raum mit einem rechtlich schlecht zusammen geflickten Netzwerk und da schlüpft der Fischer leicht durch vor allen mit der Hilfe seines Anwaltes. Vor allem deshalb, weil es im Strafrecht eine wunderbare Bestimmung gibt, die lex mitior heisst. Diese Bestimmung bedeutet, dass bei Vorhandensein mehrerer sich widersprechender Bestimmungen auf den Straftäter die mildeste, d.h., die für ihn günstigste anwendbar ist. Während der Fischereiaufseher nur eine, nämlich die strengste Bestimmung im Kopf hatte, als er die Netze mass und ebenso der Untersuchungsrichter bei der Strafverfügung, suchte ich die jeweils anwendbare günstigste Bestimmung und erzielte oft einen Freispruch oder eine erhebliche Strafmilderung für den Fischer und dies war bei einer Androhung eines Seeverbotes, welche quasi einem Berufsverbot gleichkam, für den Fischer von existenzieller Bedeutung.

Dies war der Grund, weshalb die Fischer eine mich eine Zeitlang häufig aufsuchten.

Einmal bedurfte es allerdings eines Kunstgriffs, um einen fast chronischen Maschenweitensünder vor einem mehrjährigen Berufsverbot zu bewahren. Die Hauptverhandlung im Strafverfahren gegen ihn war auf den 19. Dezember, die letzte Verhandlung vor dem Jahresende, angesetzt. Ich begann am 17. Dezember mit der Vorbereitung und fand zu meinem Schrecken heraus, dass ab 1. Januar des Folgejahres das geltende Gesetz, das engere Maschenweiten für Netze vorsah, durch ein anderes, welches grössere Maschenweiten erlaubte, ersetzt würde. Mir anderen Worten, der Fischer würde im nächsten Jahr nicht mehr bestraft, dieses Jahr würde er aber auch noch ein Berufsverbot erhalten. Im nächsten Jahr wurde er also durchschlüpfen, dieses Jahr aber noch in den engen Maschenweiten des Gesetzes hängen bleiben. Da nützte auch das beste Plädoyer nichts und es blieb für mich nichts anderes übrig, als am 19. Dezember krank zu werden, eine Verschiebung der Verhandlung aufs nächste Jahr zu beantragen und dann auf Freispruch zu plädieren. So geschah`s. Der Freispruch des Fischers war perfekt, der Fischer schlüpfte durch und ich war war eines guten Honorars unterlegt mit Seekaviar sicher.

12. Ferraris, Lamborghinis und Aston Martins

Ich habe im Verlaufe meiner Tätigkeit festgestellt, dass Ferraris nicht immer ferrarirot und Aston Martins nicht immer silbergrau sind, auch wenn die Formel 1 und James Bond diese Farben suggerieren. Um aufzufallen setzt der Eigentümer vielleicht noch einen drauf, kauft zur Hochzeit seiner Frau einen weissen Ferrari oder, wenn er ein notorischer Blaufahrer ist, einen blauen, oder einen gelben Lamborghini, wenn er als Kind Postautos liebte, oder einen ferrariroten Aston Martin, wenn er nicht allzu Britisch daherkommen will.

Für diese Extravaganzen zahlt man aber unter Umständen einen hohen Preis. - Nein, nicht unbedingt einen höheren Kaufpreis, solche Nebensächlichkeiten fallen bei den kaufkräftigen Kunden solcher Luxusautos nicht ins Gewicht. Den hohen Preis zahlt einer vielleicht deshalb, wenn er zu stark auffällt, obwohl er unbedingt inkognito unterwegs sein wollte. Wenn beispielsweise die Freundin und die Ehefrau am gleichen Wohnort wohnen, wird das Parken vor deren Haus mit dem blauen Ferrari gefährlicher als mit einem grauen Opel Astra. Oder der Wiederverkaufswert des weissen Ferraris sinkt beim Wiederverkauf nach der Hochzeit erheblich, den ein Ferrarifahrer kauft in der Regel keinen Ferrari in der Farbe der Unschuld sondern in der Farbe eines Predators, der Farbe der Gewalt, der Stärke und der Macht und das ist nun mal rot.

Ein Herr mit dem blauen Ferrari wohnte in einem grösseren Dorf, wo die Ferraridichte gemessen an der Bevölkerungszahl eine der höchsten in der Schweiz ist. Trotzdem konnte man in diesem Dorf mit dem Ferrari kaum inkognito herumfahren, wenn er blau war, denn die sprichwörtliche Ferrarifarbe ist ferrarirot. Es gibt wohl mehr blaue Ferrrarifahrer als Fahrer blauer Ferraris. Beim Rivella mag das Verhältnis weniger krass zuungunsten des Rivella blau liegen als beim Ferrari.

Dieser Herr hatte zwei Freundinnen im besagten Dorf. Einer Freundin hatte er grundbuchlich ein lebenslängliches Wohnrecht in einer Villa mit wunderschönem Pool und Seesicht als Liebesnest eintragen lassen, der anderen, später dazugekommenen, eine Ferienwohnung mit Seesicht ein paar Serpentinen weiter zum See hinunter. Nun pflegte er in diesem Dorf drei Hobbys. Einmal war er Mitglied des örtlichen Golfclubs. Aber die 18 Löcher des Courts hatten ihm auf die Dauer nicht genügt und immer öfter besuchte er jetzt auch Loch Nummer 19. Sie war sein zweites und Nummer 20 sein drittes Hobby. Dieses weitere Loch Nummer 19 mit schönem Garten, mit Hollywoodschaukel und Pool und Loch Nummer 20 in einer Wohnung mit stupender Aussicht auf den See.

So weit so gut, sein Leben schien in jeder Hinsicht erfüllt zu sein, wenn da nicht der verräterische blaue Ferrari gewesen wäre. Nach gelungenem Liebesakt bei einer seiner Freundinnen verabschiedete er sich meist mit Zielangabe Golfplatz. Dabei gingen Nr. 19 oder Nr. 20 jeweils davon aus, dass er sich den ganzen Tag der Abarbeitung seines Handicaps oder den Geschäften widmen würde, während er in Wahrheit keine Golfbälle, sondern Pfeile Amors verschoss. Der Ferrari blau Fahrer blieb unentdeckt, bis seine Prinzessin in der Villa eines Morgens, nachdem er sie in Richtung Golfplatz verlassen hatte, auf ihrer Fahrt zum Friseur drei bis vier Serpentinen weiter unten einen blauen Ferrari vor einem luxuriösen kleinen Apartmenthaus entdeckte. Als der blaue Ferrari bei ihrer Rückkehr immer noch dort stand, notierte sie dessen Immatrikulationsnummer und stellte beim nächsten Besuch des Golfers fest, dass er den Court um ein weiteres Loch ausgedehnt haben musste. Sie fand heraus, wer dessen glückliche

Gastgeberin war. Es konnte nur eine langbeinige Blonde um die Vierzig sein, denn die anderen Bewohnerinnen des Apartmenthauses waren alle im Methusalemalter. Sie stellte die mutmassliche neue Eroberung. Diese war anfänglich schockiert, fasste sich aber bald und kurz danach sinnten Nr. 19 und 20 zusammen auf Rache. Aus Nebenbuhlerinnen ohne Wissen wurden Verschwörerinnen. Die Jahresversammlung des Golfclubs stand vor der Tür und die zwei Konspirativen meldeten sich als Tischbegleiterinnen das Golfers mit Ferrari blau an. Was für eine Überraschung, als der Liebhaber der beiden Frauen in den Saal eintrat. Am Tisch, der ihm zugewiesen wurde sassen zwei nette lächelnde, ihm bekannte Damen. Mit einer so charmanten Begleitung hatte er nicht gerechnet. Er wurde rot, nicht blau, riss aus und verschwand.

Mit dieser Jahresversammlung hat sich das Golfvergnügen des Ferrari blau Fahrers abrupt um zwei Löcher reduziert. Ja, manchmal ist der Opel Kadett eben das bessere Fahrzeug.

Der Ferrari blau Fahrer kündigte in der Folge seinen Freundinnen die Liebe auf und wollte das Wohnrecht der Villenbesitzerin stornieren. Er blieb vor zwei Gerichten, vor denen ich sie vertrat, erfolglos und sie konnte in der Villa bleiben, ja diese wurde sogar an sie übertragen. Der Ferrarifahrer trat sie ihr nämlich letztendlich, nachdem ich ihm in einer Verhandlungspause vorgerechnet hatte, dass das Wohnrecht kapitalisiert mehr Wert war als die Liegenschaft selbst, unentgeltlich ab.

*

Ein Klient hatte zu Spekulationszwecken einen neuen gelben Lamborghini gekauft. Ob die Farbe dazu geeignet war, wagte der

Anwalt zu bezweifeln. Denn je ungewöhnlicher die Farbe, desto schwieriger der Verkauf. Es war anzunehmen, dass der Verkaufspreis die Kaufkraft eines pensionierten Postangestellten übersteigen würde, der aus Liebe zum ehemaligen Arbeitgeber einen gelben Lamborgini als Alterspostauto anschaffen wollte.

Gekauft hatte er den gelben Lamborghini zu einem Zeitpunkt, da sich betuchte Käufer und solche, die es sein wollten, auf Ferraris und Lamborghinis stürzten, und sie z.B. bei Liegenschaftskäufen und -verkäufen an Zahlung gaben oder nahmen. So konnten die Buchpreise der Liegenschaften steuertechnisch niedriger gehalten werden, weil versteckte Liegenschaftswerte gegen versteckte Liebhaberwerte von Luxusfahrzeugen ausgetauscht wurden, welche später steuerfrei realisiert werden konnten. Denn auf solchen Kapitalgewinnen auf Mobilien war keine Steuer geschuldet. Zudem kam es zu einer zusätzlichen Preishausse im Zusammenhang mit dem Ableben von Enzio Ferrari. Bald war aber die Blase geplatzt, die Hausse vorbei und die Liebhaberpreise purzelten wieder in den Keller. Dabei sass nicht jeder Ferrarifahrer so sicher in seinem Sportsitz, dass er die Kurve auf der Achterbahn der Spekulation richtig kriegte und der Spekulationsschaden war oft grösser als ein Blech- oder Motorschaden durch einen Unfall im Strassenverkehr.

Die Preise sanken, der Lamborghinifahrer hatte immer weniger Freude an seinem Wagen und je weniger Freude er hatte, umso krampfhafter versuchte er, das Objekt seiner ehemaligen Begierde zu verkaufen. Dabei hatte das Geschäft so gut angefangen. Er hatte seinen Liebling in der Stadt gekauft, war voller Stolz nach Hause gefahren und hatte ihn seiner Frau gezeigt, welche darüber allerdings nicht sonderlich erbaut war und erst mild gestimmt wurde, nachdem er ihr die Gewinnchancen vorgerechnet hatte.

Immerhin hatte er damit ein neues Hobby. Samstags nahm er seine Paradekarosse jeweils aus der Garage, wusch sie, trocknete ihre schönen Formen ab und schminkte sie mit Glanzlack. Dann fuhr er voller Stolz eine Runde, keine grosse, eine bescheidene, denn eine grosse Runde hätte zu einer zur schnellen Entwertung seines besten Stückes geführt. Umgekehrt, wenn er das Auto in der Garage hätte stehen lassen, wie ihm das seine Frau empfohlen hatte, hätte dies zu Standschäden, also auch wieder zu einer Entwertung führen können. Also fand er auch für seine samstäglichen Spazierfahrten eine Rechtfertigung. So verband er das Angenehme mit dem Nützlichen. Ganz langsam fuhr er, ohne Gentlemen-Starts und ohne Donuts, wie der Rauchkreisel in der Fachsprache heisst. Nur hin und wieder liess er den Motor auffauchen, sodass sich andere Verkehrsteilnehmer voller Anerkennung, genervt oder geängstigt nach dem gelben Raubtier umschauten.

Einmal nuckelte ein Käufer am Haken. Ich bereitete einen Kaufvertrag vor, aber der Interessent biss nach einer Probefahrt mit dem gelben Ungeheuer nicht an und sagte ab. Der Besitzer wollte den Interessenten einklagen, aber ich riet ihm davon ab.

So wurde aus dem freudigen Ereignis eine immer länger währende Leidensgeschichte. Die Kosten lasteten immer schwerer auf auf dem Klienten. Die Kritiken seiner Frau stiegen mit jeder Rechnung, die ins Haus flatterte, Kaskoversicherung, Steuern des Strassenverkehrsamts, Service der Spezialgarage und, und, und. Letztendlich entschloss sich der Lamborghinifreund, seinen Feuervogel durch Vermittlung der Spezialgarage, bei welcher er ihn gekauft hatte, weit unter dem Einstandspreis wieder zu verkaufen. Sein gelber Lamborghini war weitaus das teuerste Fortbewegungsmittel, das er jemals besessen hatte. Ich rechnete ihm vor, dass er pro gefahrenen Kilometer weit über 100 Franken ausgelegt hatte. Denn ca. 1000 Kilometer war er damit gefahren und über 100000 Franken hatte er dabei verloren.

*

Aston Martins sind meist klassisch britisch silbergrau, wie in den James Bond Filmen. Der Aston Martin dieses Klienten war aber dunkelgrün und hatte fast die Tarnfarbe eines Militärfahrzeuges, welche in krassem Kontrast stand zur Auffälligkeit zur Karosserie des Aston Martins und zu dessen Innereien. Motor und Getriebe waren nämlich Sonderanfertigungen und der Motorblock war durch den Designer signiert. Es gab nur eine kleine nummerierte Serie dieser Fahrzeuge und sein Wert belief sich nach Angaben des Besitzers auf weit über eine halbe Million Franken. Entsprechend vorsichtig musste er dieses Gefährt in Bewegung setzen.

Der Klient hatte mir das Juwel vor einer Gerichtsverhandlung auf dem Platz vor dem Gerichtsgebäude vorgeführt und mir die technischen Details und eindrücklichen Fahrleistungen erklärt. Nach der Verhandlung wiederholte er seinen Fachvortrag für die interessierten meist männlichen Richter, die sich dafür eigens auf den Vorplatz bemühten. Nach Beendigung der eindrücklichen Show verabschiedete er sich, legte den Rückwärtsgang ein, fuhr zügig rückwärts, übersah dabei eine Obstpresse, die mitten auf dem Platz stand und knallte in diese hinein, worauf es laut krachte. Die perfekte Schönheit seines fahrenden Kunstgeschöpfs war im Bruchteil einer Sekunde dahin und das Heck arg lädiert. Das Gussgestell der Obstpresse hatte dagegen keine Schramme abbekommen. Der Klient legte daraufhin ohne auszusteigen, zurückzugucken oder die erstaunten Zuschauer eines Blickes zu würdigen einen Kavaliersstart hin und verschwand in der nächsten Abbiegung. Er floh buchstäblich vor Scham.

Damit hätte er sich eigentlich eines verkehrswidrigen Verhaltens bei einem Unfall unter Beobachtung qualifizierter Zeugen, den Richtern, schuldig gemacht - ich wäre als sein Vertreter als Zeuge nicht in Frage gekommen -. Aber die Richter waren ob der ganzen Situation so verblüfft, dass sie nicht daran dachten, von Amtes wegen eine Strafanzeige wegen pflichtwidrigen Verhaltens bei einem Verkehrsunfall zu erstatten, was sie eigentlich hätten tun müssen. Offenbar verleiht eben ein Aston Martin übernatürliche Kräfte und hebelt Regeln und Gesetze aus, dies nicht nur in James Bond Filmen. Die Obstpresse ging ihm allerdings nicht aus dem Weg. Später, von mir auf den Vorfall angesprochen, markierte der Klient den Ahnungslosen und wusste nichts mehr davon. Er hatte ihn verdrängt. Er war offensichtlich direkt in seine Privatgarage gefahren, wo sein privater Automechaniker und Carossier den Schaden gleich repariert und er ihn sogleich vergessen hat. Der Mensch hat diese Gabe der selektiven Wahrnehmung und des selektiven Vergessens. Wir erinnern uns ja meist nur an das Gute und vergessen das Schlechte.

Der Zusammenstoss war jedenfalls vergessen und auch die Richter haben sich nicht daran erinnert. Auch die Obstpresse, welche den Unfall glimpflich überstanden hatte, wird ihm bald verziehen haben. Vielleicht ist in den Büchern der Firma des Klienten noch ein Beleg für die Sonderfarbe grün des Aston Martin, welche sein Mechaniker bestimmt in England beim Werk bestellen musste.

*

Auch weisse Ferraris sind so selten wie heute weisse Wintertage im Schweizerischen Flachland. Weiss ist die Farbe der Reinheit, der Jungfräulichkeit, der zurückhaltend bescheidenen Eleganz. Attribute, die allesamt gar nicht zu einem Ferrari passen, der aggressiv, furchterregend, männlich stark und dominant erscheinen soll, wenn er auf der Strasse andere Autos beim Überholen frisst. Vielleicht wird ein Ferrarifahrer seiner Frau oder seiner Freundin einen weissen Ferrari kaufen, damit selber aber wohl kaum herumfahren wollen. Oder der Ferrari wird, wie einleitend bemerkt, zu einem bestimmten Anlass erworben, z.B. für ein Hochzeitsunternehmen oder als Hochzeitsgeschenk. Aber auch hier ist die Verwendung beschränkt, denn der Einstieg mit dem Brautkleid und der langen Schärpe in einen tiefliegenden Ferrari ist fast ein Ding der Unmöglichkeit. Auch haben die Brautkinder, welche die Schärpe tragen sollen, keinen Platz, sie müssen draussen bleiben. Ebenso das Diadem auf dem Köpfchen der Braut, denn es würde den Ferrarihimmel zerkratzen, die drapierte Frisur der Braut würde zerzaust und die weissen Bänder zerfleddert. Die Hochzeitsfotos und -filme würden trotz Ferrari oder Ferrari sei Dank ein Debakel. Die Braut statt mit einem Diadem mit einem zerdrückten Weihnachtsstollen auf dem Kopf.

Trotzdem gibt es weisse Ferraris und auch weisse Ferraris, welche gestohlen werden. Oder von denen behauptet wird, sie seien gestohlen worden, wie dies vorliegend der Fall war. Der Staatsanwalt hatte dies jedenfalls behauptet, das vermeintliche Diebesobjekt in der Garage des Klienten beschlagnahmt und für ein Jahr einbehalten. Der vermeintlich Geschädigte, aufgrund dessen Anzeige das Fahrzeug beschlagnahmt wurde, wohnte in Mailand. Eine entsprechende Anzeige in Italien war aber nie erfolgt und es fanden nie Untersuchungshandlungen statt, weder in Italien noch in der Schweiz. Der Klient, der Eigentümer des

Ferraris und Besitzer der Garage, aus welcher der weisse Ferrari beschlagnahmt worden war, wurde nie einvernommen. Ebenso wenig irgend ein Zeuge. Es gab nur formelle Akten und Beschlagnahmeprotokolle. Sonst gar nichts. Nachdem ein Jahr lang keine Untersuchungshandlungen durchgeführt und meine Beschwerde geschützt worden war, musste die Staatsanwaltschaft den Ferrari dem Eigner wieder herausgeben und der Staat musste ihm eine stattliche Entschädigung zahlen. Die Staatsanwaltschaft hatte im Vorfeld der Entschädigungsverhandlungen unter anderem geltend gemacht, die Verkäuflichkeit des Ferraris sei beeinträchtigt, weil er weiss sei, was zu einer Minderung des Schadens für die einjährige Beschlagnahmung führe. Ich hatte demgegenüber erklärt, der Ferrari sei vorher schon weiss gewesen und der Kaufpreis vom Werk sei für einen weissen Ferrari nicht niedriger. Die Parteien haben sich dann über die Schadenersatzzahlung geeinigt.

*

Rote Ferraris gibt es zwar nicht wie Sand am Meer, aber sie sind viel häufiger als andersfarbige, würde man meinen. Ein Liebhaber wünschte, eine sehr spezielle Ausgabe eines Testarossa bei einem Hobbyhändler zu einem Zeitpunkt zu kaufen, da die Preishausse bei Ferraris allmählich zur Preisblase mutierte. Dies war anfangs der 90er Jahre der Fall. Der Kaufvertrag war unterschrieben. Der Kaufpreis mit 430000 Franken vereinbart, die Lieferfrist war sechs Monate. Aber, nachdem das Fahrzeug endlich nach zwölf Monaten geliefert werden konnte, war der Preis für Ferraris zusammengefallen, die Preisblase war geplatzt und der Käufer wollte den Ferrari nicht mehr kaufen, da er andernorts viel billiger zu erstehen war.

Nach langem Hin und Her leitete der Verkäufer die Klage ein. Er klagte auf Erfüllung respektive auf entgangenen Gewinn. Im Rahmen der Beweisverhandlung vor Gericht galt es zu beweisen, was das Liebhaberobjekt bei Unterschrift unter den Kaufvertrag und bei Auslieferung wert war und zu wessen Lasten das Preisrisiko ging. Für die ordentliche Lieferfrist wohl zulasten des Käufers, für die Lieferverzögerung zulasten des Verkäufers, würde man meinen. Also während der ersten sechs Monate wohl eher zulasten des Käufers, und während der zweiten sechs Monate eher zulasten des Verkäufers. Aber es war höchst unklar, wie gross die Wertverminderung überhaupt war und in welcher Periode sie anfiel.

Die Verhandlung fand vor einem Landgericht in den Voralpen statt, das wohl eher Erfahrung in Streitigkeiten über Subarus als über Ferraris hatte. Es war eine Dreiergerichtsbesetzung mit Präsidentin und zwei Laienrichterinnen. Auch der Posten des Gerichtsschreibers war durch eine Frau besetzt. Das Gericht hatte nicht mehr Sachverstand als die Anwälte betreffend der Preisentwicklung von Ferraris. Dafür sind in der Regel aber Experten oder allenfalls Zeugen da, die befragt werden können. Verhandlungstage mit Zeugen sind so ziemlich das Langweiligste, was der Anwalt in seinem Berufsalltag erleben kann, vor allem, wenn noch Dolmetscher übersetzen müssen.

So eine Zeugenverhandlung war um 14 Uhr angesetzt. Die Zeugen des Ferrarikäufers waren verspätet. Die Anwälte unterhielten sich, zum Fenster hinaus den imposanten Vorplatz vor dem Gericht überschauend, und hielten Ausschau nach dem baldigen Aufkreuzen der Zeugen. Ein Fahrzeug, vermutlich ein grosser Audi älteren oder ältesten Jahrgangs - aus der Vogelperspektive war dies nicht so genau zu erkennen und die Anwälte waren auch keine Experten für Audi Oldtimer - fuhr langsam auf den Platz und suchte gemächlich den Weg zu einer freien Parklücke. Zwei schwarzhaarige südländische Typen stiegen aus und die Anwälte zweifelten immer mehr, ob es sich bei den Ankommenden um die zwei Zeugen und Ferrarispezialisten handelte, die mit einer Midoldtimerkarrosse erschienen, oder um zwei Gastarbeiter aus dem Balkan, welche zur Kontrolle ihrer PS-Schleuder beim Strassenverkehrsamt im unteren Stock bestellt waren. Das Werweissen der Anwälte ging hin und her, bis sich herausstellte, dass die zwei Herren in den oberen Stock stiegen und sich dabei nicht geirrt hatten. Sie stellten sich bei der Gerichtskanzlei als Zeugen vor. Sie waren zwei Brüder und damit Bluts- und nicht nur Testarossaverwandte.

Die Gerichtsverhandlung konnte beginnen. Die Anwälte traten ein und nach einer kurzen Verhandlungseröffnung der erste Zeuge, einer der Brüder. Seine Personalien wurden zu Protokoll genommen. Dann folgten die Fragen zur Preisentwicklung von Ferraris.
Die erste Frage lautete: „Sind Sie ein Ferrarikenner?"
Antwort des Zeugen: „Nein, überhaupt nicht, ich interessiere mich nur für Pferde. Pferde und Pferdesport sind mein grosses Hobby."
Frage des Gerichts: „Warum sind sie denn überhaupt hier?"
Antwort: „Das weiss ich auch nicht."
Frage: „Haben Sie denn etwas mit Ferraris zu tun?"
Antwort: „Mein Bruder, der draussen steht, hat mir letztes Jahr zum Geburtstag einen Ferrari Testarossa geschenkt."
Frage: „Was hat denn der gekostet?"
Antwort: „Das weiss ich nicht. Einem geschenkten Gaul schaut man nicht ins Maul."
Allseitiges Gelächter (wurde nicht protokolliert).
Frage: „Haben Sie noch eine Bemerkung?"

„Nein."
„Sie können ein Zeugengeld verlangen, welches Ihnen draussen von der Gerichtskanzlistin ausbezahlt wird."
„Nein, ich mache kein Zeugengeld geltend. Kann ich draussen auf den Bruder warten?"
„Ja, Sie können abtreten."
Die Kanzlistin wurde hereingeläutet, welche den ersten Zeugen hinausbegleitete.

Der nächste Zeuge, der Bruder, wurde in den Gerichtssaal geführt. Nach Feststellung der Personalien unter Protokollierung stellte die Gerichtspräsidentin dem Zeugen folgende Frage:
„Haben Sie Ihrem Bruder letztes Jahr zum Geburtstag einen Ferrari Testarossa geschenkt?"
Antwort: „Ja, meinem Bruder einen Testarossa und meiner Frau einen 355iger. Dem Bruder im Februar und der Frau im Mai. Aber dann hat meine Frau mich geärgert und ich war so gehässig auf sie, dass ich ihren Ferrari im September wieder verkauft habe. Das war ein miserables Geschäft, weil ich ihn für über 100000 Franken billiger verkaufen musste."
Frage: „Warum denn, hat ihn die Frau kaputt gemacht?"
Antwort: „Nein, aber der Preiszerfall für Ferraris war in dieser Zeit enorm. Die Preise fielen in ein Loch."
Darauf rief einer der Anwälte, welcher gar nicht befragt worden war, dazwischen:
„Jetzt können wir uns dann bald auch einen kaufen, Frau Gerichtspräsidentin!"
Der Zwischenruf wurde von dieser mit einem milden Lächeln quittiert, ganz in der vornehmen Zurückhaltung, welche von einer Richterin im Amt erwartet wird.

Die Verhandlung ging weiter und die Aussagen wurden belanglos. Die Frage des Preiszerfalls hatte der Zeuge beantwortet. Zur Untersuchung des Preiszerfalls wurde eine Expertise angeordnet, welche diesen bestätigte. Der Ferrarikäufer wurde zur Zahlung einer reduzierten Entschädigung verpflichtet, weil dem Verkäufer mangels Erfüllung des Käufers ein Gewinn entgangen war. Die Entschädigung wurde aber wegen der verschuldeten Verzögerung der Auslieferung durch den Verkäufer reduziert.

*

Die Schlussfolgerung aus dieser und den vorgehenden Ferrari Geschichten ist folgende: „Kaufe einen teuren Sportwagen, wenn du Geld hast und wenn er dir Freude macht. Investiere in einen Sportwagen, wenn du technisch davon und vom Markt als solchem etwas verstehst. Kaufe einen Sportwagen in extravaganter Farbe, wenn Du auffallen willst. Bist du aber in clandestiner Mission unterwegs, meide auffällige Sportwagen in auffallenden Farben. Und zu guter Letzt: Eine teure Karosserie schützt nicht vor Blechschaden, im Gegenteil, sie macht ein mögliches Desaster noch viel schlimmer."

Ein Ferrari Testarossa sollte rot sein, deshalb hat ihn Enzio Ferrari auch Testarossa und nicht etwa Testablu oder Testabianca getauft.

*

Zum Schluss sei noch das folgende Beispiel einer Fehlinvestition in einen Sportwagen erwähnt. Der Klient hatte einen Porsche GT geleast und bemerkt, dass der Leasingvertrag sein Budget zu stark belastete. Er liess sich von mir eine Bedarfsrechnung erstellen. Sein Bruttoeinkommen belief sich auf 4200 Franken brutto und

3500 Franken netto. Er hatte eine Ehefrau und ein 18 Monate altes Kind.
„Was soll ich machen, eigentlich möchte ich das Auto behalten?", fragte er.

Die Wohnung war leichter zu kündigen als der Leasingvertrag für den Porsche GT, sodass der Klient diese Möglichkeit ernsthaft in Betracht zog. Trotzdem kündigte der Klient dann den Leasingvertrag, nachdem ich ihm folgendes Szenario geistig vorgeführt hatte: „Wenn Sie die Wohnung kündigen, parken Sie den Porsche GT auf einem Campingplatz mit Stromanschluss, Sie schlafen auf dem Fahrer-, die Frau auf dem Beifahrer- und das Kind hinten auf dem Notsitz, bis der Leasingvertrag abgelaufen ist. Die Wäsche können Sie am GT-Spoiler aufhängen." Das Szenario hatte ihn derart abgeschreckt, dass er vernünftig wurde. Ich half ihm dabei, mit einem blauen Auge aus dem Schlamassel zu kommen. Der Leasingvertrag konnte nach meiner Intervention aufgelöst werden.

13. Tierliebe

Tierliebe ist etwas Schönes und Edles, solange es sich um die Liebe zum Tier und nicht etwa um die Liebe mit dem Tier handelt. Liebe zwischen Tier und Mensch kann auch durchaus reziprok sein, auch Tiere können Menschen lieben. Im Folgenden werden zwei Fälle von Tierliebe geschildert, bei denen die Liebe mit dem Tier im Vordergrund steht, wobei in beiden Fällen durchaus auch die Liebe zum Tier mitgespielt haben mag.

Ein Bauer hatte sich in seinem Stall über eine (weibliche) Zwergziege hergemacht und mit ihr den Geschlechtsverkehr vollzogen. Das Schicksal wollte es, dass sich in jenem Moment eine Nachbarin näherte und, durch stöhnende Geräusche aufmerksam geworden, hinein spähte und Zeugin des unsittlichen Treibens ihres Nachbarn mit einer Zwergziege wurde. Von moralischen Bedenken geplagt, welche das Gebot der Pflege gutnachbarlicher Beziehungen überwogen, erhob sie nach einigen Bedenken Strafanzeige.

Die Polizei erkannte zwar, dass das Handeln des Bauern nicht korrekt war, fand aber keinen Straftatbestand, worunter die Tat hätte subsumiert hätte werden können. Der Tatbestand „Erregung öffentlichen Ärgernisses" kam nicht in Frage, denn dadurch, dass die Nachbarin in den Stall hinein gespäht hatte, wurde die Tat nicht zu einer öffentlichen. Auch existierte im Schweizerischen Strafgesetzbuch kein Straftatbestand der Unzucht mit einem Tier.

Im Einführungsgesetz zum Strafgesetz eines anderen Kantons lautete eine Bestimmung: „Die widernatürliche Unzucht mit einem Tier ist verboten." Eine nicht sehr geglückte Formulierung. Was bedeutete das? War jeder Geschlechtsverkehr mit einem Tier als widernatürlich und deshalb unzüchtig zu betrachten? Oder traf dies nur für den gleichgeschlechtlichen Verkehr zu? Gab es also eine Verkehrsform, die nicht unzüchtig war, der heterosexuelle Verkehr mit einem Tier? Wenn nämlich jeglicher Verkehr mit einem Tier als unzüchtig angesehen wurde, dann bedurfte es des tautologischen wirkenden Zusatzes „widernatürlich" nicht. Wahrscheinlich stipulierte der Gesetzgeber diese Formulierung getreu dem Grundsatz: doppelt genäht hält besser. Ein Grundsatz, der sich auf die Sprache und insbesondere die Gesetzessprache nicht ohne weiteres übertragen lässt.

Nun, unglücklicherweise existierte eine solche Gesetzesbestimmung im Kanton, wo sich die Tierliebe, oder besser gesagt, die Liebe mit dem Tier zugetragen hat, nicht. Zum Zeitpunkt der Tat gab es keinen Strafbestand der sogenannten Sodomie im Einführungsgesetz zum Strafgesetz. Da die Polizei nicht mehr weiter wusste, wandte sich an die Staatsanwaltschaft. Nachdem der Bauer in seiner Einvernahme den Sachverhalt zugegeben hatte, kam diese zu dem Schluss, es könnte der Straftatbestand der Tierquälerei gegeben sein. Also galt es abzuklären, ob die Tatbestandsvoraussetzungen hierfür gegeben waren.

Die Zwergziege konnte nicht darüber befragt werden, ob sie beim Geschlechtsakt gelitten hatte, denn nach Schweizerischem Recht fehlt es Tieren an der Zeugnisfähigkeit. In den Anden dagegen soll vor über 100 Jahren ein von einem Indio begattetes Alpaka im Rahmen eines Gerichtsverfahrens mit Augenschein in der Pampa vorgeführt worden sein und sich dabei diesem sofort genähert und ihn umschmeichelt haben, was als Beweis eines sodomistischen Verhältnisses gewertet worden sei und zur Verurteilung des Indios geführt habe.

Nun, solches war hier unvorstellbar. Also musste ein anderes Beweismittel herbeigezogen werden, um den Bauern der Tierquälerei zu überführen, die Expertise. Also wurde der Kantonsveterinär damit beauftragt, ein Gutachten zu erstellen, ob die Zwergziege beim Liebesakt gelitten habe oder nicht. Das Gutachten lautete im Kernsatz: „Normalerweise ist es für eine Zwergziege schon eine Qual, wenn der Bock auf sie steigt, wenn sie nicht ihre Tage hat, noch viel schlimmer muss dies sein, wenn dies ein Mensch tut."

Gerade scharfsinnig war dieses Gutachten nicht. Denn die Zwergziege leidet bei einem solchen Akt offensichtlich nicht, wenn sie „rüschig" ist. Also hätte zumindest auch abgeklärt werden müssen, ob die Zwergziege zur Zeit der Tat „rüschig" war oder nicht, um den Bauern der Tierquälerei zu überführen. Dies ist aber nicht geschehen. Das Gutachten setzte sich mit dieser Frage überhaupt nicht auseinander. In der Urteilsberatung wies der Partner von Dr. George, welcher als ausserordentlicher Gerichtsschreiber im Gericht amtete, auf diesen Mangel und Widerspruch hin. Das Gericht hat sich daran nicht gestört, hat den Bauern zu einer nicht allzu hohen Busse verurteilt und ihm den Rat gegeben, von abartigem Tun zu lassen und sich eine Frau zu suchen.

*

Die folgende Geschichte einer Tierliebe oder besser gesagt einer Liebe mit dem Tier ging weniger glücklich aus. Am wenigsten mag noch das Tier gelitten haben. Zur Beurteilung stand aber auch nicht die Tierquälerei. Viel schlimmer waren die Folgen für den Liebhaber des Tieres und dessen Eigentümer. Das Tier war diesmal keine Zwergziege, sondern vielmehr ein Eidgenosse, d.h. ein Militärdienst leistendes Pferd, oder präziser gesagt eine Eidgenössin, eine Stute. Der Eigentümer des Pferdes war bei der Kavallerie in der Schweizer Armee und die Eidgenössin sein Armeepferd. Als er und das Pferd ausgedient hatten, baute er hinter der Scheune seines Bauernhofes einen kleinen Stall, pflegte es dort sorgsam und brachte zur Vertreibung von dessen Einsamkeit ein kleines rotes Licht an der Scheune an, das in der Nacht leuchtete.

Ein nächtlicher Besucher war vermutlich vorerst mehr durch das rote Licht bei der Stalltüre als durch die Tierliebe angezogen, als er zum Stall der Stute schlich und die Stute begattete. Indem er sie immer wieder besuchte, pflegte er eine andere Tierliebe als die des Reiters der Stute im Dienste der Armee. Aber beide mögen die Stute im weitesten Sinne geritten haben.

Aber was trieb den jungen Mann, der verheiratet war, zu diesem Frevel an? Er pflegte in der Nacht das nahe Cabaret zu besuchen, wo Künstlerinnen des Tanzes und des Entkleidens ihre
Show darboten, um danach den Kunden, der es sich leisten konnten, bei intimer Musik, schummrigem Rotlicht und Champagner noch mehr ihrer körperlichen Reize hautnah anzubieten. Nun, da lag das Problem, dazu fehlte ihm das nötige Kleingeld. Er machte sich auf Schusters Rappen nach Hause, hielt beim nächsten roten Licht ca. 100 Meter vom Cabaret inne und hielt Ausschau, ob nackte Haut ihn dort erwartete. Aufgereizt nahm er sich „faute de mieux" die Stute zur Abfuhr seiner Triebe vor, weil ihm dafür der Nachhauseweg, wo seine Frau schon schlief und zu müde war, ihm dabei zu helfen, zu lange schien.

Das war der Anfang eines mehrfachen Schicksals. Der Unhold fand Gefallen an den Tänzerinnen und ging immer öfter ins Cabaret, aber er fand auch Gefallen an der Stute und besuchte sie regelmässig nach dem Besuch des Cabarets. Dem Bauer fiel anfänglich nichts auf, er wunderte sich nur, weshalb der Mistkarren häufig am Morgen ausgeleert war und umgekehrt im Stall stand. Offenbar war in der Nacht jemand im Pferdestall. Er erhob Anzeige bei der Polizei, aber diese unternahm nichts. Und so ging das weiter mit dem umgekehrten Karren. Der Bauer konnte er sich darauf keinen Reim machen. Warum dieser umgekehrte Schubkarren? Wer hat denn Interesse, den eingeladenen Mist wieder auszuleeren und diesen Karren in den Stall zu stellen? Erst, als die Stute eines Morgens im Genitalbereich gerötet war, schwante ihm, dass nachts ein Tierschänder um den Pferdestall schlich und dass dieser, weil dessen Beine zu kurz waren, um die stattliche Stute zu decken, auf den umgekehrten Schubkarren steigen musste und dabei die Hinterläufe der Stute zwischen die Holmen des Schubkarrens klemmte, sodass sie seiner Penetration nicht ausweichen konnte. Geschockt brachte der Bauer an der Stalltür eine Alarmanlage an. Nachdem die Polizei wiederum nicht reagiert hatte, legte er seine Armeepistole neben sein Kopfkissen und gebot seinem Sohn, dies ebenfalls zu tun. Er plante mit seinem Sohn, bei Alarm den Täter anzuschleichen, um ihn in flagranti zu ertappen.

Die Nächte der ersten Wochen verliefen ungestört und schon dachte der Bauer, der böse Spuk wäre vorbei, als plötzlich eines nachts, eine Stunde nach Mitternacht, der Alarm losging. Der Bauer schilderte mir, was dann passierte, in folgenden Worten: „Mein Sohn und ich standen schnell auf, zogen uns im Eiltempo an, behändigten unsere Armeepistolen, welche geladen waren und schlichen auf leisen Sohlen um die Scheune herum zum

Pferdestall. Der Sohn schlich vorne, ich hinten herum. Nichts und niemand regte sich. Hinter der Scheune trafen wir uns und schlichen auf den Pferdestall zu. Im Stall war Volllicht, welches das schummrige Rotlicht verbleichen liess. Die obere Hälfte der Saloontüre war offen. Ich stiess die untere Hälfte auf und spähte hinein. Erhaschte mit einem Blick die Situation. Mein Eidgenosse war mit den Hinterläufen zwischen die Holme des Schubkarrens geklemmt. Hinter dem Pferd versteckt ein Mann. Nur weisse halb heruntergelassene Hosen, die hochzuziehen der Versteckte sichtbar bemüht war, und weisse Schuhe zwischen Vorder- und Hinterläufen des Pferdes waren sichtbar. Ich schrie: „Chom use du Sauhund!" Und plötzlich, wie ein Schrapnell hechtete der Unbekannte zwischen den Vorder- und den Hinterläufen hervor, stiess mich im Flug zur Seite, landete irgendwie auf den Füssen und rannte um den Misthaufen davon. Ich legte an zum Schuss, schoss einmal und der ganz in Weiss gekleidete Schuft taumelte und fiel in den Mist."

Leider hatte er den Sachverhalt, bevor er mich konsultiert hatte, der Polizei schon so geschildert mit der ergänzenden Bemerkung, dass man ihn als Scharf- und Kleinkaliberschützen nicht schiessen lernen müsste und dass er deshalb mit einem Schuss getroffen hätte. Er hätte besser getan, zu Protokoll zu geben, er hätte beim Angriff durch Hechtsprung des Unholdes eine Todesangst verspürt und in Panik, wenn auch ein wenig zu spät, als der Täter bereits an ihm vorbei war, in dessen ungefähre Richtung abgedrückt. Dies wäre zwar weniger heldenhaft, aber für die Verteidigung besser gewesen.

Der Weisse fiel zwar in den Mist, aber er biss nicht ins Gras. Polizei und Ambulanz wurden alarmiert, der Täter mit Blaulicht ins Spital gefahren, wo eine schwere Schussverletzung der

Wirbelsäule mit der sicheren Folge einer Paraplegie festgestellt wurde. Der Wilhelm Tell wurde auf den Polizeiposten geführt, wo er die vorher geschilderte Version seiner Heldengeschichte zu Protokoll gab. Und was im Protokoll steht, „schleckt kei Geiss weg", wie es im Schweizer Volksmund heisst. Da kann kein noch so engagiertes Plädoyer aus einer Heldentat eine Notwehr, oder einen Notwehrexzess kreieren. Da hört die anwaltliche Gesichtskosmetik auf.

Der Schaden war gross und die Strafe wog schwer. Für den Unhold bedeutete die Tat ein lebenslängliches Gebundensein an den Rollstuhl, Verlust seiner Arbeits-, seiner Zeugungsfähigkeit und eines glücklichen Ehelebens und für den Scharfschützen ein Strafverfahren, welches verheerend ausging. Er wurde wegen vorsätzlicher schwerer Körperverletzung zwar nur zu einer bedingten Strafe verurteilt, aber er musste hohe Entschädigungen an den Unhold und dessen Familie entrichten.

Unter anderem hatte die Ehefrau des „Pferdeflüsterers" eine Genugtuung dafür verlangt, dass ihr Ehemann nicht mehr zeugungsfähig und das Intimleben schwer gestört war. Aus dem im Gerichtssaal anwesenden Publikum hab ich anlässlich der Hauptverhandlung frotzelnd flüstern gehört, eigentlich müsste die Stute eine Genugtuung erhalten, denn der Unhold habe vor seiner Verletzung vor allem mit ihr Geschlechtsverkehr gehabt. Ein Argument, das mich zwar amüsiert, ich aber selbstverständlich nicht in mein Plädoyer eingebaut und erklärt habe, nicht die Ehefrau, sondern das Pferd wäre zur Genugtuungsklage aktivlegitimiert gewesen. Diese Genugtuung wurde dann auch der Gemahlin und nicht der Eidgenössin zugesprochen.

Wahrscheinlich wäre der Schaden für den Bauern wesentlich geringer ausgefallen, wäre er in der ersten Einvernahme als Angsthase und nicht als Held aufgetreten. Ein falsches Wort hat ihn ein paar hunderttausend Franken gekostet. Im Volksmund heisst es deshalb nicht ganz zu Unrecht: „Ich sage nichts ohne meinen Anwalt."

Aber auch der Pferdeliebhaber hatte eine gewaltige Ladung Fett abbekommen. Der Bauer hatte zwar keine Strafanzeige gegen ihn erhoben, aber er war stigmatisiert. Noch jahrelang sah man ihn im Rollstuhl in der Gemeinde umher rollen und jeder erkannte ihn als Pferdevögler und schaute ihm nach. Der Fluch der bösen Tat haftete an ihm sein Leben lang.

14. Zwei Hochstapler im gleichen Gefängnis

Die zwei Hochstapler waren beide Schulkollegen von mir. Der eine hatte in der vierten Klasse die Schulbank mit mir gedrückt, der andere war in der gleichen Studentenverbindung wie ich und beiden sah ich in jungen Jahren, wie es sich bei Hochstaplern so in sich hat, den Hang zum Bösen keineswegs an. Im Gegenteil, beide waren passable Schüler gewesen und hatten später Karriere bei derselben Grossbank gemacht. Der eine brachte es zum Prokuristen, der andere zum Direktor.

Ansonsten hatten sie ausser dem Drang zum lieben Geld keine sichtbare Ähnlichkeit, ausser, dass sie mich jedes mal anpumpten, wenn ich sie im Gefängnis besuchte und sie mich um Rat bezüglich ihrer postprisonalen Tätigkeit ersuchten. Ihre Ideen wiesen in der Regel darauf hin, dass ihr Resozialisierungsprozess noch in den Anfängen steckte oder zumindest noch nicht abgeschlossen war. Dementsprechend musste ich versuchen, ihre künftigen kreativen Geldbeschaffungsaktivitäten aus gesellschaftsschädigenden Bahnen weg zu lenken, was nicht immer einfach war. Meine erste Vorsichtsmassnahme vor dem Besuch lag darin, einen Teil meines Geldes aus meiner Brieftasche zu entnehmen, sodass das Loch, das ihr Betteln in sie hineinfrass, zu verkraften war und bei den beiden doch den Eindruck hinterliess, ich hätte ein ansehnliches Spendeopfer erbracht. Ich unterstützte sie unter dem leisem Protest, ich bräuchte auch noch einen gewissen Geldbetrag für Rückreise und Mittagessen und ein anderer Klient im Gefängnis erwarte auch noch eine Spende.

Auch bezüglich der Deliktsbeträge unterschieden sich die zwei Hochstapler: der Direktor hatte 55 Millionen Franken, der

Prokurist nur 3,5 Millionen erschwindelt. Damit blieb auch die Hierarchie, welche sie in der Bank innehatten, in ihrem Erfolg als Hochstapler gewahrt. Zu sagen ist auch, dass jeder seine Delikte völlig unabhängig vom anderen beging, dass sie sich möglicherweise kannten, deliktisch aber nichts miteinander zu tun hatten und nicht etwa Mittäter waren. Eine derart ungleiche Aufteilung eines Deliktsbetrages hätte dann doch nicht ganz ihrer beruflichen Rangordnung entsprochen.

Hingegen entsprach die Rangordnung, welche sie in der Gefangenschaft innehatten, jener im vorherigen Beruf. Der Direktor war vorerst Gärtner im Gefängnis, was ihm ermöglichte, die Anwaltssekretärinnen bei seinen Terminen in meiner Kanzlei mit Blumen zu bezirzen, wobei ich mich zuweilen fragte, ob nicht die ganze Kanzlei den Tatbestand der Hehlerei erfüllte, denn vielleicht nahmen meine Sekretärinnen in kauf, dass die Blumen in der Gärtnerei des Gefängnisses gestohlen worden waren? Später arbeitete sich der Hochstapler vom Gärtner zum Lohnbuchhalter für sämtliche Gefangenen hinauf und, als ich den Gefängnisdirektor fragte, ob er nicht Angst habe, mit dieser Beförderung den Bock zum Gärtner gemacht zu haben (im effektiven Sinn wurde ja der Gärtner zum Buchhalter gemacht), antwortete dieser, der Gefangene sei kein Krimineller, sondern ein erfolgreicher Mann mit guter Bildung, tadellosen Umgangsformen und komme aus gutem Hause. Er sei ein Mann wie ich und wie er, der Gefängnisdirektor. Teils pflichtete ich ihm bei. Nur mit tadellosem Umgang und Intelligenz war er an die Deliktsumme herangekommen. Solche Attribute, welche der Gefängnisdirektor seinem neuen Lohnbuchhalter zugestand, waren für einen Hochstapler, der sein Handwerk respektive seine Kunst verstand, eine conditio sine qua non.

Auch sonst stand er in der Gefängnishierarchie ganz oben. Als er an einem Wochenende freien Ausgang hatte, holte ihn eine Flightattendant der damals noch nicht gegrounteten Swissair an der Gefängnispforte ab und die beiden verbrachten das Wochenende in einem Fünfsternhotel an einer Quelle in einem nahen Kurort. Man wäre beinahe geneigt gewesen zu behaupten, der Hochstapler hätte für ein Wochenende nur seinen Kurort gewechselt und dabei ein Upgrading von zwei bis drei Sternen erreicht. All das beweist, dass ein erfolgreicher Hochstapler eher ein Künstler als ein Handwerker ist.

Der weniger erfolgreiche Hochstapler, der eher unter die handwerklichen Hochstapler zu subsumieren war, hatte auch im Gefängnis keine so steile Karriere gemacht, es aber wenigstens zum Präsidenten eines Gefangenenclubs gebracht, ein Amt, auf das er sehr stolz war. Er hatte bereits klare Vorstellungen über seine Zukunft ausserhalb des Gefängnisses. Er wollte noch während des Strafvollzuges im Internet eine Russin kennen lernen und mit ihr eine Scheinehe für 30000 Franken eingehen, womit sie dann in der Schweiz ihrer freiberuflichen Tätigkeit nachgehen könnte. Eine Idee, welche ich nicht so toll fand, ihm aber vergeblich auszureden versuchte. Immerhin sah er ein, dass er künftig kleinere Brötchen backen musste, eine Einsicht, zu welcher der Hochstapler-Künstler im Gespräch mit mir nie gelangte.

Eigentlich hatten die beiden Herren mich nicht erst im Rahmen ihrer Resozialisierung, sondern im Strafverfahren wieder getroffen. Der Handwerker-Hochstapler hatte mich als seinen ehemaligen Schulkollegen in meiner Anwaltskanzlei aufgesucht, erklärt, er möchte bei seiner Bank ein Sabbatical beantragen und gefragt, wie er das am besten anstellen solle. Nach einer

Auskunftsstunde, die zu einer vue d`horizon benutzt wurde, hatte ich nichts mehr von ihm gehört, bis ich ca. drei Wochen später erfuhr, mein ehemaliger Klassenkamerad werde vermisst und von der Polizei gesucht. Man vermute ihn in Brasilien. Er sei mit seiner Freundin und deren zwei Kinder dorthin geflogen, nachdem er bei seiner Bank eine halbe Million Franken unterschlagen hätte. Er floh in der Absicht, nicht mehr zurückzukommen, wogegen die nichtsahnende Freundin meinte, sie gingen nur für zwei Wochen in die Sommerferien. Später erklärte sie mir, nach drei Tagen Aufenthalt in Brasilien hätte sie ihre Mutter angerufen, welche ihr erklärt hätte, ihr Freund werde polizeilich gesucht. Die Polizei hätte eine Durchsuchung der gemeinsamen Wohnung durchgeführt und dabei 100000 Franken in der Unterwäsche des Geliebten gefunden. Der Betrag stammte, wie ich später erfuhr, von einem Nachtclubbesitzer, der das Geld durch den Brasilienreisenden verstecken liess. Was dessen Lagerung zwischen der Weisswäsche für eine Bewandtnis hatte, konnte ich mir allerdings nicht erklären. Stellte sie etwa einen untauglichen Versuch dar, das Geld weiss zu waschen?

Wie dem auch sei, die Freundin kehrte mit den Kindern nach einer Woche Sommerferien in die Schweiz zurück. Und kurze Zeit später brach auch der Banker sein Sabbatical ab, kehrte an seinen Wohnort zurück, wo ihm die Bank mitteilte, sein Sabbatical sei auf Lebzeiten verlängert worden, er müsse nicht mehr am Arbeitsplatz erscheinen. Noch am selben Tag wurde er von der Polizei verhaftet.

Seine erste Straftat, für die er verfolgt wurde, war also, dass er an seiner Stelle bei der Grossbank ca. eine halbe Million Franken veruntreut hatte. Keine grosse Sache, dafür wurde er zu einer Gefängnisstrafe von 14 Monaten bedingt bei einer Probezeit von drei Jahren verurteilt [1]. Das Gericht war meinem Antrag gefolgt. Dies war eine sehr milde Strafe und man wäre fast geneigt gewesen zu sagen, das Gericht hätte angesichts der Dummheit, wie er sich bei der Tatausführung anstellte, mildernde Umstände angenommen.

Schon bald danach wurde er als Buchhalter mit Einzelunterschrift in einer renommierten Firma eingestellt. Auch hatte er jetzt, obwohl er kein Adonis war, eine wunderschöne neue Freundin, eine langbeinige dunkelhäutige Gazelle mit kleinem Hündchen, um die er von allen, die ihn kannten und die keine Kenntnis von deren Geldverbrauch hatten, beneidet wurde. Ich hatte sie einmal an einem Anlass gesehen und mit ihr gesprochen, während mein kleiner Sohn ihr Hündchen gebissen (sic!) und dieses gejault und gebettelt hatte, bis sie es in ihre Arme nahm. Ich hätte, von ihrem Liebreiz überwältigt, nur allzu gerne mit dem Hündchen getauscht. Später erfuhr ich dann, dass sie ihre weiblichen Reize an die geneigten Freier für teures Geld verkaufte. Der Hochstapler-Handwerker hatte mit ihr so etwas wie einen teuren Exklusivdienstleistungsvertrag, denn monatelang bediente sie ausschliesslich ihn. Wenn sie in die Grossstadt zum Einkaufen ging, liess sie sich gerne 40000 Franken pro Einkaufsbummel mitgeben, in Kreditkartenform und Cash. Und, wenn sie zurückkam, wurde in einem Luxushotel bei frischen Austern und Dom Perignon gekokst, damit die schönste Sache der Welt noch köstlicher - oder noch kostenträchtiger - wurde. Es braucht nicht beigefügt zu werden, dass der Prokuristenlohn für ein solch schönes Leben nicht ausreichte. Und so war es denn auch.

---

1) In Deutschland heisst es „auf Bewährung"

Der Hochstapler-Handwerker schuf sich gezwungenermassen einen zusätzlichen Broterwerb, womit er wieder auf die schiefe Bahn geriet.

Die Arbeitgeberfirma war eine weltweit vertreibende Produktionsunternehmung und hatte weltweit Kunden und Alleinvertreter, welche bei der Firma Kunden- und Agentenkontokorrente führen liessen. Die Führung dieser Konten stand in seiner Verantwortung. Nun liessen Kundenvertreter und Agenten gewisse Beträge, welche sie in ihren Ländern nicht versteuern wollten, stehen, um sie bei Gelegenheit auf einer Reise in die Schweiz abzuholen. Gewisse Kundenvertreter und Agenten kamen aber nie mehr zurück, beispielsweise, wenn sie gestorben oder in ihrer Firma entlassen worden waren. Die Gelder wurden dann nie mehr abgeholt und blieben auf den Konten stehen. Diese Beträge zweigte der Hochstapler für seine Zwecke und die seiner Freundin ab. Das Risiko entdeckt zu werden, war hier am kleinsten, denn die Toten und die entlassenen Steuerhinterzieher in fremden Ländern reklamierten nicht. Ebensowenig jene, die ihre Firmen mit solchen Kickbacks betrogen hatten. Die um ihr Geld Erleichterten wussten nicht um die Veränderungen im Saldostand ihrer Kontokorrente. Es interessierte sie nicht mehr, Sie kamen ohnehin nicht mehr an das Geld heran. Der Hochstapler plünterte die Konten der Agenten und Kundenvertreter in folgender Reihenfolge: zuerst die der Toten, dann jene der Verschollenen, dann, als dort nichts mehr zu holen war, die, von denen er annahm, dass die Vertreter nicht oder nicht allzu schnell in die Schweiz kommen würden, und, als auch diese leer waren und die Einkäufe seiner Prinzessin nicht abnahmen, ordentliche Konten. Damit wurden seine kriminellen Taten für ihn gefährlicher und bald wurden seine Betrügereien entdeckt, er wurde entlassen und eine Strafuntersuchung wurde eingeleitet. Der Schaden belief sich auf über drei Millionen Franken. Geld welches er grösstenteils mit seiner langbeinigen Gazelle verkokst und in ihre Fetische investiert hatte. Mit den letzten 500000 Franken floh er sofort, um seiner Verhaftung zuvorzukommen nach Brasilien, wo er beim Versuch, gefälschte Papiere zu erhalten, schon in der ersten Woche seiner Flucht um 100000 Franken erpresst wurde.

Das Leben in Brasilien gestaltete sich anfänglich, als er noch flüssig war, äusserst angenehm. Die lokalen Gazellen hatten ähnlich lange Hinterläufe, wie die in der Schweiz zurückgebliebene. Doch mit zunehmender Dauer des Aufenthaltes und zunehmender Verknappung seiner Liquidität wurden deren Hinterläufe kürzer, dafür aber deren Herzen besser. Die letzte hatte sich in ihn verliebt, war eine herzensgute Frau und schrieb ihm noch schöne Briefe, als er schon lange in der Schweiz im Gefängnis sass. Aber so weit war es noch nicht. Vorerst fahndete der Untersuchungsrichter lange Zeit nach ihm und fragte mich sporadisch telefonisch an, wo sich sein Klient befinde. Dies verriet ich, an das Anwaltsgeheimnis gebunden, jedoch nicht. Da auch der Untersuchungsrichter ein guter Bekannter von mir war, gab ich nach einem heiteren Länderraten ihm preis, ich könne ihm versichern, dass der Angeklagte nicht friere, dort wo er sich aufhalte. Nach drei Jahren war das erschwindelte Geld endgültig alle und die Zukunftsaussichten des Handwerker-Hochstaplers verdüsterten sich immer mehr. Mit seiner letzten Geliebten ein Kind zu zeugen, wie Ronald Gibbs, damit die brasilianische Staatsbürgerschaft zu erhalten und sich auf diese Weise der heimatlichen Strafjustiz zu entziehen, kam für ihn nicht in Frage. So stellte er in seiner Verzweiflung, vom Heimweh gemartert, ein Heimführungsgesuch bei der Fürsorgestelle für Auslandschweizer, wo er vorerst seinen gesamten Werdegang schildern musste. Das Gesuch wurde geschützt, der Hochstapler mit der damaligen

Swissair in die Schweiz geflogen, wo ihn am Flughafen Zürich-Kloten ein Empfangskomitee mit Handschellen erwartete und ihn in Untersuchungshaft nahm.

Dort statteten ihm der Untersuchungsrichter und ich einen gemeinsamen Besuch ab. Alle drei waren per Du miteinander. Der Hochstapler sass auf dem Bett. Hinter ihm waren die Jagdtrophäen seiner brasilianischen Grosswildjagd photographisch festgehalten. Eine Galerie, welche Untersuchungsrichter und ich voller Anerkennung abschritten und mich zur Bemerkung verleitete: „Du bisch au en tumme Siech, jetz häsch döt di schönschte Fraue, heisses Wätter und Ramba Zamba gha und jetz chunsch i di chalt Schwyz und hocksch i`t Untersuechigshaft." Ein Kommentar, welcher Untersuchungsrichter und Hochstapler zu lautem Lachen brachte.

Diesmal verlief die Gerichtsverhandlung nicht so angenehm wie das erste Mal, ebenso wenig das Urteil, denn der Hochstapler-Handwerker war ein Wiederholungstäter und der Deliktsbetrag war diesmal wesentlich höher. Er wurde zu fünf Jahren Gefängnis unbedingt verurteilt und musste glücklicherweise die Vorstrafe nicht auch noch absitzen. Der Richter hatte auf Widerruf der bedingt ausgefällten Vorstrafe verzichtet. Nun hatte er fünf Jahre Zeit, sich Gedanken über seine Zukunft zu machen und dabei kam er, wie vorstehend geschildert, auf keine bessere Idee, als eine Bürgerrechtsehe mit einer russischen Belle de nuit einzugehen und dafür 30000 Franken zu kassieren. Ein klarer Abstieg.
Sic transit gloria mundi.

Der Hochstapler Künstler hatte schon von Berufes wegen nur Millionenbeträge jongliert und daneben begonnen, privat für sehr reiche Kunden, die sein Vertrauen genossen, spekulative Anlagen zu tätigen. Einem Kunden allein hatte er 55 Millionen Franken verspekuliert, so behauptete er, einem anderen ca. 3,5 Millionen Der erste erhob Strafanzeige, der zweite schämte sich, dies zu tun und wischte selbst die ganze Angelegenheit unter den Tisch. Beim zweiten hatte der Hochstapler-Künstler freien Zutritt zum Chefbüro, zur Chefkorrespondenz und benahm sich dort, als ob er selbst der Chef wäre. Ein Hochstapler also, der alles kann. Beim ersten Kunden versuchte der Untersuchungsrichter zumindest halbherzig herauszufinden, wohin die 55 Millionen geflossen waren. Waren sie verspekuliert, verbraucht oder versteckt worden? Niemand fand das heraus und gross nachgehakt hatte auch niemand. Der Künstler hatte diesmal das Karnickel nicht aus dem Zylinder gezaubert, sondern auf unerklärliche Weise zum Verschwinden gebracht. Ehrenschulden habe er bezahlt, stand in den Untersuchungsakten. Nachgeforscht darüber hat niemand. Das wäre ja auch fast unanständig bei soviel Ehre und einem Hochstapler-Künstler mit besten Umgangsformen aus bestem Haus. Er wurde zu einer unbedingten Gefängnisstrafe von sieben Jahren verurteilt. Also war die Strafe nur unwesentlich länger als diejenige des Hochstapler-Handwerkers. Im Vergleich, der allerdings nicht tel quel angestellt werden sollte, waren die 3,5 Millionen mit fünf Jahren, die 55 Millionen unter Gewährung eines gewaltigen Rabatts mit nur zwei Jahren mehr bestraft worden. Das Sprichwort der Reichen und derer, die es werden wollen, wonach die erste Million am schwersten zu verdienen ist, trifft auch hier zu. Die erste Million ist mit den schwersten Konsequenzen zu ergaunern.

Auch die Zeit vor dem Strafantritt nutzte der Künstler sinnvoll. Er wohnte sieben Monate in der Kingsuite eines Fünfsternhotels, welche er nicht bezahlte, wofür er nicht angezeigt und nicht bestraft wurde und bahnte neue Geschäfte an, wie den Kauf eines riesigen Weingutes in der Toscana. Er brauchte sich also nicht um seine Zukunft nach dem Ablauf des Strafvollzuges zu sorgen und musste keine Scheinehe mit einer Russin eingehen. Wahrscheinlich hat er danach aus seinem Zylinder seine vorher verschwundenen Karnickel, sprich Millionen wieder hervorgezaubert.

15. Der unbeteiligte Unfallbeteiligte

Ein Bäcker und seine Frau waren ein sehr streitsüchtiges Paar. Sie hielten es lange miteinander aus, weil er in der Backstube die Brote backte und sie diese im Laden verkaufte und mit den Kundinnen sprach. Im Ehebett schliefen sie Schicht, denn er musste um 7 Uhr in die Heia, morgens um drei aufwachen und in der Backstube stehen, während sie abends gerne in den Ausgang ging und oft um die Zeit sich in die Federn legte, um die er aufstand. Sie bildeten, wenn man so will, eine Schlafstaffette. Trotzdem kam es vor, dass sie zusammen in den Ausgang gingen. Dabei gab es fast regelmässig Streit, vor allem auf der Fahrt nach Hause.

Wenn der Streit im engen VW Käfer dann immer lauter wurde, pflegten sie, um Handgreiflichkeiten zu vermeiden, getrennten Weges nach Hause zu gehen. Das heisst, der Ehemann, der praktisch auf Heimwegen zufolge übermässigen Alkoholkonsums nie fuhr, stieg jeweils aus und ging zu Fuss weiter, während die Frau nach Hause fuhr. Zuhause angekommen, war der Streit dann erledigt, weil die Frau schon schlief und der Mann zu erschöpft war, nochmals Streit anzufangen oder, weil er direkt in die Backstube gehen musste. Eine kluge Lösung. Der Ehemann stieg in solchen Fällen immer aus, unabhängig der Distanz des Streitortes zur häuslichen Bäckerei, unabhängig des Wetters und unabhängig der Strassenverhältnisse. So lief er auch schon einmal auf dem Pannenstreifen einer Autobahn oder durch einen Strassentunnel nach Hause. Ob er Kreisel jeweils korrekt im Gegenuhrzeigersinn passierte, entzieht sich meiner Kenntnis.

Besser in der Ehe ging es lediglich, als er eine Strafe, auf meine Intervention in sogenannter Halbgefangenschaft, verbüssen konnte. Das heisst, er durfte während der Arbeitszeit das Gefängnis verlassen, 50 km in seine Bäckerei fahren, von morgens drei bis elf Uhr seine Brote backen und musste mittags wieder ins Gefängnis einrücken. Da blieb nicht viel Zeit für Streitereien. Die Halbgefangenschaft wirkte sich damit wie eine Eheschutzmassnahme aus und hatte den Vorteil, kostenlos zu sein. Doch als die Gefängnisstrafe verbüsst war, lebten die alten Querelen wieder auf.

In einer Samstagnacht - am Sonntagmorgen musste der Bäcker nicht backen - nahmen die Bäckersleute wieder einmal den Weg nach Hause unter die Räder und, wie schon so oft, kam es zum Streit, welcher auszuarten drohte. Und wieder einmal stieg der Bäcker aus und die Ehefrau navigierte den VW allein in Richtung Hause. Der Bäcker war so ca. 40 Minuten marschiert, als er von weitem in einem Dorf mehrere Fahrzeuge mit blinkendem Blaulicht sah und, als er näher kam, hörte er auch kurz das ta di ta di der Polizei. Als er endlich zur Kreuzung kam, entdeckte er seinen zerbeulten VW nebst einem anderen Autowrack und zwei Polizeiwagen, aber keinen Kranken- und schon gar keinen Leichenwagen. Ob er darob erleichtert war, ist schwer zu sagen. Dann sah er seine Frau Gemahlin neben dem Polizisten stehen. Sie schrie nicht mehr so schrill wie vorher, sondern sprach in gedämpftem Ton. Er grüsste die Anwesenden, ging seines Weges, wie wenn der Unfall ihn nichts anginge und setzte seinen Heimweg auf Schusters Rappen fort. Er verspürte keinerlei Drang, seiner Frau Hilfe zu leisten. In einer Garantenpflicht sah er sich schon gar nicht. Diesmal war er schneller zu Hause als seine Frau und schlief seinen seligen Schlaf als sie nach Hause kam. Chi va piano va sano e va lontano, kann man da nur sagen. [1)]

---

1) Auf Deutsch: „Wer langsam fährt, fährt sicher und kommt weit."

16. Cabaret, Affen- und Reptilienhaus

Vor einem Cabaret mit maurischen Fensterbogen war ein Pool, in dem ein Alligator schwamm, welcher von einem japanischen Brücklein aus von oben besichtigt werden konnte. Zum Gebäudekomplex gehörte auch eine antike Tankstelle, die an solche an der Route 66 erinnerte, sowie ein Reptilien- und ein Affenhaus. Es war eine Art Biotop und, wenn man die Tänzerinnen und die Besucher des Cabarets miteinbezog auch ein Soziotop von frivolen Liebhabern der Lust. Leider musste das Cabaret später einem 08.15 Containershop mit zugehöriger Tankstelle weichen. Früher waren nicht nur der maurische Baustil und die Tiere dort exotisch, sondern damals, vor der Osterweiterung der EU, auch die Tänzerinnen und Künstlerinnen, welche zum Gaudi der Betrachter und Befühler Haut in allen Farben entblössten. Eine Volière fehlte, aber der Besitzer war ein bunter Vogel und einige seiner Stammkunden Paradiesvögel. So war es ganz normal, dass er einen Hausanwalt brauchte, der aus der Kanzlei des Schreibenden gestellt wurde und es überrascht auch nicht, dass sich in diesem Cabaret viele tierische, menschliche und tierisch-menschliche Komödien und Tragödien, von denen hier einige erzählt werden, abgespielt haben.

Der Besitzer war ein Schlangenliebhaber und betrachtete sie liebevoll nicht nur dann, wenn eine solche den Leib, Hüften Busen und Hals einer nackten Tänzerin umschlang in einer Weise, welche die Zuschauer zur Nachahmung stimulierte. Nein, er liebte es, die Riesenschlangen in ihrem Terrarium neben der Bühne zu beobachten. Aber er liebte auch das Schlangenfutter, die weissen Mäuse, die er verfütterte. Deshalb wurde er vor jeder Fütterung von argen Gewissenskonflikten geplagt, welche er derart löste, dass er nur die Männchen und niemals trächtige Weibchen verfütterte. So ging jeder Fütterung eine zeitraubende Geschlechtsbestimmung und Bestimmung allfälliger Schwangerschaften der Mäuse voraus. Dabei richtete er seine Aufmerksamkeit auch darauf, dass ihm immer ausreichend männliches Genmaterial blieb.

Die Schlangen hatten zwar anders als die Tänzerinnen keine Künstlerinnenbewilligungen und auch das Veterinäramt war noch nicht auf ihn aufmerksam geworden, aber sie blieben immer öfter in ihren Terrarien. Dies ganz einfach deshalb, weil die Besucher immer weniger künstlerische Tanzdarstellungen, aber immer mehr nur Striptease und nackte Haut sehen wollten, und, wenn hier von nackter Haut die Rede ist, dann ist nicht Schlangen- sondern Tänzerinnenhaut gemeint. Einige Jahre lang wurden die Stühle der Zuschauer auch immer näher an die Bühne gerückt, weil der Blick der Kunden immer mehr auf auf das Delta der Venus der Darbieterinnen, von Künstlerinnen kann schon fast nicht mehr die Rede sein, fokussiert war. Es ging den Besuchern immer weniger um die künstlerische Gesamtschau.

Dies begann, als die Ostschweizer Beizenfasnacht aufkam, die sich weniger durch dissonante Guggenmusiken und geistreiche Schnitzelbänke, sondern vielmehr durch dekorierte Restaurants auszeichnete. Dabei wurden in vielen Beizen die Dekorationen immer üppiger und die Kostüme des weiblichen Personals immer spärlicher. Wichtigstes Merkmal der Fasnacht war nämlich die freie Sicht auf den nackten Busen und die rasierten Geschlechtsteile der Bediensteten, welche auch häufig stets zu Diensten standen. In einem wurden sogar die Karnevale von Olinda und Rio übertroffen, nämlich in der Aussparung der Bekleidung.

In dieser Zeit standen neben der Dschungelbar mit nackten Tarzaninnen die Piratenbar mit nackten Sklavinnen und 100 Meter weiter die Gefängnisbar, aus der man gegen grosszügiges Entgelt nackte weibliche Gefangene auslösen konnte. Zwar war nur auf der Bühne vollständige Nacktheit erlaubt. Für die Lokale sahen die Bestimmungen vor, dass die Bediensteten mindestens einen kleinen Tangaslip tragen müssen. Wie der aussehen sollte, blieb der Interpretation des Wirtes anheim gestellt. Auch bezüglich dieser Tenüfragen konsultierten die lokalen Wirte unsere Kanzlei.

Der Wirt des erwähnten Cabarets hatte vorgesehen, dass seine Tänzerinnen anstelle eines Feigenblattes ein Stoffherzchen tragen sollen. Aber die Frauen klebten sich dieses Herzchen irgendwo auf den Bauch oder den Rücken und nicht dorthin, wo er es verlangte. Nach einer Kontrolle hatte die Polizei dies beanstandet, worauf der bunte Vogel meinem Kollegen in weinerlichem Ton erklärte: „Ich kann doch nichts machen, wenn die Frauen die Hausorder nicht beachten. Ich habe ihnen gesagt, dass das Herzchen die Scham bedecken soll, aber sie haben das Herzchen überall hingeklebt, nur nicht auf den rechten Fleck." Der Kollege antwortete: „Es ist schon richtig, wenn sie das Herz am rechten Fleck haben, aber der richtige Fleck für das Stoffherzchen ist hier nicht am rechten Fleck, sondern über der Scham. Aber wenn die Frauen keine Scham haben, müssen Sie jenen Ort jeder genau zeigen."

Noch schlimmer wurde es, als auf der Bühne eine Lesbianshow gezeigt wurde, bei der das vorne sitzende Publikum entgegen den Anweisungen ähnlich wie im Zirkus mit in die Show einbezogen wurde. In der vordersten Reihe sass einmal ein Lokalpolitiker mit seiner Frau. Plötzlich sass eine Tänzerin rittlings im Schultersitz auf ihm. Aber nicht so, wie er seine Enkelkinder normalerweise trug, sondern umgekehrt, ihre Scham auf seine Atemorgane gepresst, sodass er fast erstickt wäre. Er japste wegen Sauerstoffmangels, seine Frau japste aus Empörung. Sie meldeten den Vorfall der Polizei. Der Polizeichef rief mich an und brüllte ins Telephon: „Ufhöre! Ufhöre!" Er schilderte diesen Vorfall und erklärte weiter, er habe gemeint, die Frauen würden nackt mit Federn tanzen und die Show spiele sich entsprechend dem Rütlilied „Von Ferne sei herzlich gegrüsset" ab, aber die Frauen würden sich die Federn gegenseitig in die empfindlichsten Körperhöhlen hineinstossen und Politiker in Atemnot versetzen. Wieder einmal musste einer unserer Anwälte schlichtend eingreifen, um das Lokal vor seiner Schliessung zu bewahren. Geschadet haben solche Skandälchen dem Wirt in der Regel aber nie. Denn sie wurden in der Lokalpresse häufig in süffigen Tönen geschildert, was natürlich neugierige Neukunden anzog. Skandale, die publik wurden, waren auch hier die beste Werbung und wirken sich umsatzfördernd aus.

Das Lokal wurde nicht nur von Politikern, sondern auch von Richtern besucht. Einmal machte ein Landgericht aus einem anderen Kanton dort einen Boxenstopp und hielt sich beim Eingang am Alligatorenpool auf. Der Kanzlist des Gerichts wusste nicht, dass da unten reglos ein richtiger Alligator lauerte und glaubte den Erklärungen des ortskundigen Gerichtschreibers nicht. Er meinte, der Alligator sei ausgestopft oder aus Plastik, wollte sich davon selbst überzeugen und hielt den Fuss durch die Abschrankung. Und schneller als er reagieren konnte, sprang der Alligator und schnappte nach dem Bein. Zum Glück sprang er zu kurz und plumpste schon wieder ins Wasser, als der Kanzlist sein Bein endlich zurückzog. Dieses Ereignis beeindruckte ihn mehr als alles was er, ein Junggeselle, drinnen im Cabaret sah und erlebte. Der Besuch eines Cabarets ist halt doch gefährlich.

Der Alligator war nur im Sommer im Bassin unter dem Eingang zum Cabaret und, nachdem schon einige Tiere ausgebrochen waren, so einmal ein Gepard, begann sich das Veterinäramt dafür zu interessieren. Es stattete dem Eigentümer einen angekündigten Besuch ab und der Anwaltskollege wurde beigezogen, weil auch der Leiter des Bezirksamtes anwesend sein würde. Am Augenschein fragte der Kantonstierarzt den bunten Vogel, wo denn der Alligator im Winter untergebracht sei. Dieser antwortete: „Im Winterlager."
Frage: „Wo befindet sich denn dieses?"
Antwort: „Hinterm Haus."
„Können wir dieses besichtigen?"
„Ja."
Sie gingen um das Cabaret herum und dort befand sich ein Glashaus mit Schlangen- und Alligatorenabteil und ein Schuppen mit Käfigen für Affen und Kleinraubkatzen. Das Glashaus wurde inspiziert und nicht beanstandet. Der Kantonstierarzt fragte weiter: „Ja wie kommt denn der Alligator jeweils vom Bassin ums Haus herum zum sogenannten Winterlager?"
Die Antwort war: „Ganz einfach. Ich binde dem Tier ein Abschleppseil um die Vorderläufe und hänge beide Enden des Seils an Abschlepphaken meines Cabriolets, dann ziehe ich es langsam im ersten Gang ums Haus und schaue immer nach hinten und ganz langsam kommt es mir nach, bis wir dort sind."
Der Bezirksbeamte wandte ein: „Aber dieses Jahr war es nicht so. Ich habe eine Telefonanzeige einer Nachbarin erhalten, wonach sich der Alligator in ihrem Garten befinde."
„Ja das stimmt", erwiderte der bunte Vogel, „dieses Jahr ist der Alligator abgehauen und hat im Nachbargarten Gras gefressen."
Der Kantonstierarzt: „Wie kam er denn diesmal in sein Winterlager?"

„Ich habe ihn mit einem Stecklein aus dem Nachbargarten gegen das Winterlager getrieben und ganz langsam ist er hineingegangen".
Der Polizeichef schaute den Kantonstierarzt fragend an und wusste nicht so recht, ob diese Dislokationen tierschutzkonform waren und auch der Kantonstierarzt war sich nicht im klaren, was er davon halten sollte, gab es doch anders als beim Rindvieh keine Erfahrungsregeln, wie der Alligator in den Stall getrieben werden soll. Werden Zirkuselefanten durch die Stadt getrieben, so hängt der Hinterelefant jeweils beim Vorderelefant mit dem Rüssel an dessen Schwanz ein und das Ganze sieht harmonisch und lustig aus. Dass das aber tierschutzkonform ist, ist auch nicht unbestritten. Sicher sieht eine Elefantenpolonaise eher lustig, eine Sportwagen-Alligatorenpolonaise eher komisch aus, wobei der Übergang von lustig auf komisch fliessend ist. Nach langem Hin

und Her liessen es die zwei Amtspersonen bei einer formlosen mündlichen Mahnung bewenden und zogen nach kurzem Gruß von dannen. Diese Art der Tierunterbringung wurde auch weiterhin geduldet.

Aber nicht nur die Betriebsführung, sondern auch die Tierhaltung gab später weiterhin zu Beanstandungen Anlass, namentlich, wenn, wie so oft wieder einmal Tiere ausbrachen. Früher war es einmal ein Gepard gewesen, das nächste Mal waren es die Affen. Der Polizeichef rief mich eines frühen Morgens an:
„Die Affen sind ausgebrochen und turnen auf den Lichtsignalen an der nahen Kreuzung herum. Wenn sie durch den Besitzer nicht bis am Mittag eingefangen werden, werden sie erschossen!"
Ich nahm darauf unverzüglich den Weg zum Klienten unter die Räder und läutete erfolglos an dessen Tür. Es war vorerst nur das Geheule und Gebell seines Bluthundes hinter der Tür hörbar. Dann wurden unsichere Schritte und ein Räuspern bemerkbar. Dann der Versuch, das Türschloss zu öffnen. Offenbar hatte der Besitzer mich durch den Spion erkannt. Dann beruhigte er offenbar den Bluthund und schliesslich lugte ein bleiches Gesicht durch den Türspalt und fragte mit schlaftrunkener Stimme: „Was isch?"
Nach der Schilderung des Ausbruchs und der Abschussdrohung erklärte der Besitzer:
„Das isch alles nöd so eifach. Die müend doch nöd so huere tumm tue. Wo de Gepard uusprochä isch hands au chönä wartä. Zersch muen i es Wiibli mit Fueter aalocke und iifangä. Und dänn chömäd d`Männli nöcher und nöcher bis is au iifangä cha. Da goot ä paar Tääg."

Diese Antwort gab ich dem Polizeichef weiter mit der dringenden Empfehlung, dem Tierfängergeschick des Cabaretbesitzers zu vertrauen und dem Bedenken, dass diese Art der Problemlösung wahrscheinlich die Ungefährlichere wäre, als der Abschuss einer Affenbande auf der Kreuzung. Ich hatte Erfolg. Im Normalfall enden solche Ausbrüche von Tieren aus der Gefangenschaft im Namen der öffentlichen und der Verkehrssicherheit meistens mit deren Abschuss. Der Affe Fips lässt grüssen. Hier wurden die Affen vom Besitzer wieder eingefangen, waren wieder glücklich vereint und der Tierpräparator erhielt keinen Auftrag.

In den Chambres séparées fanden die üblichen Champagnerbegegnungen statt. Darüber zu berichten, schweigt des Sängers Höflichkeit. Nur hin und wieder drang eine Eskapade an die Öffentlichkeit, etwa wenn ein Lokalpolitiker bei einer Polizeikontrolle, seine Scham nur mit der Krawatte bedeckt, angetroffen wurde und der Polizeichef sich darüber empörte, nicht etwa wegen dessen Unmoral sondern dessen Dummheit. Dies tat er ab mit den Bemerkungen:
„Man lässt sich doch nicht erwischen." und: „Der Fuchs jagt in der Nähe seines Baus keine Hühner."

Ein weiterer Vorfall beschäftigte unsere Kanzlei ebenso: Eine Tänzerin hatte nach einer Chambre-séparée-Nummer einen Schweizer geheiratet, wollte die Ehe danach aber nicht vollziehen, obwohl sie vorehelich den Geschlechtsverkehr im Cabaret vollzogen hatten. - Die zivilrechtlich und damit bürgerrechtlich eingegangene Ehe wäre nach kanonischem Recht nicht gültig geworden. Denn der Geschlechtsverkehr vor der Ehe galt nicht als Vollzug der Ehe nach katholischem Recht. - Zur Begründung für die Vollzugsverweigerung gab sie ihren Ehemann gegenüber an: „Tuet weh. Mini Fuzzeli is zu eng." „Can i nöd magga." Dass ihr mit dem Eheschluss ein hymen intactu angewachsen war, schien völlig unwahrscheinlich, denn sie arbeitete weiterhin im Cabaret und bediente ihre Kunden im Chambre séparée und, zum

Leidwesen des Cabaretbesitzers, in den Autos der Kunden auf den Rücksitzen auf dem beleuchteten Parkplatz vor dem Cabaret, ohne dass dabei teurer Champagner konsumiert wurde. Dort tat es ihr auch nicht weh. Nur für ihren Mann war sie plötzlich zu eng gebaut. Der Verdacht lag nahe, dass die Vollzugsverweigerung nichts mit ihrer körperlichen Konstitution, sondern der Tatsache zu tun hatte, dass sie diese Ehe nur aus Bürgerrechtsgründen eingegangen war. - Den Schweizerpass erhielt die ausländische Frau damals nämlich noch direkt bei der Heirat. - Der Verdacht bestätigte sich und die Ehe wurde vom zuständigen Bezirksgericht als ungültig erklärt. So sind in diesem Tempel der Lust Ehen entstanden und Ehen zerbrochen und richtig ist die Feststellung Friedrich Nietzsches in „Also sprach Zarathustra", wonach die Ehen nicht im Himmel geschlossen werden.

Nun, dieser Sündentempel wurde wie erwähnt abgebrochen und es wurde dort ein Verkaufscontainer hingestellt. Architektonisch wertvoll ist dieser nicht. Aber er leistet auch keinen Beitrag an die Unmoral wie das Cabaret im postmaurischen Baustil. Ob durch das Verschwinden des Cabarets indessen die Moral der Stadt gehoben wurde, bleibe dahingestellt. Wohl eher nicht. Das Böse und die Unmoral sind wie eine Hydra, schlägt man ihnen einen Kopf ab, so wachsen unverzüglich wieder zwei neue nach wie bei einer Zellteilung.

17. Ein Schweizer Anwalt vor dem Oberlandesgericht Thüringen

Die Leserinnen und Leser werden bemerkt haben, dass schon mein Schreibstil und die Wortwahl schweizerisch oder zumindest südalemannisch, sicher aber nicht vietnamesisch ist. Das Südalemannische ist nicht zu verwechseln mit dem Schweizerdeutschen, obwohl diese Sprachen eng verwandt sind. Das „Schwitzertütsche" ist übrigens nicht identisch mit der Schriftsprache des Schweizers, wenn er Deutsch schreibt oder Hochdeutsch sprechen will. Der Schweizer schreibt und spricht ein Schrift- oder Hochdeutsch sui generis. Je weiter weg der Deutsche von der Schweizer Grenze in Richtung Norden lebt, umso weniger ist sich er dieser Tatsache bewusst und er meint, dass, wenn ein Schweizer Hochdeutsch mit Schweizer Akzent spricht, dies Schweizerdeutsch sei.

Zu diesem Thema habe ich eine lustige Anekdote zu erzählen. Ich führte zusammen mit einem deutschen Korrespondenzanwalt kurz nach der Wende einen grösseren Prozess vor dem Oberlandesgericht Thüringen in Jena.

Die Vorbereitung für die Hauptverhandlung am Vorabend in Jena fand in würdigen Rahmen im Hotel Schwarzer Bären statt, wo schon Martin Luther und Johann Wolfgang Goethe abgestiegen waren. Es war Hochwinter. Die Heizung des Hauses war eine Schwerkraftzentralheizung, mit riesigen Radiatoren, noch zu DDR-Zeiten gebaut, welche die riesigen hohen Räume im Winter nur mässig erwärmte. Aber die übergrossen Tische, mit schweren Brokattischtüchern überdeckt, die schweren Veloursvorhänge und die riesigen Lüster an den Decken verschleierten die frostige

Atmosphäre und trugen zu einer gewissen an die DDR gemahnende Gemütlichkeit bei. Vielleicht hatten die relative Kühle der Räume und verbunden damit, die lange Schlaflosigkeit dazu geführt, dass die Vorbereitung für das Plädoyer entsprechend gründlich war.

Nach der damaligen Zivilprozessordnung durfte ich an der Hauptverhandlung, als in der Schweiz zugelassener Anwalt, nicht zum Recht, wohl aber zum Sachverhalt, welcher sich teilweise in der Schweiz zugetragen hatte, plädieren. Das Gericht bestand damals wohl vornehmlich noch aus Richtern aus den neuen Bundesländern, wahrscheinlich auch solchen aus Norddeutschland. Ich war ein wenig stolz, einen Talar, der in Deutschland von Anwälten vor Gericht getragen wird, überstreifen zu dürfen. In der Schweiz ist dies unüblich. Ich plädierte in meinem Schweizerisch eingefärbten Hochdeutsch und die Richter hörten aufmerksamer zu, als ich dies von Schweizer Richtern gewohnt war. Normalerweise sind Richter nicht sehr aufmerksame Groopies und verlangen anders als im Konzert nach dem Schlusssatz des Anwaltes auch keine Zugabe, sondern sind froh, wenn er sein Plädoyer endlich beendet hat, weshalb sich der Anwalt in der Regel auch für die Aufmerksamkeit der Richter bedankt, selbst wenn sie ihm nicht zugehört oder sogar geschlafen haben. Die Richter, bei denen ich in der Schweiz plädiert hatte, erklärten mir zuweilen bei privaten Begegnungen immerhin, sie würden mir gerne zuhören. Hier aber spürte ich während meines Plädoyers die Aufmerksamkeit der Richter buchstäblich. Zum Teil klebten sie an meinem Mund und ich war stolz auf mein offensichtlich gelungenes Plädoyer. Nach dessen Ende übernahm der Herr Präsident das Wort und begann für mich völlig überraschend mit der Bemerkung:

„Ich habe nicht gedacht, dass das Schweizerdeutsche so leicht verständlich ist."
Ich, etwas überrascht, gab zurück: „Ich habe gemeint, ich hätte Hochdeutsch gesprochen."
Worauf die Anwesenden im Gerichtssaal in schallendes Gelächter ausbrachen.

Die Tagfahrt wäre dann beinahe doch noch ein Misserfolg geworden, weil ein Münchner Anwalt meine Aktentasche mit seiner eigenen verwechselt hatte und sie beinahe nach München entführt hätte, wenn der Oberlandesgerichtspräsident nicht auf dessen Handy hätte anrufen lassen, er sei mit dem falschen Aktenkoffer und den falschen Unterlagen unterwegs.

18. Der Fall Fall (oder der Fall des Mustafa Fall)

Der Klient, ein Asylant, gab sich neben einer neuen Nationalität den Aliasnamen Fall. Es ist aber kein reiner Zufall, dass aus Mustafa Fall ein Rechtsfall Fall wurde, denn Herr Fall neigte dazu, straffällig zu werden. Aus Gründen des Namensschutzes wurde hier sein Vornahmen geändert, weil der Vorname, den er verwendete, echt sein könnte. Der Familienname Fall war aber mit Sicherheit ein Alias und nicht sein echter Name. Der Fall Fall zeigt, wie Asylanten in der Erfindung von Geschichten, um politisches Asyl in der Schweiz erhalten zu können, phantasievoll sein und wie komisch und absurd Befragungen von Asylanten mit falschen Biographien verlaufen können. Hier ging es um eine polizeiliche Befragung wegen eines Vermögensdeliktes des Mustafa Fall, welcher seinen imaginären Lebenslauf, den er der Aufnahmebehörde geschildert hatte, konsequent in allen Befragungen wiedergab. Er wurde vom Polizeibeamten in einem weissen Ford Transit, einem unauffälligen Gefangenenwagen, der aussah wie das Fahrzeug eines Früchtelieferanten, dem Untersuchungsrichter zugeführt. Nun, auf der Ladefläche befand sich aber ein missratenes Früchtchen. Während das Fahrzeug vor dem Rathaus stand, klopfte es von drinnen unaufhörlich an die Karosserie. Der Wagen wurde im Nu auffällig und verdächtig, und die Passanten fragten sich, ob der Ford Transit ein Gemüselieferwagen sei und Chinakohle durcheinanderwirbelten oder ein Viehwagen mit verängstigtem Kleinvieh, bis ein Polizist Klärung schaffte, indem er den Gefangenen mit Handschellen gebunden aus dem Wagen holte und ins Gerichtsgebäude führte.

Die Befragung, bei welcher mein Partner als Verteidiger dabei war, dauerte 2 ¾ Stunden und ergab folgendes:

Der Polizist: „Herr Fall, Sie hatten jetzt zwei Tage Zeit, im Gefängnis darüber nachzudenken, woher sie wirklich sind und sollten uns nun die Wahrheit sagen. Ich glaube ihnen nicht, dass Sie aus Mauretanien sind. Sie sind doch aus dem Senegal?" [1]
„Nein, ich bin aus Mauretanien. Ich lüge nie."
„Kennen Sie jemanden aus Senegal?"
„Ich weiss nur von Senegal, weil ich davon an der letzten Fussballweltmeisterschaft gehört habe."
„Aus welcher Ortschaft kommen sie genau?"
„Aus Toundou Souwaylim."
„Wie sieht es dort aus?"
„Rund um das Dorf gibt es viel Sand."
„Welche Banknoten gibt es vom Geld Ihres Landes?"
„Die Währung heisst Ouguya. Ich kenne Noten zu 5000 und 2000."
„Das ist aber komisch. Gemäss Auskunft der Bank gibt es in Mauretanien nur Banknoten à 1000, 500, 200 und 100. Solche Noten, die Sie kennen, gibt es nicht."
„Vielleicht."
„Haben Sie Geschwister, Herr Fall?"
„Nein."
„Verwandte?"
„Alle tot."
„Sind sie nach wie vor überzeugt, dass Sie aus Mauretanien kommen?"
„Ja sicher. Also ich kann nicht mit Sicherheit sagen, ob ich Mauretanier bin. Mir hat man einfach immer gesagt, dass ich aus Mauretanien komme. Ich bin davon ausgegangen, dass ich seit dem fünften Lebensjahr dort gewohnt habe. Beim Patron musste ich als Hirte die Tiere zum Fluss bringen und abends wieder zurück."
„Was waren das für Tiere?"

„Ich weiss nicht, wie die Tiere heissen."
„Können Sie die Tiere wenigstens beschreiben?"
„Sehr gross, laufen langsam und haben einen grossen Buckel auf dem Rücken."
„Kamele?"
„Oh ja, genau."
Der Polizeibeamte erklärte die Einvernahme für diesen Tag als beendet und gab Herrn Fall weitere zwei Tage Zeit, im Gefängnis darüber nachzudenken, ob er tatsächlich aus Mauretanien oder nicht doch eher aus Senegal komme. Herrn Fall machte dies nichts aus. Die Zeit verstrich im Gefängnis nicht langsamer als am Fluss mit den Tieren mit dem Buckel auf dem Rücken. Oder, er hat bei der Befragung gedacht, der Polizist könne ihm den Buckel runter rutschen. Die Befragungen ging nach zwei Tagen und nach vier

Tagen weiter im gleichen Stil. Grosse Resultate ergaben sie nicht. Bezüglich der Herkunft von Herrn Fall und seines Namens fischten die Behörden - und fischen vermutlich noch heute - weiterhin im Trüben. Das Befragungskarussell um Herrn Fall dreht sich weiter und weiter. Er bewirbt sich nun wohl als Asylant in irgendeinem europäischen Staat und wurde weder nach Senegal noch Mauretanien ausgeliefert.

---

1) Senegal war zu der Zeit kein Land, das Minoritäten verfolgte. Wohl war dies aber Mauretanien. So behaupteten viele Senegalesen in den Schweizer Asylzentren, sie seien Saharauis aus Mauretanien und würden dort verfolgt, was Voraussetzung für die Asylgewährung war.

19. Der inflationäre Wert der Ehe

Der Klient hatte bereits dreimal geheiratet und war schon dreimal geschieden worden, immer mit resp. von derselben Frau, als er sich entschloss, es mit einer Russin zu probieren. Er nannte sie später verächtlich Kalaschnikow, wohl wegen ihrer langen Beine, welche an den Lauf dieser automatischen russischen Schnellfeuerwaffe erinnerten. Bei ihm bewahrheitete sich die medizinische wohl nicht ganz erhärtete Erkenntnis, dass beim Mann der Blutdruck nicht ausreicht, um sämtliche Körperteile gleichzeitig zu durchbluten. Wenn sich das Blut nämlich in den Lenden konzentriert, reicht es nicht auch zur Durchblutung des Gehirns aus. Bei den Scheidungen von der ersten Frau hatte er wohl Schritt um Schritt dazugelernt, denn nach eigenen Aussagen kostete ihn die erste Scheidung drei Millionen Franken, die zweite 1,5 Millionen Franken und die dritte nur noch schlanke 750000 Franken. Im Dutzend, so dachte er wohl, werde es billiger sein und heiratete wieder. Er hatte seine neue Frau, eine hübsche Blondine, in einer Bar kennengelernt. Sie war blauäugig und ihre Beine reichten fast bis zu ihren Schultern. Die Hochzeitsreise führte sie nach Dubai. Sie starteten sie wegen eines beruflichen Engagements des Klienten getrennt und trafen sich am Flughafen, wo der Klient seine Neuangetraute fragte: „Hast du schon eingecheckt?"
„Nein nix eingecheckt, wiiso?"
„Du hast ja gar kein Gepäck dabei."
„Ist kein Problääm, in Dubäi kann man aale Kleider und Koffärn kaufen."
So wurde die Hochzeitsreise nicht zum Honeymoon, sondern zur Einkaufstour und die holde Schönheit turtelte vor allem mit der Kreditkarte ihres Herrn Gemahls, wobei dieser seinen ersten

Dämpfer bezüglich der Glückserwartungen in seiner neuen Ehe hinnehmen musste.

Etwa vier Monate nach seiner Hochzeitsreise schien dann aber, so würde man erwarten, sein Glück wieder zurückgekehrt, als ihm seine Frau offenbarte:
„Du Schaatz, ich biin glickliich, ich biin schwangär."
Seine Antwort kam abrupt: „Aber nicht von mir, ich bin unterbunden."
„Abär doch, ich bin imer zu Hause gewesän. Niicht mägliich das Kind habän andärä Vatär."

Das Klima in der Beziehung kühlte sich weiter merklich ab. Aber die Parteien warteten geduldig bis zum Tage der Niederkunft, als ein Knäblein das Licht der Welt erblickte. Eine DNA-Analyse sollte Klarheit über dessen wahre Abstammung verschaffen, was aber nicht unverzüglich der Fall war, denn sie ergab etwa 95%ige Übereinstimmung mit der DNA des Klienten, also eine sehr grosse Ähnlichkeit. Wäre er der Vater gewesen, so hätte die Übereinstimmung aber 99.9 % betragen müssen, wäre der Vater ein Wildfremder gewesen, so hätte sie zwischen 20% und 60% betragen. Also begann im Haushalt des Klienten ein heiteres Rätselraten über die Vaterschaft des Kindes. Die Kindsmutter brach nach kurzem Ratespiel in Tränen aus und gestand:
„Vater ist deine Sohn, wir habän aläine zu Hause, wäil äs laangwäilig war, Säx gehabt und jetzt gäbän äine Kiind."
So wurde der gut 16 jährige Sohn aus erster, zweiter und dritter Ehe Vater des Kindes in der vierten Ehe und der Ehemann und Vater gleichzeitig Stiefvater und Grossvater. Es kam zur vierten Scheidung und Ehelichkeitsanfechtung und der Klient musste bei der Vaterschaftsanerkennung seines minderjährigen Sohns als dessen Inhaber der elterlichen Gewalt, wie es damals noch hiess,

mitunterschreiben. Unterhaltszahlungen für das Knäblein musste der Eheabenteurer in zwei Funktionen leisten, teils als Stiefvater des Knäbleins aus Familienrecht, teils als Vater des minderjährigen Kindsvaters. Heute ist er von Eheschliessungen geheilt. Zum Zeitpunkt der Niederschrift dieses Buches lebt er in ehelosem Zustand.

20. Der Grossbrandstifter

Er setzte aufs Rathausdach den Roten Hahn. Dies tat er nicht aus politischen, sondern aus schnöden pekuniären Gründen. Das ehemalige Rats- und Gerichtsgebäude, welches unter Denkmalschutz stand und Wahrzeichen einer ganzen Region war, befand sich in seinem Eigentum und war gut versichert. Es war ein prächtiger Riegelbau, welcher aber schon lange nicht mehr als Gerichtsgebäude, sondern als Speise-, Ausflugsrestaurant und Begegnungsstätte für Familientreffen, wie Hochzeiten und Taufen diente. Allerdings war er vom Raumkonzept her besser als Rathaus denn als Restaurant geeignet gewesen. Die Küche war im Untergeschoss, das Restaurant im Parterre und die Säle und Begegnungsräume im Obergeschoss, was die Arbeitsabläufe verkomplizierte und einen hohen Personalbedarf erforderte, was wiederum die Betriebskosten derart erhöhte, dass der Restaurationsbetrieb unrentabel war. Räumliche Veränderungen konnten wegen der Auflagen des kantonalen Amtes für Denkmalsschutz nicht vorgenommen werden. Der Eigentümer hatte das wunderschöne Objekt aus Prestigegründen gekauft und gemeint, es würde sich unter seiner Aegide in eine Goldgrube verwandeln. Aber er hatte sich gründlich getäuscht. Er kam auf keinen grünen Zweig.

Er besass noch weitere markante Restaurants und Hotels, welche alle baulich auffielen, aber auch nicht rentierten. Er hatte sie wohl ebenfalls aus Renommiergründen gekauft. Sie hatten zum Teil schon unter den Vorgängern nicht rentiert. Er baute sie laufend um, aber er konnte den Geschäftsgang dadurch nicht verbessern. Nie hatte er einen Businessplan oder eine Rentabilitätsstudie ausgearbeitet. Böse Zungen behaupteten, er definiere sich durch solche Prestigebauten und er leide an einer Konstrumanie, an einer Krankheit, ständig umbauen zu müssen.

Nachdem er mit Bezug auf dieses Lokal nicht mehr ein und aus wusste, kam er auf den Gedanken, er könnte das ehemalige Gerichtsgebäude anzünden, um so an die Auszahlung einer hohen Versicherungssumme gelangen. So begann eine längere Planung. Selber wollte er keine Hand an das Gerichtsgebäude legen, denn er war zwar Konstru- aber nicht Pyromane. So heuerte er in Zuhälterkreisen in einem Nachbarland einen Willigen an, der den ehrwürdigen Riegelbau gegen ein vernünftiges Honorar während seiner Ferien mit der Familie im Wallis abfackeln würde. Das Benzin als Brandbeschleuniger schaffte er in Plastikkannen, welche er an verschiedenen Tankstellen auffüllte, ins Haus. Die Tat konnte also durchgeführt werden.

Der Brandstifter war zwar ein solider Krimineller, welcher sich in der Eintreibung von Schutzgeldern und in der Einschüchterung von Prostituierten auskannte, aber als Brandstifter war er ein Dilettant. Er wartete am Tatort zwar noch ab, bis an jenem Frühsommersonnabend die spielenden Nachbarkinder sich zum Ins-Bett-Gehen in ihre Wohnungen verzogen hatten. Dann schüttete er das Benzin in sämtliche Räume des ehemaligen Gerichtsgebäudes und, bevor er das Feuer selbst zünden konnte, explodierte das Haus ausgelöst durch die Einschaltung des Thermostates der Tiefkühltruhe und dem damit verbundenen Funkensprung. Der Brandstifter konnte sich mit Müh und Not als brennende Fackel aus dem Haus retten, sich im Gras davor wälzen, um das Feuer am Leib zu löschen, ins Auto schleppen, und in Richtung nächstes Spital fahren. Die letzten Kilometer war er dazu allerdings nicht mehr in der Lage. Er hielt einen Autofahrer an, der ihn, dessen Haut in versengten Fetzen herunterhing, notfallmässig ins Spital einlieferte.

Das Gerichtsgebäude hatte sich mit einem Knall entzündet, der noch drei Kilometer weit entfernt in meinem Garten hörbar war. Ich äusserte deshalb in weiser Voraussicht gegenüber meiner Frau: „Hier wird es wieder Arbeit für mich geben."
Das Gebäude brannte sofort lichterloh und frass sich durch das 500-jährige Holz wie durch Zunder. Während der ganzen Nacht heulten die Feuerwehrsirenen. Es war ein richtiger Grosseinsatz der Feuerwehren von verschiedenen Gemeinden. Am nächsten Morgen waren nur noch die Grundmauern und ein rauchender Schutthaufen zu sehen. Die Bekämpfer des Brandes konnte nur die Nachbargebäude, alles Wohnhäuser, retten. Verletzte ausser dem Brandstifter gab es glücklicherweise keine.

Der Eigentümer und Anstifter verbrachte indessen eine ruhige Nacht im Ferienhaus seiner Familie im Wallis, stand vor dem Frühstück auf und ging in der Absicht, gemütlich zu brunchen in die nächste Bäckerei um Semmeln, Weggli und Gipfeli holen. Die Familie, alsdann harmonisch vereint beim Brunch, ahnte nicht, dass die kantonalen Polizeigrenadiere das Ferienhaus umstellt, hinter den Mauern der Terrasse Stellung bezogen hatten und auf das Kommando zur Stürmung des Hauses warteten, welches wie ein Blitz einschlug und dem Eigentümer nicht einmal Zeit liess, seinen Bissen in Ruhe herunterzuschlucken. „Hände hoch, zur Wand, keine Bewegung." Die Kinder schrien, die Mutter heulte, der Vater war mucksmäuschenstill. Er wurde abgeführt, das Haus durchsucht und vorbei war der Spuk.

Der notfallmässig eingelieferte Brandstifter war die ganze Nacht notoperiert worden. Später, bei einem weiteren Eingriff, musste unversehrte Haut vom Unterleib an den Kopf und den Oberkörper verpflanzt, werden. Ein Problem war, dass der Täter fast keine untätowierte Haut mehr besass, so dass ihm ein Tattoo vom Gesäss über die Nase gezogen werden musste, wobei der Arzt wohl medizinisch einwandfrei, als Stecher aber nicht de lege artis vorgegangen war, sodass der Täter nun einen undefinierbaren blauen Flecken auf der Nase besass. Ich hatte ihn vor der Hauptverhandlung vor Kriminalgericht auf diesen Flecken angesprochen und wurde über dessen Herkunft vom Täter aufgeklärt. - Künstlerpech oder besser Dilettantenpech.

Ich wurde, wie ich meiner Frau vorausgesagt hatte, drei Wochen nach dem Brand Vertreter des Eigentümers. Dieser hatte bereits drei Wochen in Untersuchungshaft geschmachtet und und war schon beinahe weichgekocht für ein Geständnis, zumal der Zuhälter die Brandstiftung schon zugegeben und ihn als Anstifter verpfiffen hatte. Noch am gleichen Abend besuchte ich meinen Klienten im Untersuchungsgefängnis. Die Beweislast war erdrückend und ein langes Leugnen hätte seine Situation nur noch schwieriger gemacht. Trotzdem wollte er die Tat nicht einmal mir gegenüber zugeben. Ich erklärte: „Sie müssen gegenüber ihren Anwalt ehrlich sein. Ich glaube ihnen nicht und es ist schwer anzunehmen, dass Ihnen der Staatsanwalt und die Richter glauben werden. Sie werden ohne Geständnis nicht freigesprochen, sondern noch eine schwerere Strafe erhalten und die Untersuchungshaft geht weiter. Sie machen ihre Situation nur noch auswegloser, wenn Sie leugnen oder schweigen."

Der Klient hatte gegenüber seiner Familie und jener seiner Frau schon als Unternehmer sein Gesicht verloren, als er vor dem Konkurs stand. Die Brandstiftung stellte den Versuch einer Flucht nach vorne dar und dieser war deutlich missraten. Wieder hatte er sein Gesicht verloren und nun stand der (selbstverschuldete) Gang nach Canossa, das Geständnis, bevor. Diesen zu gehen brauchte Zeit und viel Selbstüberwindung. Ich erklärte ihm, er müsse mir die Antwort, ob er der Täter sei, nicht gleich mitteilen. Ich würde jetzt eine halbe Stunde spazieren gehen und in dieser Zeit solle er überlegen, ob er gestehen wolle oder nicht, die Vor- und Nachteile eines Geständnisses gegenüber mir abwägen und dann auf den Zettel schreiben ja (ich war es) oder nein (ich war es nicht). Also ging ich auf einen nächtlichen Spaziergang, um später wieder am Tor des Bezirksgebäudes zu läuten und eingelassen zu werden. Der Zettel lag auf dem Besprechungstisch. Er war zusammengefaltet. Ich öffnete ihn wie einen Wahlzettel und darauf stand „ja".

Während ca. einer Stunde eröffnete ich meinem Klienten nun die Folgen eines Geständnisses und jene eines Leugnens und empfahl ihm, ein volles Geständnis abzulegen. Nachdem sich der Klient dazu durchgerungen hatte und nachdem er mir grünes Licht gegeben hatte, den Untersuchungsrichter darüber zu informieren, was sofort geschah, kam dieser zu vorgerückter Stunde angefahren und nach 30 Minuten begann er mit der Protokollierung des Geständnisses, welche bis in den frühen Morgen dauerte. Der Untersuchungsrichter rauchte dabei nervös Zigarette um Zigarette und blies, fast ohne den Schreibfluss seiner Zehnfingertechnik zu unterbrechen, mit der Nase den Rauch ausatmend, die Streichhölzer aus. Ein Untersuchungsrichtertick fast wie im Kriminalroman. Endlich, am frühen Morgen war das Geständnis zu Protokoll gebracht und die Arbeit des Untersuchungsrichters getan. Er freute sich sichtlich über seinen Erfolg. Der Erfolg des Angeklagten bestand darin, dass er bald seine Schnürsenkel wieder erhielt, die ihm aus Sicherheitsgründen abgenommen worden waren und aus der Untersuchungshaft entlassen wurde. Er durfte zu seiner Familie zurückkehren, welche ihn lieber unter Verschluss gehalten hätte. Denn nun war er ein Geächteter und die angesehene Familie erlitt erheblichen Imageschaden. Reisepass und Papiere musste er freilich abgeben und er wurde bis zum Prozessbeginn auch von Detektiven beobachtet, welche kleinere und grössere Unregelmässigkeiten, wie zum Beispiel die Dauer eines Bordellbesuches in der Grosstadt registrierten und zu Protokoll in die Strafakten gaben.

Am Tage der Gerichtsverhandlung herrschte vor dem Gerichtsgebäude grosser Andrang von Medienvertretern und Schaulustigen, welche Einlass begehrten. Vor der Gerichtsverhandlung hörte ich aus den Besucherreihen raunen, der Täter, der ein ehemaliges Gerichtsgebäude angezündet habe, verdiene eigentlich die Todesstrafe. Er gehöre gehängt und ein Anwalt, welcher ihn verteidige, müsse ebenfalls bestraft werden. Ich erwiderte darauf in meinem Plädoyer, indem ich halb zum Gericht, halb zu den Zuhörern sprach, mit dem abgewandelten Zitat von John F. Kennedy: „Bürger von Seldwyla, ich bin ein Seldwyler."

Der Angeklagte bekam seine gerechte Strafe, ebenso der Nebentäter. Vielleicht war sie dank des Plädoyers, welches auf die Motive des Täters hinwies, die schwierige persönliche Lage und seine desaströse finanzielle Situation, auf die Tatsache, dass er von seiner Familie und jener seiner Frau als Versager angesehen wurde und ein noch grösseres Versagen mit allen, wenn auch untauglichen und verbrecherischen Mitteln verstecken wollte, milder ausgefallen. Dem Angeklagten war sie immer noch zu scharf und den Schlachtenbummlern zu milde.

Er wollte dem Strafvollzug entgehen. Früher einmal hatte er einen Herzinfarkt erlitten und inspiriert dadurch fragte er mich an, ob er daraus bezüglich Hafterstehungsfähigkeit Kapital schlagen könne. Ich erklärte, er könne es ja versuchen. So kam man überein, dass der Verurteilte am Tage des Haftantritts auf dem Bahnhof, wo er umsteigen musste, einen Schlaganfall vortäuschen und auf dem Perron hinfallen würde. So geschah es. Notfallmässig wurde er in die Herzklinik eingeliefert, wo eine neuerliche Herzschwäche festgestellt wurde. Es begann ein jahrelanger Streit, ob der Schuldige hafterstehungsfähig sei oder nicht. Gutachten und Gegengutachten wurden erstellt. Schliesslich wurde er doch als hafterstehungsfähig erklärt und musste seine Strafe, allerdings unter gewissen Hafterleichterungen, absitzen.

Die Zeit hat alle Wunden geheilt bis auf das Stigma der blauen Nase des Brandstifters. Das Gerichtsgebäude kann man nach wie vor in der Swissminiature in Melide im Tessin sehen. Wo anstelle des ursprünglichen Gerichtsgebäudes Jahrzehnte lang ein Loch im Boden und eine Baulücke gähnte, steht heute ein anonymes Mehrfamilienmietshaus und wartet noch auf ein paar Mieter. Der Eigentümer, welcher sein Restaurant angezündet hatte, um sich zu bereichern und die kantonale Gebäudeversicherung zu schädigen, ist heute Mieter eines Restaurants einer anderen kantonalen Gebäudeversicherung. So hat alles wieder seine Ordnung. Nur die Nase, die bleibt blau und der Kuhschwanz, der bleibt länglich. Und, der rote Hahn bringt das Gerichtsgebäude, das Wahrzeichen des Dorfes, nicht mehr zurück.

21. Was ist ehrverletzend?

Ein Türke konsultierte mich und beklagte sich, weil er von einem Schweizer als „blöder Kameltreiber" bezeichnet worden war. Er fühlte sich in seiner Ehre verletzt und wollte gegen den Schweizer eine Ehrverletzungsklage einleiten. Auf meine Frage, wie es zu dieser Äusserung gekommen war, erklärte er nach meinem mehrmaligem Nachhaken, er hätte Differenzen mit dem Schweizer gehabt und ihn als „dummen Kuhschweizer" bezeichnet, worauf dieser geantwortet habe, er sei ein blöder Kameltreiber. Ich antwortete darauf, dass die Bezeichnung von Menschen mit Tiernamen für sich noch keine Ehrverletzung darstelle. Erst, wenn beispielsweise die Tiernamen kombiniert würden mit Attributen wie gewissen Körperteilen, namentlich wenn es sich dabei um Geschlechtsorgane handle, sei allenfalls eine Ehrverletzung gegeben. Auf Nachfrage präzisierte ich, erst, wenn er als „Schafseckel" oder als „Kamelhoden" bezeichnet worden wäre, dürfte man allenfalls eine Beschimpfung annehmen. Ein Rassismustatbestand war zu jener Zeit noch nicht in den Gesetzesbestimmungen verankert gewesen. Der Klient war mit dieser Erklärung nicht zufrieden und erwiderte, er habe als Türke ein anderes Ehrgefühl als ein Schweizer und diesem Ehrgefühl müsse Rechnung getragen werden. Er fühle sich verletzt, auch wenn ein Schweizer sich allenfalls bei einer entsprechenden Bezeichnung nicht verletzt fühle. Ich erklärte ihm darauf, dass das schweizerische Strafrecht einen normativen Ehrbegriff kenne, der für alle Rechtssubjekte gleich sei. Alles andere würde gegen die Rechtsgleichheit verstossen und würde Schweizer gegenüber Türken, welche ein anderes Ehrgefühl haben, benachteiligen ebenso unempfindliche Menschen gegenüber empfindlichen. Dies hat er verstanden und auf Klage verzichtet.

*

Gelassener hatte ein japanischer Akademiker und Weltenbummler reagiert, welcher in der Schweiz noch eine Maschinenschlosserlehre absolviert, in der Klasse im Deutschunterricht als bester abgeschlossen hatte und am Arbeitsplatz aus Neid als „Reisfresser" gehänselt wurde. Der Deutschlehrer hatte in der Klasse jeweils erklärt, man müsste eben Japaner sein, um richtig Deutsch zu können. Er hat die Hänselei ignoriert und seine Mitarbeiter aus der Schweiz und den Nachbarländern deshalb trotzdem nicht als Rösti-, Spagetti-, Palatschinken- und Kartoffelfresser bezeichnet.

*

Taktloser war die Bezeichnung meiner Sekretärinnen eines Sarden als „Peccorino", weil er einen penetranten Schweissgeruch verbreitete, welcher an einen Sardischen Schafskäse erinnerte. Ich sass ihm jeweils nur bei geöffnetem Fenster auf der Fensterseite gegenüber und die Instruktionen waren bei kühlem Wetter entsprechend kurz, denn ich konnte die Behandlung einer Grippe dem Klienten ja nicht in Rechnung stellen. Glücklicherweise behielten die Sekretärinnen aber ihre abschätzende Bemerkung für sich, sodass die Frage der Ehrverletzung gar nie aufkam.

*

Nachdem das Rassismusgesetz eingeführt worden war, wurde die Situation auch für die Anwälte etwas komplizierter und sie mussten sich auch vor Gericht vorsichtiger ausdrücken, je nachdem, wen sie vertraten. So wagte ein Gegenanwalt, einem Schweizer Bauern, den ich vor Gericht vertrat, vorzuwerfen, er habe amerikanische Methoden angewendet, als er Kirschdiebe aus dem Kosovo mit einer Flobertpistole angeschossen hatte. Ich habe mich aber gehütet zu erklären, die Kirschdiebe hätten in kosovarischer oder albanischer Manier gehandelt. Ich habe nur die rhetorische Frage aufgeworfen: „Darf man erklären, auf Menschen zu schiessen entspreche der typisch amerikanischen Mentalität, offenbar ja. Warum darf man aber darf nicht sagen, stehlen sei eine typisch kosovarische Eigenschaft?" Das erste wurde ohne Konsequenzen für den Redner behauptet. Das zweite hätte dem Sprecher wohl eine Klage wegen Verstosses gegen die Rassismusbestimmungen eingebracht. Diese dienen in ihrer Anwendung nicht immer der Gleichbehandlung der Menschen, sondern können durchaus auch zu deren Ungleichbehandlung führen, denn die Qualifizierung als amerikanischer Schiess- und Mordrambo wiegt offenbar weniger schwer als die Bezeichnung als kosovarischer Dieb. Will man neutral bleiben, so erwähnt man besser, jemand sei ein Schiesswütiger nach Wildwestvorbild und jemand sei ein Dieb mit Migrationshintergrund.

22. Daniel Düsentrieb und Dagobert Duck beim Anwalt

Der Typus Unternehmer möchte am liebsten im Geld baden wie Dagobert Duck, allenfalls, um reinvestieren zu können. Ein Unternehmer erklärte mir beim Nachtessen einmal, er sei 300 Millionen Euro wert und innert dreier Jahre werde sein Wert auf eine Milliarde steigern. Ob er sich damit weicher betten würde als Dagobert Duck beim Sprung vom Sprungturm ins mit Gold gefüllte Schwimmbad? Dagegen haben die Angestellten der Forschungsabteilung eines Unternehmung diesen Trieb des möglichst-reich-werden-Wollens meistens nicht. Sie wollen die Produkte immer wieder verbessern, ohne dabei an die Rendite und die Gewinnmaximierung zu denken. Häufig, wo in kleineren Unternehmungen die Forschungsabteilung in die Verkaufsabteilung integriert ist, kommt der Verkaufsingenieur deshalb statt mit Kaufverträgen für die Produkte mit neuen Ideen für deren Verbesserung von Geschäftsreisen zurück, was eigentlich gut wäre, wenn es nicht seine Aufgabe wäre, in erster Linie zu verkaufen. Der Verkäufer muss dem Kunden verständlich machen, dass das Produkt, das er gerade verkauft, das beste auf dem Markt ist und, auf Anfrage des Kunden erklären, dass es natürlich später Weiterentwicklungen geben werde. Aber auch BMW verkauft seine aktuellen Modelle und nicht seine Konzeptcars. Dies musste ich einem Verkaufsingenieur eines Unternehmers unter Hinweis auf dessen Wertschätzung immer wieder vor Augen führen, wenn er mit vielen neuen Applikations- und Verbesserungsideen, aber mit wenigen Verkaufsaufträgen von Geschäftsreisen ins Ausland zurückgekommen war. Denn die Firma musste nebst guten Ideen vor allem auch Liquidität generieren, nicht zuletzt auch für die Bezahlung des Salärs des

Verkaufsingenieurs. Dies habe ich jeweils vermerkt, den Verkaufsingenieur als Daniel Düsentrieb bezeichnet und erklärt, er müsse sich mehr Eigenschaften von Dagobert Duck aneignen, was bei diesem nicht immer gut angekommen ist. Immer wieder wurde ich zu joint ventures über Entwicklungen und für die Anmeldung von Patenten beigezogen und immer wieder musste ich auf finanzielle und zeitliche Hindernisse hinweisen. Die Firma erzielte denn auch, solange Daniel Düsentrieb Verkaufsmanager war, keine gute Rendite, was dem Firmeninhaber überhaupt nicht gefiel, denn die Gewinnmaximierung war sein Ziel und nicht die permanente Entwicklung seines Produkts ohne entsprechende Verkäufe. Dass die Entwicklung eines Patentes zur Marktreife in der Regel viel mehr Zeit und Geld beanspruchte, als vorausgeplant, war dem Verkaufsingenieur wie vielen nicht geläufig. So mancher Erfinder musste dies am eigenen Leib erfahren.

*

Ein zeitlebens glücklicher Daniel Düsentrieb hatte eine reiche Frau, welche zudem ein Leben lang gearbeitet und ihn finanziell unterstützt hatte. Sie fragte ihn kurz vor seiner Pensionierung, ob er mit seinen Erfindungen, welche ich patentieren lassen musste, bald Geld verdienen werde, worauf er antwortete, nicht mit den Erfindungen, aber er werde bald die AHV erhalten. Vor seinem Eintritt ins Rentenalter war er kurz vor dem Durchbruch mit einer seiner Erfindungen. Es handelte sich um ein Melksystem, welches die Kühe glücklicher machen würde, indem sie Wollust bei der Milchabgabe empfinden und damit mehr Milch produzieren würden, aber durchgesetzt hat sich seine Erfindung bis heute nicht. Schon die Einreichung der Patentschrift wurde immer wieder aufgeschoben, weil dem Erfinder immer wieder Verbesserungen in den Sinn kamen. Da nützte auch mein Drängen nichts.

*

Ein anderer Daniel Düsentrieb hatte mir eine Formel präsentiert, mit der die Dauer einer Liebe genauestens berechnet werden konnte. Er wollte diese patentieren. Die Rechnungsresultate aufgrund dieser Formal waren aber nicht befriedigend, denn meist brach die Exponentialkurve der Liebe auf dem Kulminationspunkt jäh auf Null ab. Solche Liebesbeziehungen gibt es zwar. Aber nicht bei jeder Liebe stimmte diese Formel. Überprüfbar war das ganze jedenfalls nicht. Ich bezweifelte die Patentwürdigkeit der Liebesformel und riet dem Erfinder, auf eine kostenträchtige Patentanmeldung zu verzichten, insbesondere, da eine Erfindung etwas Technisches mit einem technischen Neuwert und, verbunden damit, einer patentwürdigen Erfindungshöhe sei. Liebe und Aussagen zur Liebe wären aber eher ethischer Natur, würden das Herz betreffen und sich daher nicht zur Patentierung eignen. Der Klient war einverstanden, auf Patentanmeldung zu verzichten und ersparte sich damit einiges an Kosten.

*

Auch jener Erfinder, welcher nach seiner Meinung ein geniales Leuchtsystem entwickelt hatte, das heute noch in meiner Ferienwohnung hängt, aber auf dem Markt nur kurze Zeit erhältlich war, hatte Pech, weil der wirtschaftliche Verwerter seines Produkts sich die Verkaufskonditionen von ihm nicht diktieren liess und mit ihm nicht einig wurde. Der Verwerter änderte dann das Patent einfach geringfügig ab, patentierte die Änderung neu und brachte das Produkt in neuer Form auf den

Markt. Der Erfinder wurde mit einer geringfügigen Summe abgespeist und ein Daniel Düsentrieb hatte wieder einmal das Nachsehen.

*

Ein Erfinder von Berufes wegen wurde von seiner 85jährigen Mutter, als er 60 war, wie schon so oft während seines Lebens gefragt: „Hast du jetzt schon eine Arbeitsstelle gefunden?" Sie bekam darauf nie eine für sie befriedigende Antwort. Er hatte ein Haarshampoo erfunden, welches auch den Haarwuchs von Glatzköpfigen garantierte, war aber selber glatzköpfig. Auf meine Frage in einer Kneipe in der Stadt, warum er selber immer noch seine Glatze spazieren führe, öffnete dieser sein Hemd und präsentierte seinen äffischen Brusthaarwuchs zum Erstaunen aller Anwesenden und erklärte, er hätte das Shampoo eben täglich auf seiner Brust eingerieben. Ein Shampoo also, welches auf der Brust gegen Haarausfall wirkt, nicht aber auf dem Kopf. Dafür gab und gibt es aber keine grosse Marktlücke. Er hätte mindestens auch auf die Packung schreiben müssen, für Frauen und Kinder ungeeignet, denn welche Frau möchte schon gerne Haare auf der Brust haben.

*

Insgesamt stellte ich fest, dass Daniel Düsentriebs, ähnlich wie ihr Vorbild aus der „Literatur" selten im Gold baden und selten einen Kopfsprung in einen Pool von Goldtalern machen können. Häufig, wenn ein Produkt auf dem Markt Erfolg haben soll, bedarf es eines wohlhabenden Dagobert Ducks für die Realisierung der Ideen.

23. Klapprige Gebisse und wackelnde (Holz-)beine

Einmal, bei Abwesenheit ihres persönlichen Anwaltes, rief eine Frau frühmorgens in der Kanzlei an und brauchte Soforthilfe. Die Sekretärinnen übergaben den Anruf mir, dem ersten gerade im Sekretariat anwesenden Anwalt und wurden Zeuginnen eines merkwürdigen Gesprächs. Die Frau beklagte sich unter stark mauschelnder und lispelnder Akzentuierung bitterlich über ihren Zahnarzt und die Schmerzen, die sie beim Tragen ihres neuen Gebisses verspürte:

„Dasch Gebisch, dasch er mir montschiert hat, koschtete mehrsch als schümpftschen tschausend Franken und esch tut mir schreschlisch weh beim schpreschen. Schie müschen schofort den Schanarsch einschlaschen."

Sie meinte nicht, auf den Zahnarzt einschlagen, sondern ihn einklagen.

Solche Ferninstruktionen am Telefon sind immer schwierig. Deshalb hatte ich, damit die Sekretärinnen als Zeuginnen mithören konnten, den Lautsprecher eingeschaltet. So konnte die Aussage auch von diesen mitgehört und überprüft werden. Dies hatte aber den Nachteil, dass die Anruferin die Geräusche im Sekretariat mithören konnte und während ich verzweifelt versuchte, ein Lachen zu unterdrücken, schallten die Sekretärinnen im Hintergrund laut vor Lachen über die komische Artikulierung der Frau, welche sich sofort bitterlich über die Lacherinnen zu beklagen begann. Das Gespräch nahm groteske Züge an. Die Geschichte war ja nicht lustig, sondern für die Klientin tragisch. Sofort schaltete ich den Lautsprecher wieder aus und musste weiter nachhaken, um der Sache auf den Grund zu gehen. Ich konnte nicht wissen, ob die Klientin beim Anruf das Gebiss gerade trug. Denn, wenn sie es nicht trug, war noch kein Indiz für dessen Mangelhaftigkeit gegeben. Hingegen, wenn sie es trug, war das schreckliche Lispeln ein klares Zeichen, dass es fehlerhaft war. So lag meine folgende Frage, welche wiederum zu laut schallendem aber durch die Klientin ungehörtem Lachen der Sekretärinnen führte, in der Luft:

„Ja, haben Sie das Gebiss jetzt drinne oder ist es draussen."

Nun konnte ich selber ein Lachen nicht mehr unterdrücken, selbst das Zuhalten der Sprechmuschel mit beiden Händen half nichts mehr und die telephonische Unterhaltung entartete vollends zum Desaster. Die Frau antwortete:

„Ich tschage dasch Gebisch jetscht und schie müschen nicht laschen esch ischt tschauschig."

Das tönte alles glaubwürdig und der zahnärztliche Pfusch war virulent. Ich vertröstete sie, ihr Vertrauensanwalt werde bald zurückkommen und bei seiner Rückkehr die Klage gegen den Zahnarzt einleiten.

Der Schadensfall wurde durch Vergleich erledigt. Der Zahnarzt zahlte einen grossen Teil des Entgeltes für seine Zahnkorrektur zurück. Die Frau wollte das Gebiss dann durch einen dritten Zahnarzt verfertigen lassen. Sie wechselte den Zahnarzt und erhielt eine einwandfreie Prothese.

*

Einmal erschien ein ca. 65jähriger Mann in meinem Büro, um sich über eine Scheidung kundig zu machen. Er hatte ein Gebiss, das mindestens so schlecht passte, wie jenes der vorerwähnten Frau. Dieses bereitete ihm offenbar aber keine Beschwerden, vermutlich, weil es sehr locker in seinem Mund sass, weshalb es sich auch asynchron zum Sprechfluss bewegte. Wer ihm also zur besseren

Verständlichkeit seiner undeutlichen Sprechweise vom Mund zu lesen versuchte, war komplett irritiert, den sein Gebiss sprach eine völlig unbekannte Sprache, welche mit der undeutlichen Artikulierung nichts zu tun hatte. Dies war noch schlimmer als die Betrachtung eines schlecht synchronisierten Films. Umso grotesker war diese Erfahrung deshalb, weil das Gebiss links und rechts an zwei losen Haken hing, welche sich losgelöst vom Wortlaut auf und ab bewegten und an den Beisser in einem James Bond Flim erinnerten. So konzentrierte ich mich auf das Gehörte und versuchte zur besseren Verständlichkeit das Gesehene auszublenden, obwohl es mein Interesse weckte.

*

Ein Klient fiel einem Gärtner, vor dessen Geschäft er sein Auto ca. um 10.45 Uhr angehalten hatte, durch seine unsichere Fahrweise auf. Der Gärtner notierte das Kontrollschild und rief die Polizei an, worauf diese an die Adresse des Fahrzeughalters fuhr und bei ihm einen Alkoholblastest durchführte. Dies war ca. um 12 Uhr 30 mittags. Aufgrund des positiven Ergebnisses beim Blastest wurde er dem Bezirksarzt zugeführt, welcher ihm eine Blutprobe entnahm. Deren Ergebnis war ein Blutalkoholgehalt von 1,78‰. Der Sachverhalt schien klar und es wurde ein Strafverfahren wegen Fahrens in angetrunkenem Zustand eröffnet. Die Untersuchung ergab aber, dass der Klient um 10.30 Uhr im Restaurant Disharmonie Speiseabfälle für seine Schweine abgeholt und dabei ein Bier und nicht mehr getrunken hatte.

Als er aber dann nach seiner Fahrt Hause gekommen war, trank er nach seinen Aussagen vor dem Mittagessen zum Apero eine halbe Flasche Jägermeister, was den hohen Blutalkoholgehalt erklärte. Für seine unsichere Fahrweise hatte er zudem eine andere

Erklärung. Er hätte ein neues Holzbein bekommen. Dieses hätte sich auf seiner Fahrt nach Hause vom Beinstummel gelöst. Deshalb hätte er vor der Gärtnerei anhalten und es wieder am Beinstummel festmontieren müssen. Er führte mir die Montage in der Anwaltskanzlei glaubhaft vor. Ich reichte darauf die halbe Flasche Jägermeister und das Holzbein, da der Klient vorübergehend wieder das alte benutzte, zur Ergänzung der Verfahrensakten als Beweismaterial ein und es wurde ein langwieriges Beweisverfahren eröffnet. Niemand hatte so recht Interesse an der Fortsetzung des Verfahrens und es dauerte so lange, bis der Klient nach ein paar Jahren in die ewigen Jagdgründe abberufen wurde. Damit blieb er vorstrafenlos, was er an der Himmelspforte bei Prüfung des Einlasses zu seinen Gunsten vorgebracht haben mag. Die vom Staat zugesprochene Anwaltsentschädigung überwies ich, da ich für meine Kosten bereits gedeckt war, der früheren Lebensabschnittgefährtin des Verstorbenen. So hatte sie eine gewisse materielle Genugtuung für ihren immateriellen Schaden.

*

Ich beriet zeitweise ein Ehepaar, welches zusammen zwei gesunde und zwei kranke Beine hatte. Da die Krankheit gerecht verteilt war, wollten beide Ehepartner eine 100%ige Rente von der IV beantragen. Irgendwie hegte ich jedoch den Verdacht, sie simulierten. Dies, weil die hausärztlichen Berichte mit Bezug auf die Gebrechen nicht über jeden Zweifel erhaben waren und sie beide nur hinkten, wenn sie mich in meiner Kanzlei besuchten, nicht aber, wenn sie von den Sekretärinnen im nahen Einkaufszentrum mit je zwei gefüllten Einkaufstaschen (jeder in jeder Hand eine) gesehen wurden. Ich klärte sie über das langwierige Verfahren zur Erlangung einer IV-Rente auf und wies darauf hin, dass sie ca. nach 18 Monaten zu einer interdisziplinären medizinischen Abklärung bei der Medas, der Abklärungsstelle der IV, aufgeboten würden, welche dann wohl ihre Invalidität verneinen würde, worauf sie den Rechtsweg, welcher jahrelang dauern und viel Geld verschlingen könnte, beschreiten müssten. Insgesamt wäre mit einem erheblichen zeitlichen und finanziellen Aufwand zu rechnen. Die Eheleute erklärten daraufhin, sich die Sache zu überlegen und sich später zu melden, was sie nie getan haben.

24. „Mein Freund ist ein Ästhet" oder die missglückte Schönheitsoperation

Eine ca. 50 jährige Frau kam zur Besprechung in die Kanzlei mit folgendem Problem: Ein Gynäkologe hatte ihr operativ eine Zyste im Unterleib zu entfernen, und zwar gemäss Auftrag der Frau nicht mittels Schnitt mit dem Skalpell durch die Bauchdecke, sondern mittels Eingriff durch Vagina und Uterus. Die Entfernung der Zyste gelang einwandfrei. Aber danach ereilte den Arzt ein Missgeschick, indem er einen Wattebausch im Unterleib verlor und ihn nicht mehr ertasten und herausnehmen konnte. Also musste er schweren Herzens den Unterleib mittels Skalpell öffnen, wonach er zwar den Wattebausch fand, aber eine Schnittwunde hinterliess, was ja gerade hätte vermieden werden sollen. Das Ziel, keine Narbe davonzutragen, war durch den Verlust des Wattebauschs und dem damit verbundenen Bauchdeckenschnitt vereitelt worden. Die Frau kam also zu mir, um den Arzt zu verklagen. Sie war der Liebesgöttin Aphrodite keineswegs ins Gesicht geschnitten, weshalb ich mich vorerst gewundert und die Frau gefragt hatte, was denn an einer Narbe am Unterleib so schlimm sei, viele Frauen hätten nach einer Kaiserschnittoperation oder nach einer Notoperation eine Narbe am Unterleib, welche vor allem dann gross sei, wenn der Eingriff nicht durch einen waagrechten sondern einen senkrechten Schnitt habe erfolgen müssen. Hier sei der Schnitt offenbar waagrecht erfolgt.

Darauf erklärte die Frau: „Ich habe eben einen jungen Freund, welcher ein Ästhet ist." Ich versuchte mit keiner Wimper zu zucken, ein Lächeln zu unterdrücken und dachte für mich dabei, dass der Freund offenbar kein Ästhet im griechischen Sinn sei und er sie nicht an der Schönheit der Göttin der Liebe messe, sondern

dass er ausschliesslich unterleibsfokussiert sei. Nun, über Geschmack lässt sich streiten und ebenso über den Erfolg dieser Operation. Die Frau verlangte eine Genugtuung für sich und ihren Freund wegen der verlorenen Ästhetik. Zur Frage, wie dieser Verlust in Geld aufzuwiegen sei, antwortete sie, sie wisse das nicht.
„Ja denken sie an ca. 5000 Franken?", fragte der ich.
„Nein, viel mehr", antwortete sie.
Man einigte sich auf 10000 Franken, welche wir von der Haftpflichtversicherung des Arztes verlangen würden. Sie war ja keine Bauchtänzerin oder Filmschauspielerin, welche ihren Bauch versichert hatte.

Der Arzt liess sich vom Haftpflichtversicherer vertreten und dieser sandte den Inspektor für Haftpflichtfragen im medizinischen Bereich zu mir. Dessen erste Frage hätte ich antizipieren können, weil ich sie der Frau bereits gestellt hatte:
„Ja, ist es denn so schlimm mit dieser Operationsnarbe?"
Ich wiederholte getreu, was die Frau mir erzählt hatte, nämlich, sie habe eben einen jungen Freund, der sei ein Ästhet, und sie könne die Narbe deshalb schlecht ertragen, und ich ergänzte nicht ganz empfindungsgetreu, sie sehe eben für eine 50-jährige ausgesprochen gut aus. Der Versicherungsexperte mochte das Ganze nicht richtig glauben, worauf ich drohte:
„Wenn sie wollen, können wir die Frau zur nächsten Sitzung zitieren und bei mir nackt auf den Tisch legen, dann sehen wir beide, was Sache ist, oder wir können ein neutrales ärztliches Gutachten eines Schönheitschirurgen einholen."

Den ersten Vorschlag lehnte der Versicherungsinspektor aus moralischen Gründen ab und den zweiten, weil er ihm angesichts der Expertentarife von Schönheitschirurgen und des geringfügigen

Betrages des geltend gemachten Schadens zu teuer war. So machte er einen Gegenvorschlag und schliesslich einigte man sich auf einen Schadenersatz von 8000 Franken plus Anwaltskosten, welcher die Versicherung an die in ihrer Schönheit beeinträchtigte Frau bezahlte. Die Frau war zufrieden und ich auch. Ob sich ihr Liebesleben damit verbesserte, weiss ich nicht. Dafür bin ich auch nicht verantwortlich gewesen.

25. Der 87-jährige Ehebrecher

Der Klient kam auf Empfehlung seines Sohnes und erklärte bleich wie ein Cheddarcheese, dass sich seine gleichaltrige Frau von ihm scheiden lassen wolle. Ich war erstaunt, dass sich die Eheleute eine Scheidung in diesem hohen Alter noch zumuteten. Ihre Kinder waren auch schon über 50 Jahre alt und bald würden die Scheidenden Urgrosseltern sein. Bevor ich mich anschickte, den 87-jährigen zu fragen, was der Scheidungsgrund sei, dachte ich für mich, vorliegend sei sicher nicht Ehebruch - ein Scheidungsgrund nach altem Eherecht - die Ursache für die Scheidung. Denn der Alte war so zittrig, dass er sich kaum auf den Beinen halten konnte, also kam er kaum für Turnübungen in fremden Betten in Frage. Also fragte ich:
„Was ist denn der Grund, weshalb ihre Frau die Scheidung beantragen will?"
Der Alte antwortete: „Ich habe Ehebruch begangen."
Also doch, manchmal trügt die Intuition selbst den erfahrenen Anwalt. Ich schluckte ein paarmal leer, bis mir die alles klärende Frage einfiel.:
„Ja, wann war das, wann haben Sie Ehebruch begangen?", rief ich dem Schwerhörigen laut zu.
„Vor 35 Jahren", war die umgehende Antwort. Dies erklärte vieles aber nicht alles.
„Ja hat denn ihre Ehefrau den Ehebruch gerade erst entdeckt?"
„Nein, sie wusste schon lange davon, aber letzte Woche hat sie mir ihre Kenntnis davon das erste mal offenbart und mir folgendes gesagt: „Schon seit 35 Jahren weiss ich, was du getan hast. Du bist ein Betrüger. Du hast mich betrogen. Ich habe es fast nicht ausgehalten und geschwiegen. Jetzt halte ich es nicht mehr aus. Jeden Morgen habe ich mit dir gefrühstückt und gedacht, du

Betrüger, du Sauhund. Jeden Mittag und jeden Abend habe ich mit dir gegessen und an diesen Ehebruch gedacht. Am liebsten hätte ich den Ehering fortgeworfen und nun habe ich genug und will mich scheiden lassen."

Da war guter Rat teuer, denn offenbar war bei der Ehefrau die Altersmilde noch nicht eingekehrt. Ich lud dann beide Parteien zu Konventionsverhandlungen ein und wies vorerst darauf hin, dass die Phase des Ehebruchs offenbar von sehr kurzer Dauer war. Man dürfe aus seinem Herzen nicht jahrzehntelang eine Mördergrube machen. Dieser Ehebruch hätte von der Ehefrau schon früher thematisiert werden müssen. Auch die Söhne und Töchter schalteten sich in die nun folgende Mediation ein. Der Sünder bereute dabei die Tat vor allen und bat Frau und Familie um Verzeihung. Moralische Verstösse verjähren zwar anders als strafrechtliche nicht. Und doch wächst in der Regel Gras drüber und die Zeit heilt die Wunden. Aber offenbar hatte die Wunde hier unter der Oberfläche weiter gegärt und ist erst sehr viel später wie eine Eiterbeule geplatzt. Dadurch konnte die Wundheilung hier erst 35 Jahre später beginnen. Doch sie begann, das Scheidungsverfahren wurde nicht eingeleitet und ich hörte nie mehr etwas von einem Weitergären des Streites. Offenbar lebten die Eheleute weiter zusammen, bis das der Tod sie schied.

26. Greise am Steuer

Der Klient kam auf Empfehlung eines Freundes. Der Führerausweis war ihm wegen auffälligen Fahrverhaltens entzogen worden. Er bekam aber die gesetzlich vorgesehene Gelegenheit, eine Probefahrt mit einem Experten des Strassenverkehrsamtes durchzuführen und war darüber aufgeklärt worden, dass derjenige, der versagt, den Führerausweis für immer abgeben muss. Die Probefahrt entwickelte sich zunehmend zum Desaster. Zweimal missachtete der Geprüfte Vortrittsregeln, zweimal fuhr er in der Gegenrichtung durch eine Einbahnstrasse und auf dem Rückweg von der Prüffahrt wollte er einen Kreisel im Uhrzeigersinn durchfahren, was in England zwar richtig gewesen wäre, hier aber einen katastrophalen Fehler darstellte, weshalb ihm dies vom Experten zu seiner Verwunderung auch verweigert wurde. Der Fahrausweis wurde ihm damit definitiv abgenommen und damit war er nicht mehr zum Führen eines Motorfahrzeuges berechtigt.

All dies hielt ihn aber nicht davon ab, weiter mit seinem Auto und seinem Traktor umherzufahren. Er wohnte auf dem Land, machte weiterhin mit dem Auto seine Grosseinkäufe im Supermarkt und, wenn seine Frau an den Altersnachmittag ins Kirchgemeindehaus gehen wollte, brachte er sie mit dem Auto dorthin. So kam es, dass er von einem lieben Nachbarn bei der Polizei angezeigt wurde, diese ihn vor dem Kirchgemeindehaus stellte, ihm vor der Rückfahrt Autoschlüssel und Auto konfiszierte und ihn und seine Frau freundlicherweise nach Hause brachte. Anderntags erhielt er die anfechtbare Beschlagnahmeverfügung und kam in dieser aussichtslosen Situation zu mir. Ich erklärte ihm unter Zitierung des letzten Wortes des Groupiers im Spielkasino, nachdem keine Wetten mehr gemacht werden dürfen und sich das Roulette in Bewegung setzt:

„Les jeux sont faits, rien ne va plus".
Es ging für mich damit nunmehr lediglich noch darum, den Klienten vor einer empfindlichen Strafe zu bewahren. Der Entzug des Führerscheins gilt abgesehen von Ausnahmebewilligungen in Sonderfällen für alle Kategorien. Der Bauer besass wie bereits erwähnt auch noch einen Traktor. Also kam die naheliegende Frage auf, ob er seine Frau künftig mit dem Traktor an den Altersnachmittag oder zum Einkaufszentrum fahren dürfe. Dies musste ich verneinen. Ob er mit dem Traktor in den Wald fahren dürfe, fragte er weiter. Das Strassenverkehrsgesetz gilt bekanntlich nur auf öffentlichen Strassen und Anlagen. Also hakte ich nach und fragte:
„Ja, wo ist denn ihr Wald? Wenn er auf einem privaten Feldsträsschen erreichbar ist, dürfen sie in den Wald fahren."
Die Antwort war: „Ich muss, um dorthin zu gelangen, ca. 15 Kilometer auf der Kantonsstrasse fahren."
Damit war klar, dass er nicht mit dem Traktor in seinen Wald gelangen durfte und die Antwort:
„Das dürfen sie nicht mehr", machte ihn vollends traurig, er begriff die Welt nicht mehr und bemerkte verzweifelt: „Dann kann ich mich ja gleich aufhängen!"
Die Mobilität war offensichtlich sein Lebensinhalt und ohne sie war das Leben nicht lebenswert.

An der Gerichtsverhandlung versuchte ich den - abgesehen von den widerrechtlichen Autofahrten - einwandfreien Lebenswandel des leicht senilen Klienten hervorzuheben sowie die Tatsache, dass die Mobilität für ihn, der im hintersten Krachen wohnte, lebenswichtig war und er einen Entwicklungsprozess durchmachen musste, um darauf verzichten zu können. Ebenso verwies ich auf die Tatsache, dass der Klient nun einsichtig sei und auch nicht mehr rückfällig werde, weshalb ihm nicht nur die Rechtswohltat

einer milden Strafe zugestanden werden müsse, sondern ihm auch Fahrzeug und Fahrzeugschlüssel zuhanden seines Sohnes wieder herauszugeben seien. Auch wies ich darauf hin, dass die Ehefrau gebrechlich sei und künftig durch den Sohn an den Altersnachmittag der Kirchgemeinde geführt werde. Das Gericht hatte Verständnis für die geschilderten Umstände und Beweggründe, gewährte dem Angeklagten eine bedingte Strafe und verfügte, es sei ihm zuhanden seines Sohnes das Auto zurückzugeben. Das Auto- und Traktorfahren auf öffentlichen Strassen sei ihm inskünftig selbstverständlich untersagt. Offenbar hatte es das Schlusswort des Angeklagten überhört oder nicht ernst genommen als dieser fragte:
„Wann kann ich denn wieder autofahren?"
Der Gerichtspräsident antwortete: „Besprechen sie das mit ihrem Anwalt."

Manchmal sind auch die Gerichtspräsidenten froh, wenn die Klienten durch einen Anwalt vertreten sind, wenn sie das auch nicht immer zugeben und über die Anwälte klagen. Denn der Schwarze Peter der Aufklärung des doch noch nicht voll Einsichtigen wurde hier mir, Dr. George, zugewiesen.

*

Ebenso wenig einsichtig war ein 82-jähriger, dessen erklärtes Hobby das Autofahren war. Er schob seinem Fahrlehrer und mir die Schuld für das Nichtbestehen der Probefahrt zu. Er missachtete dabei die Höchstgeschwindigkeit innerorts, fuhr statt mit den erlaubten 50km/h deren 70km/h und übersah mehrmals die Vortrittsregeln. Er betrachtete sich als automobilistisches Naturtalent und fühlte sich vom Experten und mir verkannt. Er erklärte, er könne noch lange Auto fahren. Seine zwei Söhne seien

Linienpiloten bei einer amerikanischen Fluggesellschaft und auch seine Tochter sei Berufspilotin und er müsse sich in seiner Familie schämen, dass er nicht nur nicht fliegen sondern nicht einmal Auto fahren könne. All diese Argumente haben ihm nichts genützt, er konnte den Führerschein nicht wieder erlangen.

*

Glücklicher war der 92-jährige, der im Auto seines Schwiegersohnes und in dessen Begleitung über eine französische Autobahn bretterte und von den Autobahnflics angehalten wurde. Ihm wurde mitgeteilt, dass seine Geschwindigkeit gerade 220 km/h betragen hätte. Er wurde zur Vorzeige seines Führerausweises aufgefordert und zückte diesen umständlich, worauf die Flics ungläubig staunten: „Was, Sie sind 92 Jahre alt. Sind Sie wirklich gefahren?", fragten sie völlig überrascht und der Tiefflieger antwortete stolz mit „Ja!" So sprachen sie eine saftige Busse aus, welche allerdings in der Schweiz noch viel höher ausgefallen wäre und mit einer Abklärung über die Fahrfähigkeit des bejahrten Piloten geendet hätte. Dies blieb dem Methusalem dank der Tatsache, dass er seine aussergewöhnliche Fahrleistung in Frankreich gezeigt hatte und dass keine Mitteilung an die schweizerischen Behörden erfolgte, erspart und er fuhr noch Auto, bis er 100 Jahre alt war.

27. Stronzo, vaffanculo

Der Klient hatte behauptet, der Chefarzt einer Klinik habe einen Kunstfehler an ihm begangen und er beabsichtige, diesen auf eine hohe Summe einzuklagen. Zu diesem Zweck wandte er sich an seinen Hausarzt, der ein Gutachten erstellen sollte, und an mich mit dem Auftrag, den Chefarzt einklagen. Bald musste ich erfahren, dass der Klient den Chefarzt in dessen Besprechungszimmer beschimpft und bedroht hatte, weshalb dieser seinerseits bereits einen Anwalt konsultiert hatte, der mit einer Anzeige wegen Beschimpfung und Drohung drohte.

Kurz darauf erhielt ich vom Hausarzt des Klienten einen Anruf. Der Klient habe auch ihm gedroht, er schlage ihn zusammen und mache Kleinholz aus seiner Praxis. Er habe ihm ein Praxisverbot auferlegt, aber sein Patient habe sich trotzdem den Einlass erzwungen, worauf die Praxisassistentin mit der Polizei hätte drohen müssen, um ihn zum Verlassen der Praxis zu bewegen. Die aufgestaute Wut musste offenbar aus ihm heraus und sie richtete sich vorerst gegen die Ärzte. Nachdem ich ihm eröffnet hatte, dass ich ihn unter diesen Umständen nicht vertreten könne, stand er eines Tages plötzlich im Sekretariat der Anwaltskanzlei, schlug seine Krankenakte auf die Empfangstheke und brüllte: „Stronzi, vaffanculi. Voi siete tutti Stronzi e vaffanculi!"[1)]
Ich rannte aufgeschreckt aus meinem Studierzimmer und versuchte den Enragierten zu beruhigen, was mir nicht gelang. Immerhin richtete sich die Aggression nun gegen mich und die Sekretärinnen waren nicht mehr Fokus des Angriffs. Aber die Wut eskalierte und, als noch ein zweiter Anwalt aus seinem Studierzimmer kam, wurde der Angreifer tätlich und schlug diesem seine Krankengeschichte um die Ohren, als ob dieser sie dann schneller verstehen würde. Dazwischen brüllte er immer wieder:

„Stronzi, vaffanculi". Ich versuchte, den Büffelstarken unter Ablenkung zum Ausgang hinaus zu komplimentieren, was mir auch gelang. Aber kaum war die Türe zu, riss er, bevor ich sie abschliessen konnte, sie wieder auf und brüllte wieder: „Stronzi, vaffanculi", rannte um die Empfangspolstergruppe herum, war dabei einen Moment unsicher auf den Beinen, worauf ich ihn im Genick packte und ihn Gesicht voran in das Empfangssofa drückte. Er verharrte unter dem Druck eine Weile in dieser Stellung, bekam keinen Atem mehr und flehte weinerlich: „Lasciami."[2]

Darauf antwortete ich: „Tu juri al nome di Dio che tu non dici piu mai stronzo e vaffanculo?"[3]

Keine Antwort. Nochmal: „Tu juri all nome della tua madre che tu non dici piu stronzo e vaffanculo."[4]

Antwort: „Lo juro."[5]

Also habe ich ihn losgelassen. Er erhob sich hinkend, denn sein Holzbein war gebrochen und liess sich aufs Sofa nieder, welches krachend absackte, denn der Fuss des Sofas war auch ruiniert. Dann brüllte er entgegen seinem heiligen Schwur weiter: „Stronzi, vaffanculi!"

Darauf schrie ich: „Noch einmal und ich rufe die Polizei."

Worauf der Klient weiteräffte: „Stronzi, vaffanculi."

Und während er weiterhin lautstark seine Schimpftirade los liess, alarmierte ich die Polizei. Nach ca. 15 Minuten wurden zwei eintretenden Polizisten, ein Polizeimann und ein Feldweibel, mit einem wütenden „stronzi, vaffanculi" in meiner Kanzlei begrüsst. Die zwei Hüter der Ordnung liessen sich aber nicht provozieren. Er wurde aufgefordert, aufzustehen, sich mit dem Gesicht zur Wand zu drehen und die Arme auf dem Rücken zu kreuzen. Dann legten sie ihm Handschellen an, welche offenbar für seine muskulösen Unterarme zu eng waren, denn er unterbrach seine sich immer wiederholenden Schimpftiraden durch Wimmern und

Weinen und flehte: „Nisch so schtark." Der Unflat wurde abgeführt und die Tagesroutine konnte ihren Fortgang nehmen.

Im Hinausgehen hatte der Noch-Klient, das Mandat war ja formell noch nicht beendet, noch gedroht, er werde mein Ferienhaus in der Toscana anzünden. Ich war nicht allzu beängstigt, denn mein Ferienhaus war im Piemont und nicht in der Toscana. Immerhin schien in diesem Fall die Vereinbarung einer Friedensbürgschaft vor Abschluss des Mandates angezeigt. Ich vereinbarte unter Mithilfe des Sohnes des Klienten, dass dieser sich jeglicher strafbarer Handlungen gegenüber mir zu enthalten habe. Daran hielt sich der vorübergehend wild Gewordene. Offenbar hat ihn auch die Reparatur des Holzbeines einiges gekostet. Die IV übernahm diese wegen Selbstverschuldens nicht. Die Anwaltskanzlei kaufte eine neue Empfangsgruppe. Die alte hatte ihre Schuldigkeit ohnehin längst getan. Das Mandat wurde mit sofortiger Wirkung beendet.

---

1) Hosenpisser und Arschlöcher. Ihr seid alles Hosenpisser und Arschlöcher.
2) Lass mich.
3) Schwörst du im Namen Gottes, dass du nie mehr Hosenpisser und Arschlöcher sagst?
4) Schwörst du im Namen deiner Mutter, dass du nicht mehr Hosenpisser und Arschlöcher sagst?
5) Ich schwöre es.

28. Die unbefleckte Empfängnis

Die unbefleckte Empfängnis ist eine Säule der katholischen Glaubenslehre. Naturwissenschaftlich erwiesen ist sie nicht. Sie ist ein katholisches Dogma, ein Glaubenssatz, welcher von den Katholiken weder belegt oder widerlegt werden muss oder kann. Die Darwinisten haben damit schon immer ihre Mühe gehabt und die Logik der unbefleckten Empfängnis bestritten. Aber solch hochstehende Fragen stellen wir hier nicht. Denn hier geht es um einen mutmasslich weiteren Fall einer unbefleckten Empfängnis, die genau so unerklärlich ist wie der Präzedenzfall aus der katholischen Dogmenlehre.

Eine Schweizerin mit Wurzeln auf dem Lande hatte einem gesunden Jungen dunkler Hautfarbe das Leben geschenkt, welches Frucht einer Kurzbeziehung mit einem Süditaliener war, wie sie behauptete. Ein hübscher Junge, der jedoch selbst für das Kind eines Süditalieners „ben bronzato"[1] war, wie Berlusconi über Barack Obama einmal gefrotzelt hatte. Oder besser gesagt, er war „troppo bronzato."[2] Das Geschenk des Himmels war vielleicht auch deshalb nicht sofort bei der ganzen Familie der Kindsmutter beliebt. Die Familie war streng katholisch, lebte in einer kleinen Gemeinde, der Vater war Briefträger und musste über die Vorgänge in seiner Familie bei den Briefempfängern täglich Bericht erstatten, denn der Briefträger war damals auch eine Informationsstelle für viele. Aber lieber hätte er über fremden Klatsch als über eigenen gesprochen.

---

1) Gut gebräunte
2) Zu braun

Die kritischen Fragen und das Getuschel störten ihn.

Immerhin war nach der Geburt der Aufenthaltsort des mutmasslichen Kindsvaters ausfindig gemacht worden. Er wohnte in Süditalien. Es war vor Jahren eine Klage auf Anerkennung des Kindes gegen ihn eingeleitet worden. Aber er war nicht zur Gerichtsverhandlung erschienen. Das Gericht hatte in seiner Abwesenheit und ohne ein Beweisverfahren entschieden, dass er der Vater sei. Aber seine Unterhaltsbeiträge hatte er nie bezahlt.

Da die Freude am Kind allmählich die Scham über dessen Unehelichkeit überwog, war die ganze Familie bereit, der Kindsmutter finanziell und psychisch unter die Arme zu greifen. Auch die Alimenteninkassostelle der Gemeinde hatte ihren Beitrag geleistet, ohne freilich das Inkasso beim pflichtigen Sünder geltend zu machen. Erst bei der Pensionierung des Grossvaters und bei Beginn einer teuren Ausbildung des Jungen hatte sich die Gemeinde zu wehren begonnen und wollte nun durch meine rechtliche Hilfe die Alimente beim Kindsvater eintreiben lassen. Der Italiener, der nach mühsamen Nachforschungen erneut gefunden worden war, zeigte sich wenig erbaut über das Ansinnen der Gemeinde, ihn zur Rechenschaft ziehen zu wollen und schaltete seinerseits einen Anwalt ein, der die Einrede der ungültigen Vorladung seines Klienten zur früheren Verhandlung erhob. Die Ungültigkeit der Vorladung wurde vorfrageweise geprüft und die Einrede geschützt. Das Gericht hatte einen formellen Fehler begangen. Also musste ein neuer Vaterschaftsprozess unter gültiger Vorladung des vermeintlichen Kindsvaters eingeleitet werden. Nachdem dies geschehen war, bestritt der Beklagte, Erzeuger des Kindes zu sein. Deshalb einigten sich die Parteien darauf, dass das gerichtsmedizinische

Institut ein Vaterschaftsgutachten erstellen würde und gestützt darauf würde das weitere Vorgehen vereinbart. Vielleicht könnte man sich dann auf die Vaterschaft und Unterhaltszahlungen einigen.

Der Italiener kam zur Prüfung der DNA-Analyse in die Schweiz und nach einigen Wochen war das Gutachten erstellt, das, wie der Refrain im Song „Shame and Scandal in the family" lautete: „your daddy`s not your daddy, but your daddy don`t know". Mein Verdacht, dass der gut gebräunte Junge nicht Sohn eines oder mindestens nicht dieses Italieners sein könnte, bestätigte sich damit.

Das schicksalhafte Gutachten wurde in meinem Besprechungszimmer unter Anwesenheit der Kindsmutter, des Amtsvormundes und der Vertreterin der Gemeinde besprochen und es wurde ein Brainstorming über das weitere Vorgehen durchgeführt, insbesondere wurde auch die Frage erörtert, wer denn der Vater sein könnte. Ort und Zeit der sündigen Tat wurde en Revue passiert und die Frage diskutiert, wer sonst noch als Erzeuger in Frage käme. Die Kindsmutter stotterte heraus, dass sie mit keinem andern als dem eingeklagten Italiener um die Tatzeit „Verkehr" gehabt hätte. Sie wäre an einem Fest in Lugano gewesen und nach Wirtshausschluss hätte sich die Party auf Kieshaufen am See fortgesetzt und dort wäre in einer intimen Mulde der folgenreiche Akt vollzogen worden. Wie romantisch, dachten wohl auch die anderen Anwesenden. Sie wäre auch ein wenig beschwipst gewesen, sei sich aber heute noch sicher, dass kein Anderer seine Hand oder andere verfängliche Körperteile im Spiel gehabt hätte. In der Nacht sind aber alle Katzen schwarz und die Hautfarbe des Kindes liesse durchaus darauf schliessen, dass der Kater, dem sie begegnete auch „ben bronzato", also noch schwärzer als schwarz war, weshalb sie ihn nicht erkannt hatte.

„Nun", fuhr ich fort, „dann kann der Einzige, der es gewesen sein kann, es nicht gewesen sein, wie das gerichtliche Gutachten ergibt". Die Anwesenden fühlten sich schon gar nicht beteiligt, sie waren unschuldig. Und so kamen sie zum einzig logischen Schluss, dass der einzig bekannte Fall einer unbefleckten Empfängnis aus der Geschichte sich hier wiederholt hatte, und dass es keinen Sinn mehr machte, nach so vielen Jahren einem Fantom, welches Kindsvater sein könnte, nachzustellen. Ein fataler Schluss. Das Kind wird nie einen Vater haben. Das Mandat war damit beendet.

29. Der Postbeamte und die Dirne aus dem Rheintal

Auch Postbeamte haben ihre sexuellen Bedürfnisse, insbesondere der hier geschilderte. Er fuhr nämlich an einem schönen freien Nachmittag übers Land in eine Stadt, wo er beabsichtigte, ein Schäferstündchen zu verbringen. Zu diesem Zwecke hatte er sich in den einschlägigen Kleinanzeigen in einem Gratisanzeiger umgesehen und war auf den Massagesalon gestossen, den er jetzt besuchen wollte. Er war nicht besonders an Rheintalerinnen interessiert, die Dirne war auch keine gebürtige Rheintalerin sondern Thailänderin, hatte aber durch Heirat einen einheimischen Bürgerort und einen bodenständigen Namen angenommen.

Der Postbeamte parkte sein Motorrad just vor der Anwaltskanzlei seines künftigen Offizialanwaltes, Dr. George, und schlich dann um die Häuserblöcke der Altstadt, um ca. 200 Meter Luftlinie entfernt das Studio der Rheintalerin aufzusuchen. Wie dies branchenüblich ist, zahlte er das Entgelt für das Schäferstündchen pränumerando. - Eigentlich war es kein Schäferstündchen, denn dafür hätte ihn das Geld gereut, es war ein Schäferzwanzigminütchen, das er mit 100 Franken vorausbezahlte. - Nach intensivem kurzem Genuss überkam ihn die Reue über seine sündige Tat. Er nahm, nachdem er seine Hose wieder angezogen hatte, einen Wattebausch und ein Chloroformfläschchen aus seiner Hosentasche, goss Chloroform auf den Wattebausch und drückte diesen der Rheintalerin unter die Nase, worauf diese das Bewusstsein verlor und aufs Bett fiel. Schnell machte er sich daran, sein Hemd anzuziehen, sein Lederkombi überzustreifen, in ihre Handtasche zu greifen, um den Dirnenlohn wieder zu behändigen und zu fliehen. Aber die Dirne erwachte früher aus ihrem Chloroformtraum als erwartet, noch benommen nahm sie eine Pistole aus der Nachttischschublade, entsicherte sie und drückte ab. Aber der Schuss löste sich nicht aus, die Pistole hatte Ladehemmung. Was für ein Glück für den Götterboten Hermes. Er rannte Hals über Kopf aus dem Massagesalon die Treppe hinunter, den Overall noch fertig überstülpend: Die Stiefel hatte er schon angezogen aber Wattebausch, Chloroformfläschchen und Motorradschlüssel auf der Bettkommode vergessen. Das perfekte Verbrechen war ihm damit nicht gelungen. Er hatte eindeutige Spuren hinterlassen.

Beim Motorrad vor der Anwaltskanzlei angekommen, wurde er der Unüberlegtheit seiner Tat vollends gewahr. Der Zündschlüssel fehlte. Er konnte das schwere Motorrad nicht nach Hause stossen, fuhr, wie hätte es für einen Postbeamten anders sein können, mit dem Postauto nach Hause und hoffte, das Motorrad würde nicht sofort entdeckt. Die Rheintalerin hatte unterdessen die Polizei angerufen und dieser die am Tatort zurückgelassenen Gegenstände übergeben. Kurze Zeit später, auf einer Streifenfahrt durch die Stadt, entdeckte diese ein Motorrad, fand heraus, dass der Schlüssel dazu passte und machte dessen Eigentümer ausfindig. Dank seiner Arbeitgeberin kam dieser zwar sicher nach Hause, wurde dort aber bald von der Polizei abgeholt und verhaftet.

Ich hatte bis zu diesem Zeitpunkt keinen anderen Bezug zum Fall des Postbeamten und der Rheintalerin als den, dass jener sein Motorrad vor meiner Kanzlei abgestellt hatte. Aber nun suchte das zuständige Gericht einen Pflichtverteidiger. Ich wurde als solcher bestellt und musste den Fall von Staates wegen kennen lernen. Der Sünder war abgesehen von seinem ausgeprägteren Sexualtrieb und seiner Sparsamkeit, welche ihn wohl zur Tat getrieben hatten, ein ganz normal erscheinender Bürger. Und einmal mehr erstaunte es, was in vermeintlich normalen Köpfen so alles vorgehen und gedeihen kann. Er war wie viele Täter nicht unsympathisch. Er war kein Räuber-Hotzenplotz-Typ, dem man den Bösewicht ansah. Ich erläuterte mit ihm bei der ersten Instruktionseinvernahme die Beweggründe und ging insbesondere der Frage nach, ob er mit der Leistung der Rheintalerin unzufrieden gewesen sei, weshalb er sich habe rächen wollen. Aber es kam nichts Auffälliges zutage. Ausser, dass er nach der Erlösung durch den Orgasmus plötzlich die Geldausgabe bereute, weshalb er sich zu dieser Tat entschied, wie er sagte. Dies stand allerdings nicht mit dem mitgebrachten Chloroform und dem Wattebausch in Einklang, welche auf Planung der Tat schliessen liessen. Das Motiv blieb ein Rätsel.

Auf die Gerichtsverhandlung hatte ich meinen Klienten vorbereitet, indem ich ihm unter anderem erklärt hatte, er dürfe weder under- noch overdressed erscheinen. So müsse er als einfacher Postbeamter keine Krawatte tragen. Menschen, die im Alltag keine Krawatte trügen, sehe man dies sofort an und das wirke vor Gericht gekünstelt, lächerlich und heuchlerisch. Ein Angeklagter müsse authentisch wirken. Er erschien vor Gericht daher unauffällig. Umso auffälliger erschien die geschädigte Dirne. Sie trug einen hautengen Hochglanzlederdress. Wie eine Anakonda schlängelte sie sich hüft- und hinternschwankend in den Gerichtssaal und der Gerichtskanzlist flüsterte mir hypnotisiert durch die Schlangenbewegungen ins Ohr:
„Es ist verrückt, wie die Leute heute vor Gericht erscheinen. Sie haben keinen Respekt und keine Würde mehr".
Die Anakonda war dabei begleitet von ihrer Taxichauffeuse, welche hinten im Gerichtssaal Platz nahm. Die Verhandlung wurde in deutscher Sprache abgehalten. Die Anakonda verstand kein Wort. Ich versuchte das unerklärliche Thema, warum der Postbeamte einen Wattebausch und Chloroform zum

Schäferstündchen mitgenommen hatte, zu umschiffen und erklärte, die Tat sei eine einmalige Dummheit gewesen, welche nicht mehr geschehen werde. Sein Klient habe jetzt eine feste Beziehung und werde bald heiraten. Er habe seine Stelle behalten können, sei gefestigt und habe sein Leben jetzt im Griff. Dies war das Übliche, was ein Anwalt bei einer Ratlosigkeit jeweils vorbringt.

Die Anakonda wurde gefragt, was sie vorzubringen habe und welche Forderungen als Geschädigte sie geltend mache. Da der Gerichtspräsident kein Englisch und die Anakonda kein Deutsch verstanden, kein Übersetzer bestellt war und der Staatsanwalt sich über seine Sprachkenntnisse nicht outete, übernahm ich die Funktion des Übersetzers. Der Gerichtspräsident fragte:
„Machen sie eine Damnifikatsforderung geltend?"
Übersetzung: „Are you asking for an indemnation?"
Antwort: „Me no understand."
Pidginübersetzung: „You want money?"
Antwort: „Me come with Taxi, cost 150 franc."
Übersetzung: „Die Geschädigte ist mit dem Taxi gekommen, was 150 Franken gekostet hat."
Gerichtspräsident: „Hätten Sie nicht mit öffentlichen Verkehrsmitteln, z.B.mit dem Zug oder dem Postauto kommen können?"
Übersetzung wortgetreu.
Antwort: „ Me no know have train. Me always go Taxi."
Man muss halt Postbeamter sein, um zu wissen, dass es Postautos gibt. Ansonsten machte sie keine Forderung geltend. Offensichtlich hatte sie den geraubten Dirnenlohn vergessen. Um das Verfahren abzukürzen und den guten Willen und die Grosszügigkeit meines Klienten zu zeigen, schlug ich nach Rücksprache mit diesem vor, dass er die Taxikosten übernehmen werde. Die Anerkennung der Forderung der Geschädigten wird

nämlich neben anderen Faktoren als Strafmilderungsgrund gewertet. So versuchte ich noch ein wenig gut Wetter zu machen. Deshalb wurden die 150 Franken anerkannt.

Der Postbeamte erhielt seine gerechte Strafe. Er erhielt 14 Monate Gefängnis bedingt, oder auf Bewährung, wie man in Deutschland sagt, bei einer Probezeit von drei Jahren. Er musste also nicht ins Gefängnis gehen. Aber, der Abstecher zur Dirne kostete ihn viel mehr, als er ursprünglich geplant hatte. Zu den 150 Franken Schadenersatz musste er eine Busse von 800 Franken, die Verfahrenskosten von 3000 Franken zahlen und dem Staat die Kosten des amtlichen Verteidigers zurückerstatten. Nur den Dirnenlohn musste er nicht zurückgeben. Daran hatte niemand gedacht. Trotzdem war dies ein kostspieliges Schäferstündchen. Da hätte er sich eine ganz luxuriöse Dirne für eine ganze Nacht leisten können.

30. Die Kirschdiebe und der Schütze

Kirschdiebe hatten den Bauern schon jahrelang jeweils in der Erntezeit geplagt und rechtzeitig wie die Amseln und Raben fanden sie sich auch auf diese Erntezeit wieder in seinem Obstgarten ein. Nur liessen sie sich anders als die fruchtgierigen Vögel nicht mit Netzen vom Diebstahl abhalten. Auch ein Chriesichlöpfer [1] versagte bei ihnen seine Dienste und, wenn die Mutter des Bauern sie zu verscheuchen versuchte, hockten sie einfach auf den Bäumen und lachten sie aus. „Komm doch rauf du alte Hexe", riefen sie. Als er den Reifestand seiner Kirschen wieder einmal prüfen ging, fand er etwa sechs Kirschdiebe auf seinen Bäumen. Am Boden lagen zwei Fahrräder, welche er zu sich nach Hause auf den Bauernhof mitnahm.

Mit einer Kleinkaliberpistole bewaffnet schlich er sich wieder an den Kirschbaumhain heran und brüllte, als er dort angekommen war: „Los, kommt runter!" Die Täter sprangen von den Bäumen und rannten, so schnell wie sie konnten, in Richtung des nahegelegenen Waldes davon. Sie waren vom ca. 50-jährigen schweren Mann nicht zu stellen geschweige denn einzuholen. So zückte er seine Kleinkaliberpistole, zielte wie gewohnt sehr genau und drückte sechs bis sieben Mal ab. So viele Hülsen fand die Polizei am Orte der Schussabgabe. Der Scharfschütze erklärte der Polizei später, dass er bewusst etwas neben die Fliehenden gezielt hätte und diese deshalb nicht hätten getroffen werden können. Aber dieser Aussage widersprach die Tatsache, dass ein Kirschdieb einen Einschuss am Oberarm erlitten hatte. Der Scharfschütze bestritt allerdings, dass der Einschuss von seiner Kleinkaliberwaffe stammen könne.

---

1) Kirschenkanonen, um die Vögel zu erschrecken

Er könne haargenau zielen und er treffe nicht einen Millimeter an seinem visierten Ziel vorbei. Der Einschuss sei zudem von vorne erfolgt. Er sei aber ca. 60 m hinter den Fliehenden gestanden und habe das vermeintliche Opfer nicht von vorne treffen können. Auch habe das Projektil einer Kleinkaliberwaffe auf eine Distanz von 60 Meter keine so grosse Durchschlagskraft mehr, anders, als die Einschussphotos zeigten.

Das Projektil, das im Oberarm steckte, war vom Chirurgen entfernt und der Polizei übergeben worden. Aber es waren weder ballistische Untersuchungen erhoben worden noch war ganz klar, ob das Projektil aus der Kleinkaliberpistole des Scharfschützen stammte. Ich hatte diesbezüglich eine genaue Untersuchung durch Expertise verlangt. Aber darauf hatte der Untersuchungsrichter verzichtet. So kam es ohne genaue Abklärung zur Gerichtsverhandlung über die Anklage betreffend vorsätzlicher Körperverletzung. Dabei wies ich darauf hin, dass der Flüchtende von vorne getroffen worden sei, was bei einer Schussabgabe von hinten aus einer Distanz von 60 Metern selbst einem Scharfschützen nicht möglich sei, denn der Klient sei nicht Scharfschütze im Bumerangschiessen sondern im Pistolenschiessen. Der Klient könne deshalb unmöglich als Verursacher der Schussverletzung in Frage kommen. Mindestens müsse jetzt eine ballistische Untersuchung durchgeführt werden. Ich schlug vor, dass mit der Kleinkaliberpistole Schussversuche auf Vorderläufe von 60 Kilogramm schweren Jagern (sechs Monate alten Jungschweinen) aus 60 Metern Distanz gemacht würden, um die Auswirkung der Schüsse vergleichen zu können.

Der Staatsanwalt entgegnete diesen Einwendungen vor zweiter Instanz, dass es aus tierschützerischen Gründen unzulässig sei,

Schussversuche an Jagern durchzuführen und dass er dagegen protestiere. Darauf erwiderte ich, dass ich nicht gesagt habe, man müsse sechs Jagern Niketurnschuhe und Adidasleibchen anziehen, sie danach in den Kirschhain und gegen den Wald hinunter treiben und aus einer Distanz von 60 Metern auf sie schiessen und so versuchen die Vorderläufe zu treffen. Ich meine, man sollte tierschutzkonform gehaltenen und geschlachten Jagern die Vorderläufe abschneiden, aus 60 Metern an einen sicheren Ort mit der Kleinkaliberpistole darauf schiessen und eine genaue Projektilabklärung machen. Damit wäre dann aber immer noch nicht geklärt, weshalb der Einschuss von vorne erfolgte.

Vor dritter Instanz hat dann die Staatsanwaltschaft endlich auf eigene Initiative ein ballistisches Gutachten in der Befürchtung veranlasst, die Ermittlungen könnten von dieser Instanz als ungenügend betrachtet werden. Dem Scharfschützen hat es nicht geholfen. Das Ergebnis zeigte, dass der Schuss eindeutig aus seiner Waffe kam. Offensichtlich hatte sich der Flüchtige auf der Flucht umgedreht und wurde gerade in diesem Moment getroffen. Bei einer richtigen Abklärung des Sachverhaltes schon von allem Anfang an, hätte man einiges an Gerichts- und Anwaltskosten einsparen können.

31. Das himmlische Raumschiff

Ich wurde von einem älteren Kollegen angefragt, ob ich eine religiöse Gemeinschaft vertreten würde, welche im Kreuzfeuer der Medien stehe. Der Hintergrund war mir aus den Medien bekannt. Ich räumte mir ein paar Stunden Bedenkzeit ein, nahm das Mandat dann aber gerne an.

Die Religionsgemeinschaft hatte prophezeit, dass ein Raumschiff vor ihrer Kirche landen und die ca. 11000 Besucher der Gemeinschaft in den Himmel bringen würde. In den Prophezeiungen war das Datum der Himmelfahrt ziemlich genau genannt worden. Die Boulevardpresse hatte Wind davon bekommen und schlachtete diese Prophezeiung dann richtig aus, machte Bilder und Modelle vom Raumschiff und liess dessen mutmasslichen Start zum medienwirksamen Ereignis für die ganze Schweiz werden. Das Medienspektakel wurde zum Volksspektakel und zur Grossdemonstration am Orte der Freikirche zum Zeitpunkt der mutmasslichen Raumschifflandung. Die Religionsgemeinschaft wurde der Lächerlichkeit preisgegeben und Opfer einer durch die Boulevardpresse aufgeheizten und durch Aktionismus einzelner Boulevardjournalisten aufgestachelten Massengewalt. Überall wurde von einem riesigen Raumschiff berichtet, welches an einem genau datierten warmen Maiwochenende landen und alle Kirchenmitglieder mitnehmen würde. Es wurde zu einer Veranstaltung am prophezeiten Samstagabend vor der Freikirche aufgerufen und Gewaltwillige aus der ganzen Ostschweiz marschierten auf. Die Gemeinschaft hatte einen Sicherheitskordon um die Kirche gebildet mit Autos und kräftigen Männern. Die Verteidigung war strategisch gut vorbereitet. Aber dies half gar nichts. Die Autos wurden teilweise gehoben und umgestossen. Die Kirche mit Pflastersteinen beworfen, sodass die kunstvollen Glaskirchenfenster zerbarsten und die Blumengärten um die Kirche herum verwüstet wurden. Dank der Präsenz der Polizei konnten Körperverletzungen vermieden werden. Auch gelang es dem Mob nicht, in die Kirche einzudringen, womit wenigstens dort Verwüstungen ausblieben.

Dies war das einzige Spektakel, das an jenem Samstagabend stattfand. Das grösste Spektakel, auf das jedermann gewartet hatte, Landung und Start des Raumschiffes, blieb aus. Und so blieb nach diesem unseligen Wochenende der Religionsgemeinschaft nichts als ein doppelter Kater: die Zerstörungen, mit einem Schaden, welcher gegen 100000 Franken betrug und die Ernüchterung über das Ausbleiben des Raumschiffes. Die spöttischen und schadenfreudigen Presseberichte nicht nur in der Boulevardpresse verringerten diese Enttäuschung keineswegs.

Aber die Vandalen jenes Samstagabends frohlockten nur kurz und ebenso der Anstifter, der Reporter eines Boulevardblattes. Aufgrund der Pressefotografien und des Fernsehens wurden die Täter fast alle erkannt und es wurden Strafverfahren gegen sie eingeleitet. Gegen ca. 30 von ihnen erging ein Urteil wegen Landfriedensbruches und Sachbeschädigung und sie wurden zur Genugtuung der Freikirche und mir als dem die Kirche vertretendem Anwalt zu hohen Entschädigungszahlungen verurteilt.

Die Besucher der Freikirche blieben auf Erden und besuchten weiterhin die Kirche. Der einzige, der in die Luft ging, war der Reporter des Boulevardblattes. Er hatte während seines Aktionismus, welchen er vom nachbarlichen Nightclub der Freikirche aus leitete, eine Brasilianerin kennengelernt, mit der er nach Brasilien floh, bis sich der Sturm um ihn und die Religionsgemeinschaft gelegt und seine Liebe zu ihr sich abgekühlt hatte. Er wurde deshalb in Abwesenheit zu einer angemessenen Strafe und zur hohen Schadenersatzzahlung verurteilt. Viele Jahre später stellte er sich dann doch noch den Justizbehörden und das Verfahren wurde neu aufgerollt.

32. Der anarchistische Kursleiter, der die Kippa verweigerte

Er war Erfinder und Individualist und bekannt für seine Textilfärbkurse, die er für vorwiegend weibliche Kursbesucherinnen organisierte. Sein Leibblatt war das Blabla, eine periodische satirische Zeitschrift, die er unkritisch las, wie zum Teil andere Leser den Blick oder die NZZ. Er zitierte todernst daraus, als ob das Blabla die einzige Wahrheit enthalten würde und es wirkte fast schon grotesk, wenn er vollen Ernstes eine absurde Geschichte erzählte und zur Dokumentation von deren Echtheit erklärte: „Das isch im Blabla gschtande". Er mag wohl nach dem mathematischen Gesetz, wonach die doppelte Negation zum Plus wird, gedacht haben, wenn ein Komiker eine absurde Quelle zitiert, wird das Zitierte zur Wahrheit. Jedenfalls war das Blabla sein Evangelium. Die Blabla-Exegese war seine Lieblingsbeschäftigung. Streng genommen war es gar keine Exegese, denn er legte alles rein grammatikalisch aus.

Sein wichtigstes Hobby war aber die Betrachtung seiner Kursteilnehmerinnen und das Sich-betrachten-lassen durch sie. Die Kurse fanden in seinem grossen Haus auf dem Lande statt und dauerten in der Regel eine Woche. Dabei pflegten alle Teilnehmerinnen am Kursort zu kochen, zu essen und in einem grossen Gemeinschaftsschlafzimmer zu übernachten, worin sieben Doppelbetten aneinandergereiht waren und alle Teilnehmerinnen mit dem Kursleiter gemeinsam schliefen, so wie sie Gott geschaffen hatte (damals waren Schönheitsoperationen speziell bei Alternativen noch nicht üblich). Er pflegte sich zuerst auszuziehen und war jeweils bis auf die Brille nackt, wenn er sich in der Mitte ins Bett legte. Alsdann genoss er die mehr oder weniger eleganten

Stripteases von mehr oder weniger eleganten Bekleidungs- und Unterbekleidungsteilen, mehr oder weniger eleganter Körper seiner Kursteilnehmerinnen, bis sie sich links und rechts von ihm ins XXL Bett einkuschelten. Nicht, dass es nachher zu einem Rudelgerammel mit ihm als Leithirsch gekommen wäre. Nein, er war ein stiller platonischer Geniesser.

Am nächsten Morgen fand das Spiel dann umgekehrt statt. Als erstes behändigte er die immer griffbereite Brille, stand auf und suchte seine Unterhosen, welche er ohne Fremdhilfe selbst mit Brille nie finden sollte. Er lief hilflos im Schlafraum umher und fragte verzweifelt: „Wo sind mini Underhoose?" Das erweckte das Helfersyndrom der meisten Kursteilnehmerinnen und gemeinsam machte man sich auf die Suche der Unterhosen auf dem Schrank, unter dem Bett, was ihm andere Aspekte des Einblickes in die Deltas der Venus seiner Kursteilnehmerinnen bot. Meist hatte er die Unterhosen zwischen den Bettlaken oder unter einem Bett versteckt, was ganz besonders interessante Einblicke erlaubte.

Ich war zwar nicht Kursteilnehmer, aber Berater des Erfinders, verbrachte in dieser Funktion zwei Nächte mit ihm und den Kursteilnehmerinnen und nahm an zwei Unterhosensuchexpeditionen, wenn auch nicht aktiv, sondern als Betrachter, teil. Es ging bei meiner Beratungstätigkeit um diverse Streitigkeiten. Einmal mit dem Vermieter des Erfinders, weshalb vor Ort, dort, wo der Kurs stattfand, ein Augenschein durchgeführt werden musste. Unter anderem stritten sich die Parteien um einen grossen Container Regenwasser, welchen der Erfinder unter der Dachtraufe des Miethauses zum Zwecke der Sammlung kalkfreien Regenwassers montiert hatte. Von Regenwasser, welches er für das Färben seiner Seide in seinen Kursen brauchte. Der Hauseigentümer hatte diesen Container unter unbewilligten

Eindringens in den Garten des Mieters ausgeleert. Ferner ging es um einen Prätendentenstreit gegenüber der SBB. Diese hatte eine Palette mit Frachtgut für den Kursleiter transportiert, der im Besitze des Frachtscheins war, diese dann aber sechs Monate, nachdem er sie nicht abgeholt hatte, einem Dritten, der behauptet hatte, er sei der berechtigte Eigentümer, herausgegeben.

Der erste Streit war nicht einfach zu führen. In unseren Rechtssystem werden in Forderungsprozessen hauptsächlich geldwerte Leistungen oder Schadenersatz aus geldwerten Leistungen eingeklagt. Aber wie bemisst man das Ausleeren von Regenwasser in Geld? Verlust durch Produktionsausfall beim Färben von Seide? Verlust von Kursgeld von Kursteilnehmerinnen, weil mangels Regenwasser ein Kurs ausfallen muss? Solche Klagen, namentlich wenn ein Kursleiter mit Einsteinfrisur und vom Färben purpurschneckenroten Händen im Gerichtssaal herumfuchtelt, wirken auf einen Richter, der meistens ein Normalo ist, befremdend. Den Regenwasserfall führte ich mangels Substanzierbarkeit des Schadens nicht. Im zweiten Fall endete die Komödie des Purpurschneckeneinsteins gegen einen trockenen und seriösen SBB Vertreter mit einem Vergleich. Die SBB musste aufgrund des auf den Namen des Kursleiters lautenden und durch diesen eingereichten Frachtbriefes anerkennen, die Palette einem Unberechtigten herausgegeben zu haben und die Parteien einigten sich auf eine Schadenersatzzahlung für 750 kg getrocknete Purpurschnecken, Reagenzgläser, Bunsenbrenner, Kardbürsten, Spinnräder, Indigopulver, etc. Die Entschädigung entsprach einer groben Schätzung, denn Belege über die Einkäufe konnte der Kläger nicht beibringen. Er betrachtete sich nämlich nicht als buchführungspflichtig und schon gar nicht als steuerpflichtig. So etwas war für ihn zu profan.

Einstein war ums körperliche Wohl seiner Kursteilnehmerinnen immer besorgt. Dies zeigte sich darin, dass er manchmal am Abend im grenznahen Deutschland eine Sauna mietete, die er mit ihnen besuchte. Er führte diese mit seinem Spezialfahrzeug dorthin. Ich hatte das Vergnügen, bei einer solchen Fahrt dabei zu sein. Der Erfinder mit Einsteinfrisur und ebensolanger Zunge besass ein Postauto. Und zwar einen VW, den er der Post abgekauft hatte und welcher zum Postsacktransport mit vielen Fächern speziell ausgebaut war. Wenn er durch die Stadt fuhr, wurde er als Postbeamter wahrgenommen und von den vermeintlichen Berufskollegen gegrüsst. Wenn er ausstieg, wunderten sich die Passanten über den kurios aussehenden nicht uniformierten Postbeamten und begannen vollends zu zweifeln, wenn sie statt eines P auf dem Nummernschild ein ZH sahen. Das Postauto hatte dennoch verschiedene Vorzüge. So liess es das Parken auf Parkverbotsflächen zu, denn der Parkbussenpolizist war der Meinung, hier würde ein dringliches Paket zugestellt. Auch war generell mit mehr Toleranz anderer Verkehrsteilnehmer zu rechnen.

Nun, mit diesem Fahrzeug wagte die Kursgruppe eine Reise in die Sauna im grenznahen Deutschland.
Auf dem Fahrersitz nahm der kuriose Postbeamte und auf dem Beifahrersitz die Kursleiter-Stellvertreterin Platz. Für jede Kursteilnehmerin, es waren vielleicht 12 an der Zahl, sowie mich war je ein Postsackfach vorgesehen, in das wir uns zu zwängen hatten. Jeder hatte ein eigenes Fach. Waagrecht, mit dem Kopf nach hinten, lagen wir im Fahrzeug. Von Sicht auf die Fahrbahn keine Spur. Postsäcke brauchen die Strasse nicht zu sehen. Sie haben in der Regel keinen Fahrspass und leiden nicht an Reisefieber und Übelkeit. Und so hielt sich der Fahrspass auch hier

in engen Grenzen. Ich nahm nur war, dass irgendwann die Grenze, welche damals noch kontrolliert wurde, erreicht wurde. Offenbar wunderten sich die Deutschen Grenzer über eine nächtliche Postzustellung eines Schweizer Postbeamten nach Deutschland und liessen den Fahrer die Fensterscheibe herunter kurbeln. Als sie dessen Wuschelkopf gewahr wurden, überkam sie vollends Zweifel darüber, ob hier eine Postzustellung erfolgte und sie verlangten, dass er den Frachtraum mit den Postsäcken öffne. „Das ist das Ende des Ausfluges in die Sauna," dachte ich und sah mich bereits um einen vergnüglichen Abend betrogen. Der vermeintliche Postbeamte öffnete den Postsackraum seines Postautos. Grosse Überraschung, da kam kein Eilbrief und kein Paket mit dem Zeichen „zerbrechlich" zum Vorschein, sondern zwölf Frauen und ein Mann wanden sich aus ihren engen Fächern und gruppierten sich hinter dem Postauto. Die Grenzer waren nicht schlecht erstaunt über die seltsame Fracht. Sie schlossen aus den lachenden, teils verlegenen Gesichtern, dass hier kein Fall von Massenentführung vorlag. Auch Menschenschmuggel schlossen sie bald aus, nachdem die Postsäcke auf Schweizerdeutsch oder Südalemannisch antworteten. Aber war da eine Verschwörung im Gange? War das ein südlicher Ableger der Baader-Meinhof-Gruppe? Auch das nahmen sie wohl nicht an, denn sie zückten ihre Pistolen nicht und stellen die Postsäcke nicht an die Wand. Aber die Pässe sammelten sie ein und es begann ein langes Warten in der frostigen nächtlichen Kühle, während sich die Gruppe so sehr auf eine wärmende Sauna gefreut hatte. Unterdessen wurden die Pässe beim Bundeskriminalamt fernmündlich geprüft und nach langem bangen Warten kamen die Grenzer zurück und erklärten zur Überraschung aller Anwesenden: „Alles ist in Ordnung, die Fahrt kann weitergehen." Dies, nachdem den Grenzern versichert wurde, dass die Fahrt nur ins nächst grenznahe Städtchen führen solle. Die jetzt fröhliche Gruppe wurde nicht auf die

Gurtentragpflicht hingewiesen, der in den Postsackfächern nicht Genüge getan werden konnte. Auch wurde die Ladekapazität des Postautos nicht geprüft. Auch nicht, ob die Verkehrssicherheit eingehalten wurde. So konnte wider Erwarten der lang ersehnte Saunaspass beginnen und Erfinder und ich konnten ihre am Vorabend und am Vormorgen begonnenen anatomischen Studien fortsetzen. Die Stimmung der Gruppe war aufgeräumt, als sie den Zoll auf der Rückfahrt passierte. Die Grenzer winkten nun das Schweizer Postauto, das von der Amtshandlung im Ausland zurückkehrte, freundlich in seine Heimat zurück. Nur die durch die verschiedenen Postfächer gestörte Kommunikation beeinträchtigte die langsam überbordende Stimmung von Pöstler und Postsäcken. Der Färbkurs fand nach der abenteuerlichen Exkursion einen fröhlichen Ausklang.

Eine andere, tragischere Geschichte war der Tod der Mutter des Kursleiters und Erfinders. Ich wurde mit der Erbteilung betraut. Ein erstes Mal trafen sich die Erben und ich in der stark gesicherten Residenz des Rabbiners. Die Familie war nämlich jüdischen Glaubens. Vor dem Einlass wurden denjenigen Männern, welche ohne Kopfbedeckung erschienen, Kippas verteilt, welche ich, auch wenn ich nicht jüdischen Glaubens bin, aus Höflichkeit aufsetzte. Der Erfinder jüdischer Abstammung weigerte sich. Er erklärte, er sei Atheist und Anarchist. Er hätte er zum Tragen der Kippa das Gestrüpp auf seinem Kopf ohnehin ordnen müssen, was sehr umständlich gewesen wäre. Der Rabbiner nahm keine Notiz von der fehlenden Kippa und und zeigte Toleranz.

Der Schmuck der Verstorbenen war in einem Safe in einer Grossbankfiliale sicher aufbewahrt worden. Durch Vermächtnis war er ironischerweise den zwei Söhnen zugeteilt worden, obwohl diese sich gar nicht dafür interessierten. Ein Termin mit dem Filialleiter bei der Bank unter Anwesenheit der zwei Söhne wurde einberaumt. Ein Sohn, der im Rollstuhl sass, interessierte sich vornehmlich für das Sicherheitssystem in der Bank und fragte den Filialleiter, wie man am besten in die Bank eindringen und sie ausrauben könne. Der Bankverwalter war ob der Fragen nicht gerade erbaut und gab nur sehr spärlich Auskunft namentlich, was das Sicherheitsdispositiv der Bank anbelangte, aber er fühlte sich durch den Rollstuhlfahrer auch nicht sonderlich bedroht und immerhin war dieser durch Erbschaft Bankkunde geworden und Bankkunden werden durch Schweizer Bankbeamte höflich und diskret behandelt. Am Ende der Safeöffnung begleitete er die Herren ins Sitzungszimmer beim Saferaum und die Teilung des Schmuckes konnte beginnen. Zu meiner Überraschung wollte ihn aber keiner haben. Die Beiden erklärten, sie trügen selbst keinen Schmuck. Der Rollstuhlfahrer sagte, er habe schon lange keine Freundin mehr und der Wuschelkopf machte geltend, er habe zwar eine Frau, die in Brasilien lebe und die Dorfschönste gewesen sei, als er sie geheiratet habe.

„Sie ist sehr schön aber böse. Der gebe ich sicher nichts," betonte er. Ich schlug vor, sie könnten den Schmuck ja verschenken. Auch das gefiel ihnen nicht. Da griff ich zu einem Trick: „Wir ziehen zu den einzelnen Schmuckstücken Lose und wer verliert, der muss das entsprechende Stück nehmen."

Dieses Spiel gefiel ihnen. So nahm ich aus der Safekasette jeweils ein Schmuckstück und kommentierte z.B.:

„Safirsolitaire mit zwei mal drei Brillanten und Weissgoldfingerring."

Die Lose wurden gezogen und der jeweilige Verlierer musste das entsprechende nehmen. Widerwillig strich dieser jeweils seine Trophäe ein.

„Diamantring mit zwölf Rubinen, Gelbgold."

Wieder nahm ihn der Verlierer entgegen.
„Ametystbrosche mit 18 Brillianten, Rotgold."
Der Verlierer nahm ihn ohne Wimperzucken an.
„Aquamarinohrringe Weissgold."
Und wieder war der Verlierer an der Reihe bis über ein Kilo wertvollsten Schmuckes seine widerwilligen Abnehmer fand. Am Ende der ca. einstündigen Sitzung läutete ich dem Bankverwalter, welcher uns drei Männer im heiligsten der Bank, der Sakristei einer Kirche entsprechend, dem Tresorraum eingeschlossen hatte und uns aus unserem Ungemach befreite.

Die Teilung der anderen Vermögenswerte war weniger kompliziert. Geld zum Beispiel können auch Anarchisten gut gebrauchen. Einzig der Nerzmantel der Mutter interessierte niemanden. Er wurde ins Brockenhaus gebracht und wurde dort wohl zur Trouvaille einer unbekannten Schatzsucherin.

33. Der Anwalt als Schweizermacher

Der ausländische Klient wollte eine Firma in der Schweiz mit Hauptsitz im Kanton Schwyz gründen und hatte einen Businessplan und ein Projekt, welches unter anderem die Schaffung von Arbeitsplätzen im Kanton Schwyz vorsah. Die Planung war bereits fortgeschritten, die Finanzierung war gesichert, die Standorte mehr oder weniger bestimmt und die Verträge unter Vorbehalt der Zustimmung des kantonalen Wirtschaftsförderungsamtes und der Fremdenpolizei (so hiess das Migrationsamt früher) vorbereitet oder abgeschlossen, die Revisionsstelle (oder Kontrollstelle, wie es früher hiess) bestimmt und die Aktiengesellschaft befand sich in Gründung. Auch die Liquiditätsplanung für die nächsten fünf Jahre mit Best-, Normal- und Worstcaseszenario war erstellt. Nun musste das Projekt den besagten Behörden vorgestellt werden, einerseits um die Steuerprivilegierung mit der Steuerverwaltung vorzubereiten, anderseits, um für den Firmenchef vorerst eine Aufenthalts-, später eine Niederlassungsbewilligung und schliesslich seine Einbürgerung zu erhalten. Die erwähnten Behörden mussten gewonnen werden, damit sie dem Projekt zustimmten.

Ich musste nun noch die letzte Hürde überwinden, die mündliche Präsentationsverhandlung. Das letzte Puzzlesteinchen zum Start der Unternehmung fehlte noch. Die Verhandlung wurde minutiös vorbereitet. Alle Möglichkeiten wurden durchgespielt und mögliche Fragen und Antworten trainiert, denn der Termin beim Wirtschaftsförderungsamt und bei der Fremdenpolizei war die eigentliche Schlussprüfung, welche der Klient und ich zu bestehen hatten. Die Präsentation war vorbesprochen worden. Sie sollte durch den Klienten und mich gemeinsam durchgeführt werden und die Amtsleiter der beiden Ämter sollten Vertrauen fassen. Der

Klient sprach Norddeutsch und ich bodenständiges Schweizerdeutsch, welches vertrauensfördernd wirken sollte. Aber, auch wenn ein Anwalt vor einer Verhandlung meint, an alles gedacht zu haben, kommt er immer wieder vor eine unvorhergesehene Situation und wird überrascht. So auch hier. Das Leben ist vielseitiger, als wir es uns in unseren Köpfen vorstellen. Vergessen hatte ich nämlich, dem Klienten den Unterschied zwischen Schweiz, dem Land, und Schwyz, dem Kanton, zu erklären oder auf Schweizerdeutsch Schwiz und Schwiiiz. Für den Schweizer ist die unterschiedliche Aussprache der zwei Substantive sowohl auf Hoch- als auf Schweizerdeutsch selbstverständlich. Nicht aber für den Norddeutschen.

Die Verhandlung fand in angenehmer Atmosphäre statt. Die Beamten begrüssten das Projekt, dessen seriöse Vorbereitung, waren ob der Zahlen beeindruckt und begeisterten sich natürlich für die Tatsache, dass im Kanton Schwyz Arbeitsplätze geschaffen würden und alles schien paletti, bis am Schluss plötzlich noch ein Gewitter aufzuziehen drohte, welches die ganze Mühe hätte in Frage stellen können. Der Amtsleiter der Fremdenpolizei fragte aus heiterem Himmel:
„Ja, Herr G. gefällt es ihnen bei uns in Schwyz?"
Antwort: „Ja mir gefällt es gut in der Schwiiiz" (womit er anders als der Amtsträger nicht den Kanton Schwyz, sondern das Land Schweiz meinte).
Frage des Leiters des Wirtschaftsförderungsamtes: „Herr G., wo wollen sie denn wohnen bei uns in Schwyz?" Mir war aufgrund der ersten Antwort bereits schwindlig.
Antwort: „In Zürich".
Dies war nun wirklich nicht das, was die zwei Amtsträger hören wollten und sollten, denn sie wünschten sich einen Investor und Steuerzahler im Kanton Schwyz und nicht in Zürich. Also gab ich

meinem Klienten unter dem Verhandlungstisch einen Fusskick und erklärte den zwei Amtsträgern: „Herr G. meint, er wolle in Lachen, im Kanton Schwyz, am Zürichsee wohnen."

Die Gesichter entspannten sich. Die Situation schien gerettet. Die Amtsträger lächelten. Ich atmete auf, nur der Klient hatte die Situation noch nicht begriffen und schien nochmals nichtsahnend Geschirr zu zerschlagen, indem er erklärte: „Na wissen Sie, ich seh das nicht so eng!" Er merkte immer noch nicht, dass die zwei Beamten und ich aus Sackpatriotischen (zu Hochdeutsch taschenpatriotischen) Gründen für den Kanton Schwyz es durchaus eng sehen wollten.

Die Antwort des Leiters des Wirtschaftsförderungsamtes brachte dann aber die ersehnte Entspannung:
„Ja, wissen Sie Herr G., solche Leute wie Sie haben wir gerne bei uns in Schwyz, wir unterstützen Ihr Projekt und geben unser Einverständnis und die Bewilligungen dazu."
Zum Glück hat Herr G. nicht noch einmal wiederholt, ihm gefalle es auch ganz gut in der Schwiiiz. Hier braucht nicht präzisiert zu werden, dass die gegenseitige Liebe von Herrn G. und den Behörden weniger mit Schillers Willhelm Tell und Ideologie sondern mit gegenseitigen pekuniären Interessen zu tun hatte.
„Quand un banquier Suisse saute par la fenêtre, il y a certainement quelque chose à gagner," hatte Voltaire einmal gesagt [1], eine Wahrheit welche nicht nur auf das Verhalten Schweizer Banker zutrifft, sondern auch hier einen Anwendungsfall bei den Schwyzer Beamten hatte.

---

[1] Wenn ein Schweizer Banker aus dem Fenster springt, gibt es mit Sicherheit etwas zu verdienen.

34. Der Altunternehmer im Kampfanzug

Kennengelernt hatte ich den Unternehmer bei einem Spitalbesuch in einer Halbprivatabteilung, wo sich zwei Männer ein Spitalzimmer teilten. Ich besuchte mit Begleitern einen Bekannten und brauchte dafür einige Stühle, die ich vom Bettnachbarn, einem 82-jährigen Unternehmer erhielt, die ihm aber scheinbar fehlten, als eine hübsche Mittdreissigerin, die sich als seine Besucherin vorstellte, eintrat. Aber diese verlangte keinen Stuhl, sondern warf sich kurzentschlossen aufs Bett des Alten, der die scheinbare Ungemach protestlos über sich ergehen liess. Eng umschlungen, ihren Liebkosungen nicht abgeneigt, erzählte er von sich und seiner unternehmerischen Kariere. Wichtig war ihm, sofort mitzuteilen, wie viele Millionen er besass und an wie vielen Orten er Steuern zahlen müsse. Wäre der reiche Greis nicht krank gewesen, so hätte er überglücklich sein müssen. So reich mit einer so schönen anhänglichen jungen Frau. Da nimmt man die Steuerpflicht doch gerne in kauf.

Kurz darauf erhielt ich einen Anruf des wieder genesenen Unternehmers. Er erklärte, er habe ein Problem in einem Strafverfahren. Der Sachverhalt war folgender: Er besass verschiedene Mehrfamilienhäuser, unter anderen deren zwei in der Kernzone einer kleineren Stadt. In einer dieser Wohnungen wohnte er selbst. Zwischen den Mehrfamilienhäusern hatte er einen Freilaufstall für Kaninchen eingerichtet. Nun waren einige junge Kaninchen ausgebüxt und der Senior hatte versucht, sie mit verschiedenen Tricks einzufangen, wie Karotten in einen Busch legen und einen Kartoffelsack über die angelockten Kaninchen werfen, ihnen nachhüpfen etc. Aber, obwohl Kaninchen keine Feldhasen sind, war er in seinem Alter zu langsam, um sie einzufangen. Am Ende befanden sich einige Jungkaninchen auf der Hauptstrasse bei der Verkehrsampel an der Kreuzung. Sie überquerten diese nicht nur bei grün. Andere hoppelten vor dem Nachbarhaus, welches auch ihm gehörte, hin und her. Da besann er sich auf eine seiner Kernkompetenzen, er war nämlich ein sehr guter Schütze und besass viele Waffen. So ging er mit einem Flobertgewehr zum Küchenfenster, legte mit geladenem Gewehr auf dem Sims an, zielte, schoss zweimal und schon hatte er die zwei Kaninchen vor dem Nachbarhaus erlegt. Wie er die Ausreisser an der Kreuzung unschädlich machen sollte, war ihm allerdings ein Rätsel. Dazu kam es freilich nicht mehr, den eine verängstigte Nachbarin hatte das absurde Treiben ihres Vermieters verfolgt und der Polizei angerufen, welche mit Blaulicht ausgerückt war, den Unternehmer stellte und bei einer Wohnungsdurchsuchung sämtliche seiner Waffen, eine beachtliche Sammlung, beschlagnahmte.

Der Unternehmer war nicht nur Sportschütze, sondern auch Waffennarr und mit der Beschlagnahmung hatte die Polizei dem alten Herrn fast das Herz gebrochen. Er war niedergeschmettert. Einen Tag später kam er weinend, in einem grotesken Kampfanzug einer imaginären Bodentruppe und einer weissen Kapitänsmütze einer Navy in die Anwaltskanzlei, verlangte ohne Terminvereinbarung nach mir und erklärte, er könne ohne seine Waffen nicht mehr leben. Die Polizei habe ihm sein Liebstes weggenommen, seine Waffen. Sein Liebstes waren also weder seine junge schöne Begleiterin noch seine Kaninchen, sondern seine Waffen. Ja was nützt es, wenn man reich und wieder gesund ist, eine schöne Freundin und Kaninchen hat, wenn einem die Waffen fehlen.

Ich nahm mich der Angelegenheit an und vertrat den alten Kämpfer schon in der untersuchungsrichterlichen Befragung. Die strafrechtlichen Vorwürfe waren, die Gefährdung des Lebens und die Störung der öffentlichen Ordnung, nicht aber der unerlaubte Waffenbesitz, denn der Alte hatte all seine Waffen seit Jahren schön säuberlich registrieren lassen und war im Besitze entsprechender Waffenscheine. Die Einvernahme war ein Trauma nicht nur für den Klienten. Er regte sich ständig auf, wiederholte immer wieder, dass er ein anständiger Bürger sei, ein grosses Vermögen besitze und überall seine Steuern pünktlich bezahle. Die Geschichte, welche er mir im Spital erzählt hatte, wiederholte sich damit wie bei einer gesprungenen Vinylschallplatte. Er erklärte, er habe noch nie eine Busse erhalten, was der Untersuchungsrichter bestritt, indem er erwiderte, er selbst habe ihm schon Verkehrsbussen geben müssen. Bei der Befragung schlug der alte Kämpfer mit der Faust laufend auf den Schreibtisch des Untersuchungsrichters, sodass es krachte, worauf dieser donnerte: „Jetzt hören Sie endlich auf. Jedes mal, wenn Sie auf den Schreibtisch hauen, stürzt mein Computerprogramm ab. Hauen sie auf den anderen Tisch, wenn sie unbedingt ihre Faust einsetzen müssen, aber brechen Sie sich nicht die Handknochen!"
Das Verhalten des alten Kauzes war derart komisch, dass der Untersuchungsrichter und ich schallend lachen mussten.
„Hört auf zu lachen ihr zwei, ich finde das nicht lustig!", brüllte der Alte, worauf wir beide unser Lachen unterdrückten und unsere roten Köpfe hinter unseren Händen versteckten. Das Ganze wurde zum Cabaret. Der Untersuchungsrichter entschied auf eine Busse und auf sofortige Herausgabe der Waffen. Dafür war der Klient mir zu äusserstem Dank bereit. Damit war das Ziel erreicht. Der Kämpfer hatte sein liebstes Spielzeug wieder. Er weinte fast vor Rührung, als ich ihm vor dem Richterzimmer die Tragweite des Entscheides noch einmal in einfachen Worten erklärte.

Kaum war Friede eingekehrt, meldete sich der Kämpfer wieder bei der Polizei mit einer Anzeige. Er sei von seiner Freundin bestohlen worden. Mir schilderte er den Vorfall ein paar Tage später wie folgt: Er und seine Freundin hätten zwei Wohnungen auf der gleichen Etage in einem seiner Mehrfamilienhäuser. Sie komme täglich zu ihm auf ein Schäferstündchen. Dieses spiele sich meist wie folgt ab: Sie erkläre, er solle sich nackt ausziehen, unter die Dusche stehen, duschen, worauf sie ihm dann folge. Unter der Dusche ginge es dann stehend zur Sache. Das letzte Mal aber sei sie ihm nicht gleich in die Dusche gefolgt, sondern habe sich an seinen Hosen und dem sich darin befindenden Geldbeutel zu schaffen gemacht und ihn um einen erklecklichen Betrag erleichtert. - Damit hat sie ihn offensichtlich doppelt erleichtert, einmal mit und einmal gegen seinen Willen -. Als er den Diebstahl bemerkt habe, habe er sofort die Polizei avisiert. Diese sei zwar kurz gekommen, zwei Polizisten hätten ihn und seine Freundin formlos befragt. Sie seien dann aber wieder gegangen, ohne Anstalten der Eröffnung eines Strafverfahrens zu treffen. Darauf sei er in Wut zum Polizeiposten gefahren. Was dann geschehen sei, konnte er nur nach langem präzisen Nachfragen schildern. Offenbar hatte er seinen Grenadierkampfanzug und seine Navykapitänsmütze angezogen, sich mit einer Ananas und einer Pistole ausgerüstet, war zum Polizeiposten gefahren, hatte dort die Ananasfrucht mit der Pistole bedroht, indem er den Lauf an deren Seite quasi zum Schläfenschuss angelegt und erklärt hatte, er werde sie erschiessen, wenn die Polizei im Strafverfahren nichts unternehme. Aufgefordert Pistole und Autoschlüssel abzugeben, rannte er zu seinem Auto und fuhr davon, ohne die Pistole abzugeben. Nur die Ananas hatte der Polizei überlassen, indem er sie beim Weglaufen zu Boden kollern liess. Nach kurzer Verfolgung durch den Streifenwagen wurde er eingeholt, mittels

Polizeigriff aus dem Auto gezerrt und in gesicherter Begleitung in die psychiatrische Klinik eingeliefert. Der Bezirksarzt, so erklärte er weiter, habe seine Einlieferung und den dortigen Aufenthalt für 24 Stunden bewilligt. Jetzt sei er zwar wieder frei, aber nicht nur die Ananas fehle ihm, sondern auch der Autoschlüssel, die Pistole und die ganze Waffensammlung. Diese sei wieder beschlagnahmt worden. Er beschwerte sich über die Untauglichkeit der Polizei und spielte wieder seine alte Leier, er sei mehrfacher Millionär, zahle an verschiedenen Orten Steuer etc. etc.. Dann begann er bitterlich zu weinen. Er hätte eine Reise mit seiner Geliebten nach Kenia gebucht, aber sie verweigere nach seiner Anzeige bei der Polizei den Reiseantritt. Diesmal war ihm die Geliebte wichtiger als seine geliebte Waffensammlung. Doch es blieb ihm nichts, nicht die Geliebte, nicht das ferne Reiseziel, nicht seine Waffensammlung, nicht einmal die Ananas. Er hatte nichts mehr ausser seinen Millionen und seiner Steuerpflicht. Er konnte allenfalls Schillers Text aus der Neunten von Beethoven zum Trost wörtlich nehmen: „Seid umschlungen Millionen."
Diese blieben ihm bis zu seinem Tode.

35. Die wehrhafte Wirtin

Die Frau war - und ist wahrscheinlich immer noch - sehr tüchtig, eine gute Geschäftsfrau, hatte immer wieder Restaurants geleitet und war im Besitze des damals noch erforderlichen Wirtepatentes. Einmal hatte sie während mehrerer Jahre ein gut frequentiertes Restaurant mit Gartenbar mitten in einem Städtchen geführt. Besonders an schönen Sommerabenden war die Gartenbar voll mit Gästen, welche bis spät in die Nacht den Ausklang des Tages genossen. Dies führte dazu, dass die Nachbarn reklamierten, wenn die Gäste bis über die Polizeistunde hinaus prosteten, lachten und grölten. Verschiedentlich musste schon nach Anzeige durch Nachbarn die Polizei ausrücken und Verwarnungen oder Bussen aussprechen. Letztendlich erhielt die Wirtin die Auflage, ab 22 Uhr dürfe in Gartenrestaurant nur noch in normaler Lautstärke gesprochen werden, ansonsten müsse sie den Betrieb im Garten einstellen. Dieser Auflage musste die Wirtin unbedingt nachleben, und sie bei den Gästen durchsetzen, wenn sie ihre Existenz nicht ruinieren wollte.

Die Wirtin war nicht nur tüchtig, sondern auch gewissenhaft. Eine Charaktereigenschaft, die sie sich wohl nicht erst angeeignet hatte, als sie durch Heirat Schweizerin geworden war. Sie machte die Gäste nach 22 Uhr immer wieder schonend darauf aufmerksam, dass sie sich ruhig verhalten müssten, ansonsten mit dem Aufmarsch der Polizei und entsprechenden Bussen zu rechnen sei. Zwischen 22 Uhr und 23 Uhr 30 hatten ihre Ermahnungen in der Regel recht gut Wirkung gezeigt, aber je näher der Uhrzeiger gegen Mitternacht rückte, umso lauter wurde es in der Regel unter Alkoholeinfluss der Gäste.

An einem Samstagabend in Juli zechte ein besonders lauter Gast im Gartenrestaurant. Nach 24 Uhr versuchte die Wirtin, ihn und seine Saufkumpel ins Restaurant hineinzulocken, denn die Situation schien in Bälde aus dem Ruder zu laufen. Er enervierte sich ob ihrer Ermahnungen, begann immer lauter zu schimpfen und wurde immer persönlicher: „Du Saufutz, du huere Jugo, du huere Jugofutz," warf er ihr immer wieder an den Kopf. - Genug! Sie packte einen Plastikstuhl in der Gartenwirtschaft und zog ihn dem Besoffenen ein paarmal über den Kopf, sodass er sich dabei eine Stirnwunde und zwei Schmisse an der Wange zuzog, heulend abzottelte und sich beim Notarzt verarzten liess. Sein nächster Gang galt der Polizei, wo er eine Strafanzeige wegen vorsätzlicher Körperverletzung erhob. - Zur Erläuterung der Kräfteverhältnisse der Beiden sei festgestellt, dass die Wirtin zur Zeit der Tat ca. 37-jährig und mittlerer Statur war und der laute Betrunkene ca. 28-jährig, gross und kräftiger Statur.

Die Gerichtsverhandlung fand in einem schönen rosafarbenen Rokokogebäude in einer Altstadt statt. Der Gerichtssaal war gross und würdig mit hoher mit Fresken bemalter Decke. Als Anwalt der Wirtin brachte ich den corpus delicti, den Plastikstuhl aus dem Gartenrestaurant in den Gerichtssaal mit. Ich hatte ihn für diesen würdigen Auftritt noch vorher gewaschen. Ich wollte damit demonstrieren, dass es sich dabei nicht um einen besonders gefährlichen Gegenstand im Sinne des Strafgesetzbuches handelte, was zu einer Strafschärfung geführt hätte, sondern um einen relativ ungefährliches Instrument. Ich stellte deshalb den Antrag, der Stuhl sei zu den Akten zu nehmen. Aber das war dem Gericht offenbar zu umständlich, womit ich eigentlich gerechnet hatte. Es war nämlich schon von Ferne mit einem richterlichen Blick erkennbar, dass man mit dem Stühlchen keinen Menschen ernsthaft verletzen konnte. Schon gar nicht einen kräftigen jungen

Mann. Ich wies in meinem Plädoyer mit Absicht insbesondere auch darauf hin, dass ein richtiger Schmiss auf der Wange nichts Unmännliches sei. Der Gerichtspräsident hatte nämlich in der Studienzeit einer schlagenden Verbindung angehört, war Altherr dieser Studentenverbindung und hatte selber einen markanten Schmiss auf der Wange. Er bestätigte denn auch durch leichtes Kopfnicken, dass er dies ebenso sah.

Ich wies auf die prekäre Situation im Gartenrestaurant hin, darauf, dass der Gast mehrmals freundlich aber bestimmt darauf hingewiesen worden war, in normaler Lautstärke zu reden und dass er darauf ausgerastet sei und laut mehrmals „du huere Jugo, du Saufutz, du Jugofutz" gebrüllt habe und dass der Stuhlschlag eine Reaktion auf eine massive Provokation gewesen und deshalb entschuldbar sei, weshalb von einer Strafe Umgang zu nehmen sei. Der junge Mann sei ohnehin ein Weichling und besoffen sei er anlässlich des Vorfalls auch gewesen. Er habe sich die ganze Situation selbst zuzuschreiben.

Das Gericht hatte Verständnis für die Argumente der Angeklagten, musste sie der Tat zwar schuldig sprechen, nahm aber von einer Strafe Umgang wegen der Provokation des Gastes. Die geforderte Genugtuung und die Schadenersatzforderung wies das Gericht ab. Der Geschädigte verzichtete auf eine Berufung. Wahrscheinlich sah er deren Aussichtslosigkeit ein.

36. Zitate aus dem Götz von Berlichingen

Ein Handwerker hatte eine Angestellte, mit der er nicht ganz zufrieden war. Ob zu recht oder zu unrecht, darüber stritten sich die Geister. Der Handwerker war, was seine Ausdrucksweise anbelangte, alles andere als zimperlich und warf ihr bei einem Streit das Götz-Zitat: „Du kannst mich am Arsch lecken!" an den Kopf. Darauf verweigerte die Angestellte jegliche weitere Arbeit beim Handwerker, kündigte das Arbeitsverhältnis fristlos und die Parteien reichten gegenseitig Klagen aus Arbeitsrecht vor dem zuständigen Gericht ein. Die Arbeitnehmerin wollte ihren Lohn während der ordentlichen Kündigungsfrist und eine Genugtuung erhalten und der Handwerker Schadenersatz für behaupteten Schaden, den die Angestellte namentlich durch ihren abrupten Austritt angerichtet haben soll. Schon der Schriftverkehr zwischen den Anwälten war mit einiger Gehässigkeit geführt worden und die Hauptverhandlung drohte zur Verbalschlacht zu verkommen. Zuerst fand eine persönliche Befragung statt, anlässlich welcher der Handwerker wieder ausrastete und ausfällig wurde, wobei er auch das Götz-Zitat, das bekannteste und meistzitierte wiederholte und vom Gericht verwarnt wurde unter Androhung einer Busse im Wiederholungsfall.

Ich, der Anwalt der Angestellten, hatte mich unter anderem zu den Schadenersatzforderungen des Handwerkers gegenüber der Angestellten zu äussern und zitierte nun ebenfalls aus dem Götz von Berlichingen. Ich erklärte, das Zitat „du kannst mich am A. lecken" sei eine unpassende und provokative Äusserung eines Chefs gegenüber einer Angestellten und unwürdig unabhängig davon, ob er sich seinerseits provoziert gefühlt habe. Wer so etwas einer Angestellten an den Kopf werfe, müsse sich nicht wundern, wenn diese davon laufe. Den Schaden, den er geltend mache, habe er sich deshalb selbst zuzuschreiben. Eine Forderung seitens des Arbeitgebers gegenüber der Angestellten mit der Begründung, sie sei davongelaufen, sei deshalb nicht zu schützen. Wenn ein Zitat aus dem Götz von Berlichingen hier zutreffe, dann das folgende: „Gebt dem König was des Königs ist - nämlich nichts". „Weisen Sie damit die Klage des Herrn König ab." - König hiess zufällig auch der Arbeitgeber. Das Zitat half. Das Gericht schützte die Forderung der Arbeitnehmerin und wies die Forderung des Herrn König ab. Manchmal hilft auch die Literatur bei der Rechtsfindung. Im Götz von Berlichingen von Johann Wolfgang Goethe ist im Zitat ein anderer Adelstitel aufgeführt, der dem Namen des Arbeitgebers entsprach, welchen der Schreibende aus Diskretionsgründen aber hier nicht verwendet. Auch ist das Zitat im Plädoyer leicht abgewandelt worden, damit es genau passte.

37. Korpsmaterial der Polizei

Ein Dieb wurde von der Polizei einvernommen und musste seine Straftaten zu Protokoll geben. Solche Einvernahmen sind oft mühsam und dauern häufig sehr lange, weil der Täter seine Taten bestreitet und sie erst zugibt, wenn man ihm klare Beweise vorlegt, wie zum Beispiel Deliktsgut, das bei ihm gefunden wurde. Die Einvernahme fand zu einer Zeit statt, da die Polizei noch Fahrradnummern früher für 5 Franken, später für 17 Franken verkaufte. Die Befragung des Diebes zog sich auch diesmal in die Länge. Eine Mutter mit Kind läutete am Schalter, der damals noch nicht durch eine Assistentin bedient war. Der Polizist wurde also zum Schalter gerufen, damit Mutter und Kind ihre Fahrradnummern erhielten. Der Dieb sass währenddessen gelangweilt im Einvernahmezimmer hinter der Hermes-Didakta-Schreibmaschine des Polizisten und wartete. Aber, was tut ein Dieb, wenn er sich langweilt? Er stiehlt. Denn Müssiggang ist aller Laster Anfang. Die polizeiliche Einvernahme hatte für sich allein noch keine resozialisierende Wirkung. Dafür ist die Strafe vorgesehen. Also folgte der Dieb dem bekannten Sprichwort „Gelegenheit macht Diebe" und begann, sich um den Schreibtisch herum und im Schreibtisch umzusehen. Es gab nicht viel zu finden und wenn er Geld gesucht hätte, so hätte man seine Suche als erfolglos bezeichnen müssen. Aber er fand etwas, das ihn interessierte. Er fand eine Daumenschraube, welche er prüfte, als funktionstüchtig befand und unter sein Hemd schob. Was er sich dabei dachte, blieb unklar. Hatte er in Bereicherungsabsicht gehandelt und wollte er die alte Daumenschraube auf den Flohmarkt verkaufen? Dann hätte er den Tatbestand des Diebstahls erfüllt. Oder hatte er die Daumenschraube nur präventiv an sich genommen in der (wohl falschen) Annahme, der Polizist würde sie im Verlaufe der weiteren Einvernahme zum Herauspressen seines

Geständnisses verwenden? Dann war keine Bereicherungsabsicht und somit kein Diebstahl gegeben, sondern allenfalls eine Sachentziehung allenfalls in Notwehr oder Notwehrexzess.

Die Einvernahme dauerte, nachdem der Polizist vom Nummernverkauf zurückgekommen war, eine lange Stunde weiter. Danach wurde sie unterbrochen und der Dieb bis zur nächsten Einvernahme in die Untersuchungszelle geführt. Dabei fiel dem Polizisten eine Ausbuchtung im Hemd des Diebes auf, er durchsuchte ihn und fand das ihm wohlbekannte Folterwerkzeug. Dieses wurde beschlagnahmt und am nächsten Tag wurde die Deliktsliste des Diebes um den Diebstahl einer Daumenschraube verlängert.

Anlässlich der Hauptverhandlung interessierte ich mich als Offizialanwalt des Diebes unter anderem für diese Daumenschraube. Ich stellte dem Gericht in meinem Plädoyer die rhetorische Frage:
„Wurde abgeklärt, ob dieses Foltergerät zum Korpsmaterial der Polizei gehört oder war das Sammeln von Foltergeräten während der Arbeitszeit ein persönliches Hobby des Polizisten? War dessen Anwendung als Verhörmittel allgemein oder im Spezialfall vorgesehen? Handelte der Täter in Bereicherungsabsicht, wäre ein Diebstahl gegeben gewesen, oder wollte sich der Täter schützen vor einer illegalen Verschärfung der Verhörmethoden, dann hätte er in Notwehr oder im Notwehrexzess gehandelt."
Ich trug diese Argumente mit einem Lächeln auf den Stockzähnen vor, das Gericht verstand die Ironie in meinem Plädoyer und die Komik der Umstände um das Delikt. Es entschied in diesem Punkt auf Diebstahlversuch. Aber die Frage, ob die Daumenschraube damals noch Korpsmaterial der Polizei war oder nicht, blieb ungeklärt, ebenso, ob der Polizist eigene mittelalterliche

Verhörmethoden einsetzte. Zum Glück war die Presse nicht anwesend.

*

Hingegen gehörte der folgende Gegenstand, welchen der Polizeiwachmeister während seiner Schäferstündchen zur Dienstzeit als einzigen noch auf oder bei sich trug, zum Korpsmaterial: das Funkgerät. Dieses lag während dem Vollzug seines liebsten Vergnügens ausserhalb seiner ehelichen Verpflichtungen jeweils griffbereit auf den Nachttischchen seiner alternierenden Geliebten. Damit hatte er die Dienstvorschrift, jederzeit einsatzbereit zu sein, nach seiner Interpretation eingehalten, und gleichzeitig war er wie ein Pfadfinder allzeit bereit, zum Fressen (von Frischfleisch) und zum Streit. Die Geliebten hatte er teilweise bei Einvernahmen in Strafsachen kennengelernt. Sie waren teilweise Klientinnen in meiner Kanzlei und haben mir über diese doppelte Dienstbereitschaft berichtet. Der Staatsdienst fand demnach einen nahtlosen Übergang in den Liebesdienst. Die Staatsmacht unterlag bei ihm häufig der Macht der (körperlichen) Liebe. Ich habe auf ausdrücklichen Wunsch meiner Klientinnen auf irgendwelche Dienstaufsichts- und Strafanzeigen verzichtet.

38. Zwei südamerikanische Ehefrauen

Der eine Klient hatte seine Frau am Internet kennengelernt. Sie hatten einander am Bildschirm stundenlang gegenüber gesessen. Mit Bezug auf ihre Gesichter und Oberkörper waren sie einander bestens vertraut, was ihr Erstaunen nicht verringerte, als sie sich auf dem Flughafen in Salvador de Bahia begegneten. „Tu eres muite grande" [1] (sie sprachen miteinander ein spezielles Esperanto, eine Mischung aus italienisch, spanisch und portugiesisch), war ihr erstaunter Ausruf, als sie sich begrüssten und sie sich mit ihren ein Meter fünfzig der zwei Meter grossen Bohnenstange an die Brust oder besser, an den Unterleib warf und von seinen langen Krakenarmen umschlungen wurde. Selbst ihre beinverlängernden Hochplateauschuhe konnten über die Kürze ihrer Beine nicht hinwegtäuschen. Beine, die disproportional dick waren. Ihr Gesäss war weit ausladend. Sie trug einen Minirock, der in die Taille geschnitten war, obwohl sie keine solche vorhanden hatte, weshalb sich darüber Würste bildeten. Einen Minirock, der kaum über die Riesenpobacken hinausreichte. Dies fiel besonders deshalb auf, weil sich sich beim Gehen auf den High-Heel-Plateaux mit dem Hintern wedelnd vorwärts balancierte.

Unglücklicherweise war die körperliche nicht die einzige Inkompatibilität des jungen Paares, und als die Ehe, nach verschiedensten administrativen Widerständen, welche ich zu überwinden half, geschlossen, wahrscheinlich aber nicht vollzogen war, stand sie auch schon wieder vor dem Aus.

Neben dem physischen gab es da weitere Probleme: Sie hatte schon vorher einen anderen Liebhaber, einen fürs Herz, und hatte

---

1) Du bist sehr gross.

dies dem künftigen Ehemann, dem Liebhaber, der ihren Geldbeutel füttern sollte, verschwiegen.

Das nächste Problem war, dass sie mit ihrem Herzblatt bereits ein vierjähriges Kind und dieses als ihren Neffen ausgegeben hatte. Trotzdem wurde in Salvador de Bahia kurzfristig eine Hochzeit angesagt. Zum Fest erschien aber nur ein Teil ihrer Familie. Jener Teil nämlich, welcher sich diskret zum Schweigen über die tatsächliche Beziehung der „Tante" zum „Neffen" verpflichtet hatte. Der Liebhaber des Herzens erschien, um die Komödie nicht noch perfekter zu machen, nicht zur Hochzeit. Die Heiratspapiere waren in Brasilien schnell beschafft. In der Schweiz dauerte dies etwas länger, weil die Gemeinde den IV-Bezüger als nicht als heiratsfähig erklärt hatte. Die Bundesbehörden hoben dann nach meiner Intervention die abschlägigen Gemeinde- und kantonalen Entscheide auf. Denn auch ein IV-Bezüger ist heiratsfähig, darf seinen Partner frei wählen und ist nicht an ein Zölibat gebunden.

So wurde vorerst einmal eine Placebohochzeit ohne Papiere und ohne Ehewillen der Braut gefeiert. Im katholischen Sinne hätte die Gültigkeit der Ehe auch daran gebrochen, dass sie wohl nicht vollzogen wurde, denn die Scheinehefrau litt jedes Mal, wenn der Ehemann den Beischlaf vollziehen wollte, an Migräne oder an Penetrationsängsten wegen der unterschiedlichen Proportionen ihrer Organe, denn nicht nur seine Krakenarme waren lang. Es war also eine in diverser Hinsicht untaugliche Ehe, welche auch durch Nachreichung der Schweizer Papiere nicht gültig wurde. Nur, davon wusste ich nichts, denn mir war weder der mangelnde Ehewillen der Ehefrau noch die Tatsache bekannt, dass die Ehe zufolge anatomischer Unterschiede kaum vollziehbar war, was zwar nicht nach heutigem zivilen Recht - wohl aber nach katholischem Recht - zu deren Ungültigkeit geführt hätte.

Vorerst begann der Kampf um den Import der Braut, der wiederum nur mit erheblichem anwaltlichem Aufwand möglich wurde, denn ihre brasilianischen Papiere wurden von den schweizerischen Behörden vorerst nicht anerkannt. Als sie dann endlich beim Liebhaber für ihren Geldbeutel und Ehemann angekommen war, wollte sie unverzüglich ihren „Neffen" nachziehen lassen und beauftragte mich mit der Abklärung über eine mögliche Adoption. Ich vermutete bald, dass es sich beim Sprössling um ihr Kind handelte und erklärte ihr, dass sie allfällige Lügen über das Kind gegenüber ihrem Ehemann aufgeben und zugeben müsse, dass der Neffe ihr Kind sei, wenn sie es in die Schweiz bringen wolle. Eine Adoption eines verwandten Kindes sei praktisch nicht möglich. Mit der Aufrechterhaltung ihrer Lüge schösse sie sich damit voll ins eigene Knie. Sie zog es aber vor, bei ihrer Aussage zu bleiben, das Kind sei ihr Neffe, statt vor dem Liebhaber ihres Portemonnaies als Lügnerin dazustehen. Ihr Kind war nicht in den brasilianischen Papieren registriert gewesen, aber in ihren Mails an den Liebhaber ihres Herzens erklärte sie immer wieder, dass es ihr gemeinsames Kind mit ihm wäre. Ihre familiären Pläne waren damit wegen dieser Lüge schon von allem Anfang an zum Scheitern verurteilt.

Immerhin hatte sie nach langem Hin und Her dann mindestens ohne Anhang in das gelobte Land einreisen können. Doch alleine hier zu sein, entsprach nicht ihren Vorstellungen.

Die jungen Eheleute wohnten auf dem Lande. Dort befanden sich keine Latinoclubs und keine Diskotheken. Als sie ankam, war es zwar nicht gerade Winter, aber sie fror, wenn sie aus dem Haus ging an ihren Extremitäten, sprich an „Nase, Titten, Po und Zehen". Schuh und Kleiderläden waren zwar mit dem Zug zu erreichen, aber dafür musste sie zum Bahnhof gehen, wodurch ihre Füsse von den Plateaux- und High-Heels Schühchen wund gerieben worden wären. Also kaufte der verständige Mann ihr ein Fahrrad. Aber nach einem Kilometer war ihr Hintern vom Sattel wund. Dann kaufte er ihr ein Auto, aber sie konnte die Gänge nicht einlegen. Also kaufte er ihr einen Automaten. Damit verunfallte sie nach einigen Kilometern.

Ihr Arbeitsexperiment in einem portugiesischen Club als Serviertochter war nicht erfolgreicher. Sie behauptete zwar, diesen Job in Brasilien ausgeübt und und in der Währung „Reales" die Konsumptionen zusammengezählt zu haben, aber bei Schweizerfranken gehe dies nicht. Es wäre ja noch verständlich gewesen, wenn sie alte Englische Pfund, Schillinge und Pence hätte zusammenrechnen müssen, aber bei metrischen Systemen war die Addition gleich und die Umstellung in der Währung stellte keinen rechnerischen Quantensprung dar. Weil sie diese Umstellung nicht geschafft hatte, musste sie nach kürzester Zeit wieder entlassen werden. Gekocht und gewaschen im Haushalt hat sie nie, diese Tätigkeiten überliess sie ihrer voll arbeitstätigen Schwiegermutter. Kurz zusammengefasst war die Ehefrau „too ugly for love and too stupid for work", wie dies ein junger Anwaltspraktikant einmal in einem früheren ähnlichen Fall auf den Punkt gebracht hatte.

Der Ehe das Genick brach dann die baldige Erkenntnis der Ehefrau - eigentlich war sie nie Ehefrau, denn die Ehe war mangels Ehewillens ihrerseits nichtig -, dass sie ihr Kind nicht einführen konnte und dass die Schweiz nicht dem Paradies ihrer Vorstellungen entsprach. Konsequenterweise verschwand sie nach

kurzer Zeit auf Nimmerwiedersehen, nachdem sie noch das Bankkonto ihres Ehemannes geplündert hatte. Meine nächste Aufgabe nach soviel Mühe war, die Ehe wieder zu scheiden respektive sie nichtig erklären zu lassen. Zum Beweis meiner Behauptung des vorhandenen Kindes mit ihrem brasilianischen Liebhaber reichte ich Fotos ein, die das Trio Mutter, Vater und Kind in inniger Umarmung in Selfies zeigen und e-mails der Ehefrau an ihren Liebsten in Brasilien, von denen eines selbstredend hier zitiert wird:
"My amor, detesto ese descraceado tonto Suico". [1]

Die Ungültigkeitserklärung respektive Scheidung durch das Gericht war eine Formsache und endete mit zwei Schlusszitaten von mir:
„In dieser Ehe war ausser Spesen nichts gewesen. Es war viel Lärm um nichts."

Anders verlief die Ehe einer Dominikanerin (keiner Ordensschwester, sondern einer Bürgerin der Dominikanischen Republik), welche in der Schweiz einer beruflichen Tätigkeit nachgehen wollte. Sie wollte selbständig in einem Zürcher Massagesalon arbeiten. Damit sie die Bewilligung dafür erhielt, hatte sie einen Schweizer geheiratet, den sie am Internet kennengelernt und 30000 Franken für das Eingehen der Ehe bezahlt hatte. Dies bedeutete für sie nicht viel Geld, denn sie bot vor allem erotische Massagen an, bei denen sie bei ihrer früheren, damals noch illegalen Tätigkeit schon 100 Franken in 20 Minuten, und bei mehr Körpereinsatz, wo sie nicht nur Hand anlegte, 300 bis 500 Franken in der Stunde verdient hatte. Dies wollte sie ausbauen und auch andere Frauen für sich arbeiten lassen.

---

1) Mein Liebster, ich verabscheue diesen unwürdigen stupiden Schweizer.

Für den Schweizer bedeutete dieser Betrag aber viel Geld, denn er befand sich im unbedingten Strafvollzug und dachte sich, dass er danach mit dem Heiratsgeld vielleicht einen neuen Start aufbauen könne. Was er ihr allerdings verschwieg, war, dass er an der Immunschwäche AIDS litt. Aber auch er hatte nicht mit seinem baldigen Tod gerechnet. Doch es kam anders: Eines Tages rief die Dominikanerin in meiner Kanzlei an und schluchzte am Telephon: „Se murio my marido", worauf ich ihr mein innigstes Beileid aussprach. Doch sie antwortete, ihre Trauer gelte weniger dem verstorbenen Ehemann, sondern der verlorenen Investition in die Ehe mit ihm. Denn diese hatte noch nicht fünf Jahre gedauert, die Mindestdauer, welche ihr damals die Niederlassung in der Schweiz ermöglichte. So waren ihre Niederlassungspläne gescheitert und die Ehe hatte sich als Fehlinvestition erwiesen. Also musste die Prozedur von vorne beginnen. Und in dieser Phase, bis ein neuer

Ehemann gefunden war, bedurfte sie anwaltlicher Hilfe, damit ihre Goldgrube in der Stadt ungefährdet blieb. Diese Hilfe konnte ich ihr nur zum Teil leisten, denn ich war Anwalt und nicht Heiratsvermittler. Immerhin gab ich ihr unter anderen den guten Rat „nun prüfe, mit wem du dich ewig bindest" auf den Weg. „Auch wenn die Bindung nur fünf Jahre dauern soll, lass die Ärzte deines Künftigen dir gegenüber vom Arztgeheimnis entbinden, bevor du ihn heiratest und wiederum 30000 Franken bezahlst." Ein Rat, den sie befolgte. Mittlerweile besitzt sie die Niederlassungsbewilligung in der Schweiz und betreibt ihren Massagesalon selbständig mit viel Körpereinsatz.

39. Der manische Autofahrer

Einer, der immer wieder in der Anwaltskanzlei aufkreuzte, war ein junger Mann, der am Arbeitsplatz zwar fleissig war, aber immer wieder auffiel. Er war hyperaktiv, als würde er an einem nicht behandelten ADSL-Syndrom leiden. Damals gab es diese Diagnose noch weniger häufig, schon gar nicht bei Erwachsenen. Hyperaktiv war er vor allem in seinen Beziehungen zu Frauen und im Strassenverkehr. So legte er täglich nach Feierabend hunderte Kilometer ohne ein bestimmtes Ziel zurück und war dabei fast überall anzutreffen, so dass man fast von einer strassenverkehrstechnischen Ubiquität sprechen durfte. So wurde er von Mitarbeitern der Anwaltskanzlei fast gleichzeitig an verschiedenen Orten im Strassenverkehr angetroffen und er machte diese jeweils mit akustischen und Lichthupen auf sich aufmerksam. Er war also fast immer und sehr schnell unterwegs und sein soziales Leben fand eine zeitlang fast ausschliesslich auf der Strasse statt. Dies traf auch auf sein Liebesleben zu. Vor allem, wenn er einer Fahrerin einen Antrag machte. Dies tat er zum Beispiel, indem er mit seiner PS-Schleuder so nahe aufschloss, dass das Opfer sich fahrerisch überwältigt fühlte, oder, indem er das Objekt seiner Begierde überholte und dabei mit Hupen und Schmatzzeichen auf sich aufmerksam machte, oder, indem er Balztänze mit einer Fahrerin Pferde- und Hornstark auf der Strasse austrug. Solche Scharmützel konnten gefährlich sein und über mehrere Stunden dauern, bis eine Angebetete schliesslich nachgab.

Einmal überfuhr er auf dem Bauernhof des Vaters einer seiner Geliebten bei einem Wut- oder Gentlemenstart zwei Hühner, wobei eines den sofortigen, das andere den Gnadentod fand, nachdem es ein Bein und einen Flügel gebrochen hatte. Er musste

dann dem „Schwiegervater" in Spe den angerichteten „Flurschaden" ersetzen. Einmal fühlte er sich durch einen PS-starken Überholenden verächtlich angeschaut. Da dessen BMW getönte Scheiben hatte, musste er ihn wieder überholen, damit er dem Fahrer durch die Windschutzscheibe ins Gesicht sehen konnte. So fuhren sie von Angesicht zu Angesicht und kamen sich gefährlich nahe. Der BMW Fahrer zeigte ihm dann den Vogel und sein Verfolger ihm den Stinkefinger und, nachdem ihr zeichensprachliches Repertoire am Ende war, verfolgte der Klient den BMW-Fahrer von St. Gallen über Wil – Winterthur – Zürich - Bern bis in die Altstadt von Fribourg, wo die Verfolgung im Innenhof eines Polizeipostens ein relativ glimpfliches Ende fand, denn er konnte sich dort weder ein Hupkonzert noch eine Schlägerei leisten. So wurden dort nur die bereits erwähnten Handzeicheninjurien wiederholt.

Einer Anwaltssekretärin, welche er besonders mochte, kam er auf deren Nachhauseweg im Auto mit seinem Wagen zwei bis drei Mal entgegen und sie wunderte sich, wie das überhaupt möglich war. Betören konnte er sie mit seinen automobilistischen Künsten allerdings nicht. Einen Stalkangriff zeigte sie nicht an, denn stalken war damals noch kein Begriff.

Einmal wollte er sich an einer Ex-Freundin rächen und löste im Mehrfamilienhaus, wo sie wohnte, telefonisch einen Bombenalarm aus, worauf die Polizei das ganze Mehrfamilienhaus evakuierte und eine minutiöse Hausdurchsuchung anordnete, welche ergebnislos verlief. Doch der Täter war schnell gefasst und musste ein Strafverfahren wegen Landfriedensbruchs über sich ergehen lassen, was ihn nicht davon abhielt, seiner früheren Verlobten, als sie einen andern heiratete, einen üblen Streich zu spielen.

Für diesen Streich brauchte er Insiderinformationen. Solche zu beschaffen, war ein anderes seiner Hobbies. Er wusste nicht nur, wann die Hochzeit stattfand, in welcher Kirche geheiratet wurde sondern auch, mit welchem Carunternehmen der obligate Hochzeitgesellschaftsausflug geplant war, und auch, wo der kulinarische Höhepunkt der Hochzeit mit feuchtfröhlichem Ausgang stattfand. Und genau diesen wollte er seiner Ex-Braut und ihrer Hochzeitgesellschaft gründlich vermasseln. Er hatte sich vor Ort umgesehen und sich logistisch so eingerichtet, dass er die Ankunft der Hochzeitsgesellschaft beim Speiserestaurant von der öffentlichen Strasse aus 500 Meter Distanz observieren konnte, und, als die Gesellschaft inklusive Chauffeur sich gemütlich beim lukullischen Hochzeitsessen amüsierte, schlich er zum Gesellschaftscar und schlitzte alle vier Pneus auf. Die Gesellschaft nebst dem Chauffeur verbrachte die halbe Nacht in gemütlichem und teils übermütigem Beisammensein, während der Täter aus sicherer Distanz im dem Rückspiegel überwachte, wann die Gesellschaft herauskommen würde. Und, als der Chauffeur zur Kontrolle des Fahrzeuges eine Viertelstunde vor Aufbruch der Gesellschaft den Rundgang um den Gesellschaftswagen machte, wurde ihm die Bescherung in ihrer ganzen Tragweite klar. Für einen Pneu hätte er einen Ersatzreifen gehabt, aber nicht für deren vier. So musste frühmorgens ein Ersatzfahrzeug mit einem zweiten Fahrer bestellt werden. Ein solches war nicht so leicht und nicht ohne grosse Zeitverzögerung aufzutreiben, denn die Einsatzbereitschaft eines Hochzeitswagens erfolgt anders als bei Feuerwehrautos in der Regel nicht notfallmässig. Nothochzeiten gibt es kaum und sie zeigen sich in der Regel neun Monate vorher an. So verlängerte und verteuerte sich das Trinkgelage und die Hochzeitsnacht der Brautleute konnte erst frühmorgens angetreten werden. Sie verdiente ihren Namen nicht mehr wirklich. Der üble Streich war gelungen, und gleichzeitig schenkte der Verlassene sich die grösste aller Freuden - die Schadenfreude.

Einmal kam ich abgekämpft von einer Gerichtsverhandlung zurück, wartete vor dem Lift zu meiner Kanzlei und freute mich, Erholung in einem starken Kaffee zu finden, als ich von der Treppe zum unbeleuchteten Untergeschoss ein Räuspern und ein Rascheln, so vermutete ich, vom Anziehen von Kleidern hörte. Ich ging um die Liftschachtecke herum und sah, wie der nämliche Klient gerade im Begriffe war, seine heruntergelassenen Hosen heraufzuziehen. Hautnah, vor ihm stand ein junges Mädchen mit gehobenem Faltenjupe und weit auseinandergezogenen Stretchslips auf Knöchelhöhe. Eine für Normalbürger höchst kompromittierende Situation, welche der Klient aber schlagfertig dazu nutzte, eine unentgeltliche Rechtsauskunft zu einer offenbar

gerade stattgefundenen Straftat zu erhalten. Er fragte nämlich ganz ruhig und unbefangen:
„Herr Doktor, begehe ich eine Vergewaltigung oder eine Unzucht mit einem Kind mit dem, was ich jetzt tue."
Antwort: „ Wie alt ist sie?"
Erwiderung: „Fünfzehneinhalb."
Frage: „Sind Sie, Fräulein, einverstanden, mit dem was er hier tut?"
Antwort des Fräuleins: „Ja."
Die unentgeltliche Rechtsbelehrung lautete: „ Dann ist es Unzucht mit einer Minderjährigen und keine Vergewaltigung."
Ich machte den Zweien noch Licht im Kellergeschoss, damit sie sich wieder anständig ankleiden konnten und fuhr mit dem Lift hinauf in meine Kanzlei. Wenn es keine Vergewaltigung war, sah ich mich nicht genötigt, Strafanzeige zu erheben. Offensichtlich waren die beiden ein Liebespaar.

Den folgenden Gerichtsfall des gleichen Klienten hat ein anderer Anwalt ausserhalb der Kanzlei erledigt. Es ging um einen Versicherungsbetrug. Der Klient war seines fahrbaren Untersatzes überdrüssig geworden und hatte sich eine abschüssige Strasse, die am Ende in eine Kurve überging, ausgesucht, wo er sein Fahrzeug in eine Tanne rasen lassen, eine Totalschaden produzieren und die Versicherungssumme dafür kassieren wollte. Kurz vorher hatte er eine Kaskoversicherung über das Fahrzeug abgeschlossen. Der Abhang begann just vor einem Restaurant, wo der Klient mit seinem Komplizen am Strassenrand anhielt und ausstieg. Er und sein Kollege gaben dem Fahrzeug beim Aussteigen noch einen gewaltigen Stoss in Richtung Abhang, Tanne und Kurve. So nahm es den gewünschten Kurs und zerschellte am Baum. Auch der gewünschte Schaden trat ein und wurde von einer Garage bestätigt. Leider kam dem Versicherungsexperten die

Angelegenheit verdächtig vor. Der Sünder hatte erklärt, er habe vor dem Restaurant parken und einkehren wollen. Warum hielt er dann am Strassenrand an und parkte das Auto nicht und warum stiegen Fahrer und Mitfahrer aus, ohne dass die Handbremse gezogen worden war? Nur so konnte das Auto im Leerlauf hinunterrollen. Es wurde ein verkehrstechnisches Gutachten erstellt, aus welchem zu schliessen war, dass der Klient einen Versicherungsbetrug begehen wollte. Bald gaben er und sein Komplize zu, dass der Unfall konstruiert worden war und statt eine Versicherungsentschädigung zu erhalten, musste der Klient eine Gefängnisstrafe, eine Busszahlung, die Zahlung der Verfahrens- und der Anwaltskosten über sich ergehen lassen.- Da kann man nur sagen: Ehrlich währt am Längsten.

40. Der gefrorene Yorkshire-Terrier

Der Vater der Hundebesitzerin meldete sich bei dieser und seiner Freundin auf eine Golftour nach Thailand ab, von der er länger als erwartet und vorausgesagt nicht zurückkam. Offensichtlich gefielen ihm das Golf- und die anderen Spiele, die er auf und um den Golfplatz herum trieb, so gut, dass er Tochter und Freundin gerne für eine Weile vergass. Die ca. 30-jährige Tochter, welche ein inniges Verhältnis zum Vater pflegte, und die Freundin trösteten sich gegenseitig über die schweren Tage des Alleinseins hinweg und gingen oft miteinander zum Essen aus. Eines Mittags trafen sie sich in einem eleganten Restaurant, in dessen Mitte sich ein Hummerteich befand, wo lebende Hummer auf ihr letzes Bad im heissen Kochtopf oder auf ihre letzte Ölung in der Bratpfanne warteten, während rund herum gediegene Geschäftsleute und elegante Damen sich lukullischen Gelüsten hingaben. Ein archaisches Spiel des (Fr)essens und Gefressen werdens, wenn auch die Tischsitten dezent und gediegen waren. Im Becken waren die Hummer noch lebendig grau und anthrazitfarbig, in den Tellern rund herum dagegen rostrot und tot. Leben und Tod sind örtlich und zeitlich oft näher beieinander, als man wahrhaben will.

Die zwei Damen waren um viertel vor Zwölf an einem reservierten Tisch verabredet, hatten Platz genommen, waren gut positioniert und sahen, nachdem sie die Bestellung aufgegeben hatten, interessiert dem Eintreffen der Geschäftsleute zu. Ihre Vorspeise, six huîtres sur glace für die Tochter und caviar en bain de mousse froide sur salade d`écrevisse, wurde aufgetragen, während die Herren an den Nachbartischen langsam ihre Bestellungen beflissenen schwarz befrackten Kellnern diktierten und der Herr Ober vor dem Eingang zur Cuisine streng das Geschehen überwachte. Die drei Schosshündchen unter dem Tisch der Damen

verhielten sich unauffällig, sie waren sich an noble Atmosphären gewöhnt. Gediegene Hündchen also. Leichte, leise klassische Tafelmusik war zu hören. Ansonsten diskretes Geflüster und dazwischen ein unterwürfiges „Jawohl, der Herr". Mittlerweile war der Speisesaal fast voll geworden, die zwei Damen hatten mit ihren Kristalcüplis angestossen und liessen diskret ihre Vorspeisen auf der Zunge vergehen, als der weisse Yorkshire unter dem Tisch japste, sein Frühstück auswarf, zuerst schnaufte, dann immer leiser röchelte und zuletzt sein Leben ausblies, während seine Begleiter unter dem Tisch, zwei schwarze Yorkshire-Terriers, den Todeskampf ihres Artgenossen unbeteiligt verfolgten.

Diese kleine Unregelmässigkeit war nur den zwei Damen, welche leise entsetzt schluchzten und die weisse Serviette sich vor dem

Mund hielten, damit sie sich nicht ihrerseits übergaben, und einigen aufmerksamen Kellnern nicht verborgen geblieben, wogegen sich die meisten Herren an den Nachbartischen weiterhin ihren wichtigen geschäftlichen Gesprächen hingaben. Der Tod ist auch, wie bereits vorher bemerkt, nichts Aussergewöhnliches, vorausgesetzt er holt sich das Leben diskret. Wehe aber, wenn dem nicht so ist.

Nun, da sich die zwei Damen nicht zu helfen wussten, sie konnten den toten weissen Terrier ja nicht gut zur écrevisse und zu den huîtres auf den Tisch nehmen, kamen ihnen zwei Kellner schwarz befrackt mit zwei grossen weissen Servicetüchern zu Hilfe, wovon sie eines einem Kellner zum Schutze seines Frackes geübt über den Arm legten, das andere über den Hundekadaver. Sie trugen im Gänsemarsch das tote Tier wie einen Hauptgang, welcher gerügt und zur Nachbehandlung wieder dem Koch zugeführt werden musste, in die Küche. Das Diner der zwei Damen wurde angesichts dieser unerwarteten Entwicklung schnell abgebrochen und sie zahlten ausserhalb des Speiserestaurants an der Rezeption ihr unvollendetes Abendmahl. Den toten Terrier wollten sie nicht an die Tierkadaververwertung geliefert wissen. Nach telefonischer Konsultation des Vaters und Freundes, welcher Tierarzt war, wenn er sich nicht in Thailand beim Golfsport vergnügte, wurde das Tier in einer Tiefkühltruhe bei der Freundin gelagert. Nach seiner Rückkehr aus Thailand sollte der Tierarzt dann die Todesursache abklären. Doch er kam und kam nicht zurück und wäre der Terrier mit einem Verfalldatum für dessen Konsumption versehen gewesen, wäre es längst abgelaufen gewesen, bis er endlich wieder in die Schweiz einreiste.

Aber: Wahrscheinlich nicht wegen des gefrorenen Terriers, sondern wegen der Beschäftigung des Tierarztes mit weiblichen

Caddies, brach die Freundin die Beziehung zu ihm bei dessen Rückkehr ab. Sie wollte ihm aber die zahlreichen wertvollen Geschenke, die sie von ihm erhalten hatte, nicht mehr zurückgeben, worauf er drohte, sie einzuklagen. Ich wurde zwecks Vergleichsverhandlungen eingeschaltet und machte einen Vorschlag, zu dem der Tierarzt nach einigem Zögern einwilligte:

„Sie erhalten den Sportwagen zurück sowie den gefrorenen, noch nicht aufgetauten Terrier und überlassen aber ihrer Ex-Freundin all die Gelegenheitsgeschenke, die Sie ihr während der Dauer ihrer Freundschaft gegeben haben, insbesondere die Reversouhr von Jaeger le Coultre und den Diamantsolitaire."

Damit war er nach langem Bedenken einverstanden und der Übergabe von Sportwagen und Terrier stand nichts mehr im Wege.

41. Ungewöhnlicher Hauskauf

Der ausländische Klient wollte in der Schweiz ein Haus kaufen, entweder im Kanton Graubünden oder im Kanton Tessin. So ganz genaue Vorstellungen hatte er nicht. Es war ihm mehr oder weniger egal wo. Hauptsache die Lage war schön. Ich sollte ihm etwa fünf bis sieben Hausangebote unterbreiten. An einem Samstagabend Ende Juni wollte sich der Klient mit mir am Flughafen treffen und dann eine Besichtigungstour in der alpinen Inner-, in der Ost- und in der Südschweiz vornehmen, wofür ich die Dossiers verschiedener geeigneter Objekte studiert hatte und diese auf die Tour mitbringen würde. Eine erste Besichtigung sollte in der Innerschweiz stattfinden.

Der Klient hatte sich beim Anflug - er war als Kapitän mit einem Co-Piloten mit einer zweimotorigen Beechcraft unterwegs - erheblich verspätet und so musste schon der erste Termin von sechs Uhr auf acht Uhr abends verschoben werden. Die zwei Herren fuhren im strahlenden Schein der untergehenden Junisonne auf einer steilen ungesicherten Serpentinenstrasse über einem Bergsee hinauf auf eine Anhöhe, wo majestätisch im goldenen Widerschein der Sonne ein Berghaus stand. Dort angekommen wurden sie von einer attraktiven Mittdreissigerin in engen braunen Wildlederhosen und Bluse mit Schal empfangen und ums Haus auf die Sonnenuntergangsseite geführt, wo auf einem Granitsteintisch im silbernen Weinkühler eine Flasche Veuve Cliquot lehnte, umkragt von einer weissen Serviette. Auf dem Tisch waren vier Kristallgläser und in elegantem Meissenerporzellan Sprünglikonfekt bereitgestellt. Nachdem sie sich vorerst der untergehenden Sonne hingegeben hatten, die sich im Bergsee erst gelb, dann orange und letztendlich blutrot widergespiegelt und der Ehemann der Verkäuferin sich dazugesellt hatte, wandte sich die

Gesellschaft vom optischen dem Gaumengenuss zu. Es war eine Hausbesichtigung ohne jeglichen Zeitdruck und die Blicke schwebten immer wieder in die Ferne über den Bergsee der untergehenden Sonne entgegen und schon in diesem Augenblick war für mich klar: Hier möchte mein Klient wohnen, wenn dies vorerst auch unausgesprochen blieb.

Erst als, bei ansprechender Unterhaltung, als ob sie zwischen alten Bekannten geführt worden wäre, das Abendrot verglüht war und die Nacht ihre violette Decke über den Horizont gelegt hatte, kam der Klient auf den Gedanken, das Haus im Innern zu besichtigen und er machte der Runde den Vorschlag:
„Gehen wir doch einmal hinein ins Haus!"
Als wenn dies das Nebensächlichste der Party an diesem Abend gewesen wäre, bewegte sich die Gesellschaft wie eine Gruppe alter Bekannter ins Haus. Mein Klient und ich wurden von Raumgestaltung und Einrichtung, welche einem gemütlichem Volks- oder Heimatmuseum z.B. im Ballenberg glich, fast erschlagen. Überall vom Keller bis ins Dachgeschoss Kunstwerke und Antiquitäten, kunstvoll mit gelben Spots beleuchtet, die fast so viel Wärme ausstrahlten, wie vorher die glühende Abendsonne. Wo vorher das Haus im goldenen Widerschein leuchtete, waren es diesmal die Erker, die Kachelöfen, das Cheminée und die kunstvoll durch Raumteiler getrennten Räume. Im Haus war eine Festtagsstimmung. Diese wurde glanzvoll untermauert durch einen wunderschönen, schweren Bordeaux aus dem Weinkeller, den die Gastgeberin öffnete und dekantierte. Ein Hauskauf ganz nach meinem Geschmack. Die Arbeit darf manchmal auch Spass machen. Nach nochmaliger Besichtigung der einzelnen Räume war der Wein chambriert und wurde serviert. Und, war die Hausbesichtigung eine Augenweide gewesen, war das Delektieren des Weines ein Gaumenschmaus. Wie konnte so eine

Liegenschaftsbesichtigung nicht zum Verkaufserfolg führen? Der war fast schon garantiert. Die Parteien mussten sich nur noch über eine esentialia negoti einigen, den Preis.

Und der war nicht billig, zumal die Verkäuferin nicht nur das Haus und ca. 30000 Quadratmeter Land verkaufen wollte, sondern auch eine Scheune und das gesamte Mobiliar oder besser gesagt, die musealen Gegenstände und die Kunstwerke. Der Käufer war zwar ein Liebhaber schöner Dinge, aber nicht unbedingt ein Kunst- und Antiquitätensachverständiger und das war vielleicht auch besser so. Er erwarb in dieser langen Nacht, bei der um einen Gesamtpreis für Haus mit Kunstwerken gefeilscht wurde, einen Gesamteindruck und nicht einzelne Gegenstände, deren Bewertung selbst für Sachverständige schwierig gewesen wäre und sich über Monate in die Länge gezogen hätte. So kamen die Parteien beim Genuss des Rotweins wie auch bei der Gesamtpreisannäherung zügig voran. Meine Aufgabe war vorerst, die Reservation im Hotel Duc du Rohan in Chur für diese Nacht abzubestellen, denn wir waren nicht mehr fahrfähig und angesichts des Fortschrittes bei den Verhandlungen machten weitere Besichtigungen auch keinen Sinn mehr. Ich musste ferner kühlen Kopf bewahren und den Parteien immer wieder zurufen, welches die letzte Offerte der Gegenseite war.

„Dr. George, wie war nochmal der Preis?", riefen sie zunehmend häufiger. Diesen - den letzten natürlich - hatte ich jeweils aufgeschrieben, während Käufer und Verkäuferin - trotz Anwesenheit ihres Ehemannes - sich zunehmend nicht nur preislich, sondern auch körperlich näher kamen, ihre Hände nicht mehr für ihr Notizmaterial und den Kopf nicht mehr für klare Gedanken frei hatten. Das Geschäft wurde noch am selben Abend abgeschlossen. Trotz allem behauptete später keine der Parteien, handlungsunfähig gewesen zu sein. Kurz vor dem

Verkaufsabschluss hatte der Käufer auch den Weinkeller der Verkäuferin derart lieb gewonnen, dass er ihr den Vorschlag unterbreitete, diesen gleich auch mitzukaufen. Die Werte der Weinflaschen wurden nur noch sehr summarisch überschlagen. Kurz nach drei Uhr war man sich über den Gesamtpreis einig und begoss das feine Geschäft mit einer Flasche Château Margaux, Wein, mit welchem ich angesichts der vorgerückten Stunde und meines Zustandes nur noch Lippen, Zunge und Gaumen benetzte, denn selbst aus einem Château Margaux kann bei übermässigem Genuss ein Château Migräne werden, und eine solche musste ich angesichts dessen, was mich am nächsten Morgen erwartete, absolut vermeiden.

Am nächsten Vormittag, nach vorerst lauwarmem und danach kaltem Duschen, wurde, nachdem sich alle, so gut es ging zurechtgemacht hatten, der Brunch mit gut fermentierten französischen Käsesorten, deutschen Würsten, subtropischen und tropischen Früchten und natürlich starkem italienischen Kaffee aufgefahren. Was mir aber in diesem Moment am besten schmeckte, war ein starker doppelter Expresso, und dann noch einer und dann noch einer. So fühlte ich mich gewappnet für die Aufgebe, die mir bevorstand. Ich musste nämlich mit der Verkäuferin, welche auch heute trotz durchzechter oder besser durchgearbeiteter Nacht hinreissend aussah, die Latifundien abschreiten. Dies tat mir gut, ein wenig Bewegung in der frischen Luft. Der Käufer machte währenddessen Photoaufnahmen sämtlicher miterstandener Objekte, Antiquitäten, Kunstgegenstände, inklusive Weinflaschen, während der von der Verkäuferin zwischenzeitlich herbeigerufene Anwalt das Glossar und Inventar dazu schrieb. Das Abschreiten der Liegenschaft wurde erleichtert durch den Grundbuchplan und den Grundbuchauszug. Doch allzu gerne hörte ich mir auch die entsprechenden Kommentare der Verkäuferin an und noch viel lieber hätte ich den Liegenschaftskauf nach altdeutschem Recht abgewickelt, allerdings in einer etwas milderen Variante. Im altdeutschen Recht, als es noch kein Grundbuch gab, wurden nämlich Liegenschaften beim Kauf mit jungen Knaben abgeschritten und in jeder Ecke erhielten diese vom Käufer eine Ohrfeige, damit sie sich auf Lebzeiten daran erinnern würden, wo sie eine Ohrfeige erhalten hatten, wo also die Grundstücksecke war. Die mildere Variante, welche meine Phantasie angesichts der visuellen Erbauung, welche die Verkäuferin darbot, anregte, war, dass ich an jeder Ecke des Grundstücks - und es waren deren viele - ihr gerne einen Kuss gegeben hätte. So hätte ich mich vielleicht zeitlebens an die Grundstücksecken erinnert. - Nun, vielleicht war es angesichts des konsumierten Weines und Käses besser, das dies nicht geschehen ist.

Bis am Sonntagabend waren der Kaufvorvertrag unterschrieben und die Bilder und Antiquitäten verkauft. Der Verkauf des Anwesens stand unter der Bedingung der Zustimmung der Bewilligungsbehörden, weil der Klient Ausländer war. Der Gang zum Grundbuchamt erfolgte später. Am Sonntagabend trennten sich die Parteien nach erlebnisreichem Wochenende. Am nächsten Montag behauptete ein Partner in der Kanzlei, dass ich am Sonntag mehr verdient hätte, als sämtliche reformierten und katholischen Pfarrer des Kantons bei ihren Sonntagspredigten zusammen. - Ob dem so war, prüfte ich nicht. Aber es waren erfolgreiche Tage und es blieb etwas übrig in meinem Opferstock.

42. Karibische Romanzen

Ein Pilot einer Charterairline verbrachte einen berufstechnischen Aufenthalt von einer Woche auf einer karibischen Insel und wurde dabei vom Pfeil Amors getroffen. Doch, da der Pfeil von einer 15-jährigen abgeschossen worden war, folgte auf das amouröse Erlebnis ein Bürokratiedebakel. Nie hätte er gedacht, dass die wohlproportionierte junge Frau, eine Cafe con leche, mit üppigem Busen und einladendem Gesäss noch im Schutzalter war, zumal sie ihm vor der Liebesnacht ins Ohr geflüstert hatte, sie sei 18. Ein Flüstern, das er befriedigt zu Kenntnis genommen hatte. Hätte er aber ihre Papiere geprüft, so hätte er von ihr lassen müssen. Allerdings, selbst die Prüfung der Papiere bietet angesichts der vielen sich dort im Umlauf befindlichen gefälschten Dokumente keinen definitiven Schutz vor strafrechtlicher Verfolgung. Immerhin hätte er sich bei einer Fälschung der Papiere auf Sachverhaltsirrtum berufen können, wenn sie nicht leicht erkennbar gewesen wäre. Nun, er hatte ihre Physis geprüft und war aufgrund eines vorerst optischen, später taktilen, oralen und zuletzt vaginalen Tests zur Auffassung gelangt, dass sie das Schutzalter längst überschritten haben musste. Ein fataler Fehler, wie sich bald herausstellen würde. Bei einer nächtlichen Kontrolle im Hotel stellte die Polizei fest, dass sie nur etwas mehr als 15-jährig und damit der Straftatbestand der Unzucht mit einem Kind erfüllt war. Der Pilot befürchtete das Schlimmste: Neben Bussgeld oder gar Inhaftierung drohte womöglich der Verlust des Arbeitsplatzes und seines Pilotenscheins etc.

Er hatte eine Nacht in Untersuchungshaft geschmachtet, als ihn sein kurzfristig engagierter lokaler Anwalt aufsuchte und ihm folgendes erklärte: Der Täter, der mit dem Opfer nach vollzogener Tat die Ehe eingehe, bleibe straffrei, vorausgesetzt, die Eltern des minderjährigen Opfers geben dazu ihre Zustimmung. Gesagt, getan: Es wurde kurzfristig eine Ehe arrangiert: vorläufig genügte das Eheversprechen des Piloten, welches er selbstverständlich gegen entsprechendes Entgelt beim zuständigen Zivilstandsbeamten sofort abgeben konnte, nachdem die Polizei ihn gegen ein entsprechendes Entgelt dorthin geführt hatte und die Zustimmung der Eltern der zukünftigen Ehefrau gegen ein entsprechendes Entgelt eingetroffen war. Das Opfer selbst war gegen ein entsprechendes Entgelt ebenfalls ehewillig. - Ob die künftige Ehefrau für ihre Gunsterweisung in der vorherigen Nacht ebenfalls ein entsprechendes Entgelt erhalten hatte, entzieht sich der Kenntnis des Schreibenden. Sicher ist, dass auch der lokale Anwalt und später ich, sein Schweizerischer Vertreter, ein entsprechendes Entgelt erhielten. Der Irrtum über das Alter des Mädchens wurde also recht teuer, aber immerhin konnte der Pilot seinen Airbus 330 wieder flugplangemäss nach Europa zurückführen. Und er verlor seine Stelle nicht. Seine Arbeitgeberin hatte nichts von seinen nächtlichen Eskapaden erfahren.

Er wollte von mir dann in Erfahrung bringen, ob er sein Herzblatt nun wirklich heiraten müsse. Er hatte ja erst ein Eheversprechen abgegeben und hätte jetzt die nötigen Papiere in der Schweiz beschaffen müssen. Meine Antwort lautete:
„Die Unzucht mit einem Kind unter 16 Jahren, begangen im Ausland, ist auch in der Schweiz strafbar, es sei denn, das Kind sei zum Zeitpunkt der Tat bereits über 15 Jahre alt gewesen und die Tat sei im Begehungsland straffrei. Das heisst nichts anderes als, wenn Sie in der Schweiz nichts riskieren wollen, Sie die junge Dame definitiv heiraten müssen und es nicht beim Eheversprechen bewenden lassen können, damit Sie in der Karibik und damit in der Schweiz straffrei ausgehen. Sie haben Glück, dass das Opfer die Altersvoraussetzung in der Karibik von 15 Jahren für die

Straffreiheit in der Schweiz hat. Hätten Sie die Tat in der Schweiz begangen, wären Sie auf jeden Fall straffällig. Sie sind ja noch ledig und können auch aus schweizerischer Sicht heiraten. Sie können selbstverständlich das Risiko eingehen, dies nicht zu tun, dann müssen Sie von Ihrem Flugplan künftig sämtliche Karibikflüge mit dieser Destination streichen und zudem leben Sie in der Schweiz unter dem Damoklesschwert des Risikos der jederzeitigen Einleitung eines Strafverfahrens, wenn das Mädchen auf Rache sinnt und Sie hier einklagt."

Dies bewog den Piloten, vorerst zu heiraten. Beruf und soziale Sicherheit gingen vor. Er sagte sich, er würde sich zu gegebener Zeit wieder scheiden lassen können. So beschaffte er die Heiratsdokumente in der Schweiz, brachte sie in die Karibik und wurde zum Ehemann. Ob die Ehe entsprechend dem Eheversprechen auf ewig geschlossen wurde, entzieht sich meiner Kenntnis. Zum Zeitpunkt des Redaktionsschlusses dieses Buches war er jedenfalls noch verheiratet.

*

Ein anderer Europäer, seines Zeichens Pädagoge, hatte eine Frau mit zwei Kindern aus der Karibik geheiratet und ins gelobte Land, wo Nektar und Ambrosia fliessen, gebracht. Es war nicht seine erste, aber auch nicht die letzte Geliebte, der er die Vorzüge dieses Landes schmackhaft gemacht hatte unter Versprechung einer „vie en rose". In der Schweiz angekommen, gingen die Probleme los. Denn er war ausgesprochen geizig und anders als in seinen Lockrufen, erhielt die Frau fast kein Haushaltungsgeld. Auch interessierte ihn die Erziehung ihrer Kinder einen Dreck und so musste sie immer alleine Elternabende der Schule besuchen, obwohl er dort Lehrer war. Nachdem sie in der Schweiz lebte, flog er jeweils allein in die Karibik in die Ferien, um sich nach neuem Frischfleisch, nach dem ihn immer gelüstete, umzusehen. Er besuchte nicht das Dorf seiner Schwiegereltern, sondern das Nachbardorf, um sich nach einer neuen Kandidatin umzusehen und er wurde fündig. Und bald wussten auch seine Schwiegereltern darüber Bescheid und damit auch seine Ehefrau in der Schweiz. Dieser war er bald überdrüssig und er machte die Scheidungsklage anhängig. Die Neue war bereits schwanger von ihm und er wollte bald heiraten. Aber das Ehescheidungsverfahren zog sich in die Länge. Dafür sorgte ich als Anwalt der Noch-Ehefrau. Der Vertreter des Pädagogen hetzte das Migrationsamt auf die Frau mit dem Einwand, die Ehe würde gar nicht mehr gelebt, die Eheleute lebten getrennt und die Ehe sei eine Scheinehe. Die Parteien hätten keinen gemeinsamen Wohnsitz mehr.

Ich wehrte mich erfolgreich dagegen indem ich erklärte, das Migrationsamt dürfe sich durch den Pädagogen nicht instrumentalisieren lassen für einen möglichst schnellen und reibungslosen Import und Export von Ehefrauen. Die Ehe sei ein schützenswertes Institut des Schweizerischen Zivilgesetzbuches und kein Instrument, um die Ausländerbestimmungen nach privater Willkür entweder rigoros durchzusetzen oder auszuhebeln. Das Ausländeramt dürfe sich nicht einspannen lassen zur Durchsetzung des widerrechtlichen und gegen die Sitten verstossenden Willens eines herrischen Ehemannes. Dies wurde zweitinstanzlich verstanden und die nächste Frau und das gemeinsame Kind mussten einige kostbare Warteschlaufen fliegen bis zu deren Landung in Zürich Kloten. Dem Geizgnäpper hat der Prozess nicht nur hohe Prozesskosten verursacht, sondern wesentliche Unterhaltszahlungen und Abtretungszahlungen für den Verlust der Ehefrau von Pensionskassenansprüchen und Ansprüchen aus der Säule 3a.

43. Ein Kind ist kein Schaden

Das Ehepaar war mit Kindersegen reichlich beglückt, hatte drei hübsche kleine Kinder und wollte keine weiteren mehr bekommen, weshalb es den Frauenarzt aufsuchte, welcher zur Unterbindung der Ehefrau riet. Ein Eingriff, welcher in der Arztpraxis durchgeführt werden konnte. Dafür entschieden sich die Eheleute nach einigem Überlegen. Und so geschah es. Die Unterbindung schien problemlos verlaufen zu sein, jedenfalls traten postoperativ keinerlei Komplikationen auf und die Ehefrau hatte keine Unterleibsbeschwerden. Die Eheleute waren erleichtert, weil sie nun ohne Verhütung und ohne Schwangerschaftsrisiko miteinander verkehren konnten und keine Geburt eines weiteren Kindes befürchten mussten.

Die Ehefrau ging regelmässig zur Nachkontrolle zum Frauenarzt. Im ersten Monat nach dem Eingriff fiel ihre Periode aus, was, wie der Arzt ihr erklärte, durchaus normal sei. Im zweiten Monat nach dem Eingriff kamen die Blutungen auch nicht, was den Arzt auch nicht weiter beunruhigte, und die Eheleute gingen weiterhin unbelastet dem angenehmsten aller ehelichen Vergnügen nach, ohne an eine weitere Niederkunft zu denken. Als nach dem dritten Monat die Periode ausblieb, erklärte der Arzt zwar, dies sei nicht die Regel, aber sie könne unbesorgt nach Hause gehen. Nach dem vierten Monat des Ausbleibens der Blutungen war auch der Arzt beunruhigt und erklärte den Eheleuten, welche beide zur Untersuchung erschienen waren, sie sollten beten, damit kein Kind mehr komme und nach dem fünften Monat, als sich der Bauch der Ehefrau bereits wie eine Kaffeekanne wölbte, machte er eine Ultraschalluntersuchung, und siehe da, da war ein Nasciturus im Bauch. Ein Wunder war geschehen oder es zeichnete sich zumindest ab.

Die Eheleute gingen darauf nicht etwa ein Kinderbettchen und Kinderkleidchen kaufen, sondern wandten sich an mich: Der Arzt habe einen Kunstfehler begangen und müsse dafür haftbar gemacht werden. Dem Arzt seinerseits war die Angelegenheit peinlich und er entschuldigte sich bei den Eheleuten - nicht für das Kind, aber für den begangenen Kunstfehler. Aber von seiner Haftpflichtversicherung tönte es harscher. Sie war nicht bereit, für den mit dem Kunstfehler verbundenen Schaden, die Kosten der Erziehung eines weiteren Kindes, aufzukommen.

Die Schwangerschaft verlief komplikationslos und nach neun Monaten erblickte ein hübsches Töchterlein das Licht der Welt, welches auf den sinnreichen Namen Desirée getauft wurde, Desiderata, die Gewünschte, eine contradictio in adjecto, wenn man die Vorgeschichte ihrer Niederkunft kennt. Nomen non est omen, wäre man hier geneigt zu sagen. Aber die Eltern haben sich entweder in Unkenntnis dieses Widerspruches nicht darum gekümmert oder sie haben dem Kind einen versöhnlichen Namen geben wollen.

Trotzdem wollten sie den Schaden gegenüber dem Arzt einklagen und hier schieden sich die Geister: Ist es moralisch gerechtfertigt, bei Geburt eines gesunden Kindes einen Schadenersatz einzuklagen gegen den Arzt, der zufolge eines Kunstfehlers Mitverursacher der Geburt eines Kindes ist? Zur Zeit der Anhängigmachung des Rechtsstreites gab es in der Schweiz dazu kein höchstrichterliches Präjudiz. In Deutschland hielt sich zu jener Zeit die richterliche Meinung: „Ein Kind ist kein Schaden." - Die Niederkunft eines Kindes, so war die herrschende Meinung, sei doch bei natürlichen Eltern mit Freude und Stolz verbunden und ein Kleinkind sei doch etwas Hübsches und es mache Freude, es zu herzen, liebkosen und zu wickeln. Demgegenüber herrschte in Deutschland die Lehrmeinung vor, es gehe beim Schadenersatz nicht um das Kind als solches, sondern um die mit seiner Erziehung verbundenen Kosten, welche durchaus einen Schaden darstellten. Der Satz, ein Kind sei kein Schaden sei ein Schlagwort, welches am wahren Problem vorbeigehe und Folge einer verkürzten Sichtweise sei.

Das erstinstanzliche Schweizer Gericht hat sich nicht auf diesen Streit eingelassen und die bodenständige Auffassung vertreten, ein Kind sei doch etwas Schönes und die Eltern sollten sich freuen. Die Genugtuung über das Kind überwiege doch die Kosten, welche es im Verlaufe der Jahre verursache. Das Gericht hat sich also nicht verleiten lassen, einer kühlen Schadeneratzrechnung zu folgen und dabei vergessen, dass klageweise fast immer die geldwerten Folgen von Lebensvorgängen geltend gemacht werden. Von solchen, die tragisch sind, aber auch von solchen, die das Leben verkomplizieren, wie zum Beispiel ein zusätzliches Kind. Vielleicht liess es sich auf vom Namen des Kindes verleiten und sich gesagt: „Desiderata non damnum est." Oder zu Deutsch, die Gewünschte (Desirée) ist kein Schaden. Vielleicht ein humanistischer Ansatz, welcher im Resultat des Gerichtsurteil zum Ausdruck kommt. Vielleicht hätten sie es gescheiter Dolores (Leid, Schmerz) getauft, um erfolgreich zu klagen.

44. Poldi, der Travestiekünstler

Eine Mutter kam mit ihrem 40-jährigen Sohn zu einem Anwaltstermin, um ihn bei einer Scheidungsinstruktion zu unterstützen. Die Instruktion wurde dann vorwiegend mit der dominierenden Mutter durchgeführt, welche sich laufend in den Vordergrund drängte. Der Sohn sagte bestenfalls einmal ja, einmal nein und äusserte sich nur auf direkte Befragung meines Kollegen. Die Mutter sprach dagegen laut, war herrisch, schrie dazwischen und krächzte zuweilen in empörtem Ton. Über ihre Schwiegertochter verlor sie kein gutes Wort und beschuldigte sie permanent. Sie habe ihre zwei Kinder nicht richtig erzogen, krächzte sie, gehe jeden Abend fort zum Tanzen und arbeite in einer Vollzeitstelle, obwohl die Kinder noch in die Primarschule gingen, und sie koche nicht richtig. Auf Poldi, ihrem Sohn, liege die ganze Last der Hausarbeit, er koche und putze, obwohl auch er den ganzen Tag arbeite.

Kurz, der Kollege erhielt immer mehr den Eindruck, hier habe ein Mustersohn eine Bestie geheiratet. Irgendwann, nach mindestens einer Stunde, als sich die Vorwürfe der Schwiegermutter zu wiederholen begannen, unterbrach er sie und fragte den Sohn: „Was wirft die Ehefrau denn Ihnen vor?" - Da verstummte das Gespräch jäh, der Sohn wurde verlegen, bewegte sich unruhig im Sessel und sein Gesicht überzog sich mit einem leichten Rot. Nach einer Weile unterbrach die Mutter die Stille, indem sie keifte: „Nun sags doch Poldi!"
„Sags Poldi!" ‚befahl die Mutter in herrischem Ton. Doch Poldi schwieg. Und noch einmal: „Sags Poldi!" schrie sie.
Darauf kramte Poldi umständlich einen zerknitterten Brief aus der Hosentasche und übergab diesen zögerlich dem Kollegen, welcher ihn entfaltete, flach strich und leise zu lesen begann, während die

Mutter endlich ruhig war und Poldis Blick gebannt dem lesenden Augenpaar des Anwaltes folgte. Dieser versuchte, keine Gemütsregung zu zeigen, obwohl der Briefinhalt gemütserregend oder präziser gesagt zwerchfellerregend war. Da stand zu lesen:
„Ich habe genug von deinen Perversionen und deinem weibischen Getue, mit dem du uns im ganzen Quartier lächerlich machst, mit den Frauenkleidern, die du auf dem Balkon trägst, und den Stripteasen auf dem Balkon, welche vom Nachbarblock gesehen und beklatscht werden."

Der Kollege fragte darauf Poldi, was es damit auf sich habe. Poldi schwieg. Aber die Mutter schrie empört:
„Poldi trägt rosa Reizwäsche, und zwar den ganzen Tag, bei der Arbeit und auch jetzt. Zeig dem Anwalt deine Reizwäsche, zeig sie, zeig sie, damit er es glaubt!"
Dieser war nicht gerade angetan vom Striptease eines Transvestiten in seinem Besprechungszimmer, auch wenn Poldi offenbar durchaus ein geübter Stripteasekünstler sein musste. Er unterbrach die Mutter schroff, dispensierte Poldi, der auf Geheiss seiner Mutter bereits aufgestanden war, von einer Darbietung und fragte ihn:
„Stimmen diese Vorwürfe, wonach Sie den ganzen Tag Reizwäsche tragen und auf dem Balkon Stripteasevorführungen geben?"
„Ja," antwortete er kleinlaut und „jetzt trage ich violette Strings", fügte er ungefragt bei, eine Bemerkung, die den Anwalt nicht sonderlich interessierte und dessen Phantasie in keiner Art und Weise anregte. Er fühle sich darin wohl und gehe auch so zur Arbeit.
Ob die Kinder dies wissen würden, war die nächste Frage.

„Schon aber...", war die zögerliche Antwort. Was es sich dann mit der Provokation auf dem Balkon auf sich habe, war die nächste Frage. Schweigen. Nach einer Weile Zwischengekrächze: „Sag es Poldi!"
Und Poldi legte umständlich und verlegen sein Geständnis ab: Er trage halt seine Reizwäsche nicht nur gerne im Versteckten. Er zeige sie auch gerne. So stelle er sich manchmal zum Striptease auf den Balkon oder vor das grosse Stubenfenster, wenn die Frau zum Tanzen gehe. Er tanze auf seine Art und ziehe sich bis auf auf seine Reizwäsche aus. Die Nachbarn fühlten sich nicht belästigt, sondern schauten zu und applaudierten auf ihren Balkonen oder hinter ihren Stubenfenstern. Natürlich nicht alle, so hätte er aufgrund einer Anzeige eines Nachbarn ein Verfahren wegen Erregung öffentlichen Ärgernisses am Hals.

Nachden der Kollege ein paarmal leer geschluckt hatte, erklärte er seinem Klienten, er könne ihn wohl vor dem Gericht nicht als Unschuldslamm verkaufen, wenn die Gegenseite den Kanon „Poldi der Unholdi" anstimme. Er müsse davon ausgehen, dass er an der Zerrüttung der Ehe einen erheblichen Verschuldensanteil habe. (Der Verschuldensanteil an der Zerrüttung war nach altem Scheidungsrecht noch ein bedeutendes Kriterium für die Bemessung von Unterhaltsbeiträgen, aber auch für die Kinderzuteilung). Dieser zeigte dafür Verständnis, seine Mutter aber überhaupt nicht und der Kollege musste erklären, dass sie nicht Verfahrenspartei sei und überhaupt nichts zu sagen habe.

Die Ehe wurde geschieden und angesichts der Gefahr, welcher von Poldi für die Kinder ausging, wurde sein Begehren auf Kinderzuteilung an ihn nicht geschützt, auch wenn er sie bekocht und die Wohnung sauber gehalten hatte. Poldi musste aus der ehelichen Wohnung ausziehen und ein anderes Publikum für seine

Darbietungen finden. Seine künstlerischen Requisiten durfte er im Rahmen der güterrechtlichen Auseinandersetzungen für sich beanspruchen und mitnehmen. Er hatte seine eigene Reizwäsche angeschafft und nicht etwa diejenige seiner Frau getragen.

45. Soziale Kosten des Ausbüchsens oder des Dranges „back to the roots"

Gewisse Pflegebedürftige in sozialen Institutionen haben das Bedürfnis, ihre geschützte Umgebung hin und wieder ohne Aufsicht zu verlassen und sich auf eine Abenteuerreise zu begeben. Ein erfolgreiches Abhauen erfüllt sie oft sogar mit schelmischem oder, die wieder zum Kind gewordenen, mit kindlichem Stolz. Dies kann unter Umständen den sozialen Institutionen erhebliche Kosten verursachen, namentlich dann, wenn der Flüchtige nicht die finanziellen Mittel hat, für seine Eskapaden aufzukommen. Dann versucht die Fürsorgebehörde jeweils, Regress auf seine Familie zu nehmen, auch mit Hilfe eines Anwaltes, wie im nachstehend geschilderten Fall.

Ein 87-jähriger, welcher in Österreich geboren war und dort seine ersten 20 Lebensjahre gelebt hatte, hatte eine Schweizerin geheiratet, war in die Schweiz gezogen und hatte mit ihr da 65 Jahre gelebt, bis er Witwer wurde und ins örtliche Alters- und Pflegeheim eintrat oder besser nicht ganz freiwillig durch seine Familie eingewiesen wurde. Meist gefiel es ihm dort zwar ganz gut, aber hin und wieder erinnerte sich sein Langzeitgedächtnis an seine Jugend in Österreich und eine magischen Kraft zog ihn an gewissen Tagen dorthin zurück. Er ging dann jeweils auf Schusters Rappen zum Bahnhof, stieg in ein Taxi, gab sein Ziel in Österreich an und fuhr dann ca. 70 km im Taxi an seine gelobte Geburtsstätte und zum Ort seiner Jugenderinnerungen. Dort angekommen war er in der Regel nicht in der Lage, den Fahrpreis zu bezahlen.

Einmal lieferte ihn der Taxichauffeur aus diesem Grund bei der Polizei ab, welche ihn nach kurzer Befragung im Streifenwagen an die Grenze brachte, wo ihn die Schweizer Polizei übernahm und zurück in sein Pflegeheim brachte. Einmal irrte er, nachdem er das Taxi bezahlen konnte, in der Stadt seiner Jugend umher und fand seine Freunde nicht mehr. Von aufmerksamen Einwohnern wurde er beim Sozialamt abgeliefert, welches ihn nach Befragung und Rückruf an seine Altersstätte zurückschaffen liess, wobei er diese Fahrt weniger genoss als jene im Streifenwagen. Einmal nahm ihn der Taxifahrer, welcher ihn nach Österreich gebracht hatte, nachdem der Ausreisser nicht gewusst hatte, wohin er gehen sollte, wieder an den Ausgangsort der Fahrt zurück. Und wieder einmal wurde er spätabends im örtlichen Altersheim abgeliefert, durfte in einem Besucherzimmer übernachten und wurde am nächsten Tag verpflegt und gewaschen vom Gärtner/Fahrer des Schweizer Pflegeheimes wieder abgeholt.

Die österreichische Polizei, das österreichische Altersheim, die Fürsorge und die Taxichauffeure wollten ihre Dienstleistungen selbstverständlich nicht gratis erbringen und stellten der Gemeinde, welche das Pflegeheim betrieb, Rechnung oder beschwerten sich und der Gemeinderat hatte sich mit der Angelegenheit zu befassen. Der war mit der Kostentragung durch die Gemeinde nicht einverstanden und engagierte mich, damit die Kosten bei den Nachkommen des Ausreissers gerichtlich eingetrieben würden. Diese wiederum fanden, das Pflegeheim würde ihren Vater nicht genügend beaufsichtigen. Ich suchte vorprozessual das Gespräch mit den Verwandten und erklärte ihnen, das Pflegeheim könne den unternehmungslustigen Alten nicht ans Bett binden oder in eine Zelle sperren. Vielleicht müssten auch sie sich vorwerfen lassen, sich nicht genügend gut um den Vater gekümmert zu haben. Er habe den Drang, zurück in seine Heimat zu fahren. Vielleicht könnten auch sie mal einen Sonntagsausflug „back to the roots" unternehmen.

Es kam letztendlich nicht zum Gerichtsfall. Die Nachkommen und die Gemeinde einigten sich auf eine je hälftige Zahlung der Kollateralkosten der Ausflüge des rüstigen Alten und die Familie versprach, ihn hin und wieder ins Reich seiner Jugenderinnerungen zu führen. So wurde der Fall vergleichsweise und zur Zufriedenheit aller Beteiligten gelöst und der Alte kam weiterhin kostenlos auf seine Rechnung, falls die Nachkommen ihr Versprechen erfüllten.

*

Die ältere Dame, welche in einer Nobelaltersresidenz am Stadtberg einer grossen Schweizerstadt residierte, war bei ihren Ausreisseskapaden weniger vom Heimweh als von Abenteuerlust und Freude an Fahrten im Polizeistreifenwagen getrieben. In der Regel meldete sie sich auf einen Spaziergang im parkähnlichen Garten der Residenz ab. Doch, wenn die Freude an der Betrachtung der Blumenpracht nachgelassen hatte, spazierte sie jeweils zur nahen Tramstation, stieg ins Tram und die Stadtrundfahrt zum Sozialpreis begann. Meist schaffte sie es zwar nur bis zur anderen Endstation und nicht wieder zurück, weil sie dem Tramführer in der Regel am anderen Stadtende auffiel und er die Polizei avisierte, welche sie überprüfte und verschiedentlich im Streifenwagen wieder an den Ausgangsort ihres Ausfluges zurückführte. Diese Rückfahrt empfand sie als viel spannender als die Hinfahrt im Tram und wenn sie von Ihrer Familie befragt wurde, was sie während der Woche so gemacht habe, erzählte sie vom Ausflug mit rassigen jungen Polizeibeamten im Streifenwagen. Wie toll das war und wie freundlich und lustig die waren. Dass diese Fahrten freilich nicht unentgeltlich waren, interessierte sie weniger. Sie war aber selbstverständlich ohne weiteres in der Lage, diese zu berappen und die Rechnungen der Stadtpolizei wurden einfach auf die Spesenrechnungen der Nobelaltersresidenz übertragen und ohne Diskussion bezahlt. Die Familie hatte auch Freude an den kindlichen Spässen der Mutter. „Back to the roots."

*

Von grösserer Tragweite war das Ausreissen einer psychisch Kranken aus einer psychiatrischen Klinik. Im anstaltseigenen Pyjama ging sie in die Stadt zum Bahnhof, stieg in den Intercity ein und fuhr ohne Fahrkarte nach Belgien. Sie hatte ihre Kindheit teils in Belgien verbracht. Erst auf dem Bahnhof in Brüssel wurde sie entdeckt und von der Bahnhofpolizei aufgegriffen. Offenbar war der anstaltseigene Schlafrock sehr elegant, denn bis nach Brüssel fiel er niemandem auf. Jedenfalls musste er moderner sein als das Nachthemd, das Jack Nicholson in „One flew over the cuckoo`s nest" trug oder das hinten offene Nachthemd, welches seinen Allerwertesten im Film „Something`s got to give" zeigte. Wahrscheinlich war es auch nicht ihr Schlafanzug, welches der Polizei auffiel, sondern ihr Verhalten. In Shanghai oder Saigon wäre sie noch weniger aufgefallen, dort gehen die Frauen am Abend im Pyjama in der Stadt flanieren, auch wenn es in gewissen Teilen Chinas seit kurzem ein Tragverbot für einen solchen Outfit in der Öffentlichkeit gilt.

Die Frau wurde jedenfalls von der Polizei in eine Psychiatrische Klinik eingewiesen, welche die schweizerische Klinik der Ausreisserin verständigte. Diese schickte am nächsten Tag eine Psychiatrieschwester per Flugzeug nach Brüssel, welche im Koffer zwei volle Sets anständiger Kleider, die auch shanghaitauglich gewesen wären, mitbrachte und mit zwei Flugtickets Brüssel-

Zürich ausgestattet war, um die verlorene Tochter heimzuholen. Was trotz der Tatsache gelang, dass die Krankenschwester nur französisch, nicht aber flämisch sprach. Offenbar war die Administration der Klinik nicht valonophob. So konnte die Rückreise ohne Umstände vorbereitet und angetreten werden. Weniger einfach war dann die Abklärung der Kostentragung. Auch hier wurde ich eingeschaltet zwecks Rückgriff auf die aus Familienunterstützungspflicht Haftenden. Aber diese waren selbst nicht in der Lage, solche Sonderaufwendungen zu berappen. So hatte der Kanton dafür aufzukommen.

*

Ein sonderbarer Fall von „back to the roots" stellte die Umstellung eines alten Vietnamesen in einem schweizerischen Altersheim dar, welcher Lebensgewohnheiten, die er sich in der Schweiz angewöhnt hatte, langsam wieder verlernte. So verweigerte er im Alter plötzlich, mit Messer und Gabel zu essen. Erst, als eine findige Betreuerin gemerkt hatte, wie er sich mit zwei Grillspiessen das Essen in den Mund schob, und ihm Chopsticks gegeben hatte, war er wieder in der Lage und Willens zu essen. Er schlief nicht mehr im Bett, sondern auf dem Boden auf einer Matte und das Bett wurde in seinem Zimmer auf die Seite geschoben. Gefährlicher war, dass er die westlichen Toiletten nicht mehr benützen wollte wie die Kaukasier, sondern auf die Schüssel stieg, um sein Geschäft nach traditioneller vietnamesischer Sitte zu verrichten. Dies wurde ihm nicht nur wegen seiner mangelnden Treffsicherheit verboten sondern auch, weil er einmal von der Schüssel fiel und sich fast das Bein gebrochen hätte. Seine WC Gänge fanden danach nur noch unter Aufsicht und Begleitung statt.

46. Strichjungen vor Gericht

Zwei Offizialmandate führte ich für Strichjungen:

Einmal musste ich einen türkischen Jüngling in einer Grossstadt vertreten, von dessen Tätigkeit und Neigungen der Vater nichts erfahren durfte. Die Strafhandlungen hatte er dem Untersuchungsrichter und mir gegenüber zugegeben, seine Neigung wohl nicht einmal sich selbst gegenüber eingestanden. Er hatte die Freier jeweils in der Toilette im Hauptbahnhof getroffen und sie entweder gleich dort oral und manuell befriedigt, oder er war mit ihnen nach Hause gegangen, wo auch andere Praktiken angewandt wurden. Bei solchen Gelegenheiten hatte er die Freier teilweise bestohlen. Die Taten eines Minderjährigen können in der Regel vor den Eltern nicht verschwiegen werden. Trotzdem wurde dies hier versucht und es gelang auch irgendwie. Der Vater war ein strenger Muslim und hätte das Verhalten seines Sohnes keineswegs toleriert. Vermutlich hatte er schon eine Ahnung, dass sein Sohn nicht nur wegen Diebstahls in Untersuchungshaft sass und sich vor Gericht verantworten musste, sondern auch wegen gewerbsmässiger widernatürlicher Unzucht. Er hatte aber er den Hauptgrund des Strafverfahrens gegen seinen Sohn verdrängt nach dem Motto, dass nicht sein kann, was nicht sein darf. Eine genaue Aufklärung über den Unzuchtstatbestand wurde dem Vater vorenthalten und die Diebstähle wurden in den Vordergrund geschoben. Offenbar verstand er die Anklageschrift mit dem Anklagepunkt „Gewerbsmässige widernatürliche Unzucht" nicht ganz und fragte mich auch nicht explizite dazu. Die Anklageschrift wurde zwar ins Elternhaus geschickt, aber der Sohn, ein Verkaufslehrling, übersetzte sie den Eltern am Feierabend, hielt sich dabei nicht genau an den Text und übersprang diesen

Anklagepunkt. Die Korrespondenz des Untersuchungsrichters mit mir habe ich nicht nach Hause geschickt, sondern der Sohn holte sie jeweils ab. So kam er relativ häufig in die Kanzlei, blieb aber jeweils nur kurz in meinem Besprechungszimmer und die acht Sekretärinnen der Kanzlei fragten mich jeweils im Spass, was ich und mein Klient in derart kurzer Zeit denn so miteinander trieben, obwohl oder weil sie wussten, dass ich frisch verheiratet war und erahnen mussten, dass der Strichjunge nicht meinem Geschmack entsprach. Ich hatte denn auch andere Präferenzen und die Sitzungen waren rein beruflicher Natur.

Der Fall war vor Gericht eine reine Routineangelegenheit. Der Strichjunge war geständig und wollte die Sache möglichst bald hinter sich bringen, damit er die Verkaufslehre, welche schon recht fortgeschritten war, beenden konnte. Der Richter fragte ihn, warum er die Straftat begangen und auch noch die Freier bestohlen hatte, obwohl er einen Lehrlingslohn habe. Die Antwort war, dass er Elektronikgeräte verkaufe und die Lust verspürt hätte, solche in möglichst kurzer Zeit selbst zu erwerben. Ein Diebstahl und Liebesdienste an den Freiern seien ihm weit weniger riskant erschienen als ein Diebstahl am Arbeitsplatz. Bei dieser Aussage hatte er sicher recht. Hätte er am Arbeitsplatz gestohlen, wäre die Lehre sehr schnell nach Entdeckung eines Diebstahls beendet gewesen. Der Richter kam dem Strichjungen insofern entgegen, als er eine bedingte Strafe gegen ihn ausfällte, sodass er die Lehre fortsetzen konnte, dies, nachdem der junge Türke versichert hatte, er werde inskünftig von seiner Nebentätigkeit Abstand nehmen und sich ausschliesslich seiner Lehre widmen.

*

Ein anderer Strichjunge, welchen ich auch als Offizialanwalt vertrat, hatte weniger Mühe, sich und der Umwelt seine Neigungen einzugestehen und zeigte bei der Auswahl seiner Kleidung einen derart auffälligen Geschmack, dass ich davon ausging, sie sei nicht nur berufsbedingt, zum Aufreissen der Freier so gewählt, sondern er fühle sich sehr wohl in seiner zweiten Haut. Die Art seiner Tätigkeit war mehr oder weniger dieselbe, wie die des vorher geschilderten Strichjungen, nur fand sie nie in tristen Bahnhofstoiletten, sondern in Clubs und dezenterer Umgebung statt und seine Honorare waren wohl auch weniger bescheiden. Trotzdem bestahl auch er seine Freier. Honorar ist hier zwar nicht nicht der richtige Ausdruck für das Entgelt, das er bezog. Denn Honorar kommt von Honor = Ehre. Aber eine Ehre ist es wohl nicht, wenn man sein Geld unter Ausbeutung der sexuellen Not anderer erwirbt. Auch von Verdienst zu sprechen, wäre nicht richtig. Denn verdienstvoll ist diese Tätigkeit auch nicht gerade. Die Dirnen nennen das Geld des Freiers ein Geschenk. Also müsste man sagen, er erhielt grössere Geschenke als sein Berufskollege in den Bahnhofstoiletten.

Zur ersten Einvernahme in meiner Kanzlei erschien er in engem schwarzen Satinhemd mit enger schwarzer Satinhose, schwarzen spitzen Lackschuhen mit hohen Absätzen, schwarzem Gürtel mit goldenem Dolce-Gabbana-Verschluss und dicker Goldkette um den Hals. Er sah wirklich gut aus, sah man von den hautengen Hosen ab, welche seinen Penis, seine Hoden und seinen Knackarsch scharf abzeichneten. Er präsentierte seinen Körper in der für ihn richtigen Optik, der Lockvogel- oder Lockvögeloptik.

Die Delikte der gewerbsmässigen widernatürlichen Unzucht und des Diebstahls hatte er zugegeben. Rechtlich kein interessanter

Fall. So ging es vor allem nur um die Strafmilderungsgründe. Dabei kam es darauf an, dem Gericht einen möglichst guten Eindruck zu vermitteln. Also wurde die Hauptverhandlung durchgespielt. Der Klient sollte dem Gericht erklären, dass er seine lukrative Tätigkeit aufgegeben habe und jetzt einen richtigen Beruf erlernen würde. Bei mir entschied er sich für den Beruf eines LKW-Fahrers. Er werde sich sofort um eine Lehrstelle bemühen und sich für den Fahrunterricht anmelden und werde entsprechende Unterlagen beschaffen, welche beim Gericht eingereicht werden können. Dies war die Abmachung. Ich ermahnte ihn ferner, dezent gekleidet vor Gericht zu erscheinen und machte dabei den Fehler, die einzelnen Kleidungsstücke, die er zu tragen hatte, nicht genau zu beschreiben.

Die Unterlagen betreffend eines Beginns seiner Berufslehre schickte er mir nie und so konnte ich keine Dokumente, welche bei der Strafmilderung zu berücksichtigen gewesen wären, einreichen. Zur Hauptverhandlung erschien er in weissem hautengem Satinhemd, weissen hautengen Satinhosen, durch die sein Berufswerkzeug fast durchschien und es grösser wirken liess, weissen Moccasinschuhen, einem weissen Dolce-Gabbana-Gürtel, seiner kiloschweren Goldkette um den Hals und einer kleineren am Handgelenk - alles sehr dezent. Die Gerichtsschreiberin musterte ihn von oben bis unten und von unten bis oben und hatte ihr Urteil über die Glaubwürdigkeit seines Berufswechsels schon gefällt, bevor ich mein Plädoyer beendet hatte. Ich erklärte das Übliche, mein Klient habe sich gebessert und sei mit der vorgestern begonnenen Ausbildung als LKW-Fahrer auf bestem Weg dazu, ein nützliches Glied der Gesellschaft zu werden. Die Richter betrachteten ihn dabei mit zweifelnden Blicken und schienen meinen Ausführungen nicht so recht zu trauen. Am Ende der Hauptverhandlung fand die übliche persönliche Befragung statt.

Auf die Frage des Präsidenten, in welchem Stadium der Ausbildung zum LKW-Fahrer er denn sei, antwortete der männliche Sexarbeiter, nächste Woche werde er die erste Fahrstunde besuchen. „Ja, was haben sie denn in der Zwischenzeit bis zur Hauptverhandlung gemacht?" fragte der Gerichtspräsident weiter. Der Angeklagte duckste und muckste und wand seinen schönen Körper unwohl in seiner Satinhaut, aber wusste keine richtige Antwort hervor zu stammeln. Offensichtlich waren sein Hirn und sein Mundwerk weniger gut ausgebildet als andere seiner Körperteile und man wäre geneigt gewesen zu sagen, der Kandidat sei bei der Prüfung gründlich durchgesaust. - Trotzdem fällte das Gericht eine bedingte Strafe aus, wohl, weil er das erste Mal straffällig geworden war. Als grossen Erfolg für mich konnte ich dies aber nicht betrachten.

47. Teurer Ausflug ins Verkehrshaus

Ein Geschäftsmann war nicht nur tüchtig und erfolgreich in der Führung seiner Geschäfte, hatte nicht nur drei fleissige eheliche Kinder und eine attraktive fleissige Ehefrau, sondern er war auch fruchtbar in der Vergrösserung seines erweiterten Gestüts. Er pflegte nämlich noch ein paar andere Beziehungen, welche durchaus nicht unfruchtbar blieben und hatte auch noch das Glück, dass seine Ehefrau dies einigermassen grosszügig hinnahm. Dies offenbar, weil er ansonsten ein guter Ehemann und Vater war. Wirtschaftlich ging es der Familie sehr gut. Selbst seinen ausserehelichen finanziellen Vaterpflichten kam er durchaus nach und er besuchte seine zwei Nebenfrauen und seine leiblichen Kinder hin und wieder. Diese Vaterschaften waren also keineswegs nur reine Zahlvaterschaften.

Einmal erfüllte er einem ausserehelichen Kind den Wunsch eines Besuchs im Verkehrshaus in Luzern. Ein schöner und interessanter Ausflug, an dem zufällig auch die Mutter des Kindes teilnahm. Nachher ging das fröhliche Trio noch essen und trinken und zu guter Letzt wurde der Tag noch mit Kaffee und Dessert in der Wohnung der Nebenfrau abgerundet. Dies war eigentlich nicht bewusst so geplant gewesen. Doch der Tag verlief harmonisch, die drei lachten viel und hatte grossen Spass. Nach soviel Verkehrshaus war das Kind müde, wurde ins Bett gebracht und die zwei Erwachsenen beschlossen, auch noch ein wenig Verkehr im Haus zu haben und so wurde der Tag intim abgerundet. Ein Ausklang mit Folgen, denn nach neun Monaten bescherte die Kindsmutter dem Geschäftsmann ein weiteres Kind.

Er war darüber wenig erbaut und bestritt vorerst, dass das Kind von ihm sei. Er konsultierte meine Kanzlei und es wurde einvernehmlich ein Vaterschaftsgutachten erstellt in der Hoffnung, ein Prozess könne damit vermieden werden. Er wurde eindeutig als Vater festgestellt und ich meinte, die Angelegenheit könne „à l`amiable" geregelt werden. Aber die Kindsmutter verlangte horrende Unterhaltszahlungen, nämlich das zweieinhalbfache dessen, was üblicherweise zugesprochen wird. Und so wurde ein Prozess eingeleitet und geführt bis zum bitteren Ende. Die Ansprüche des Kindes wurden ca. auf die Hälfte reduziert und der Klient schien einigermassen glücklich zu sein.

Ich empfahl ihm beim Schlussgespräch, künftige Fahrten ins Verkehrshaus zu unterlassen und nur noch ohne Begleitung der Mutter mit den jetzt zwei Kindern aus dieser Beziehung Umgang zu pflegen. Vielleicht hätte ich sagen müssen, dass Besuche nur noch mit Begleitung der damals noch zuständigen Vormundschaftsbehörde stattfinden sollten, die in vielen Fällen zum Schutze Kindes eingeschaltet würde. Hier wäre dies zum Schutze der Eltern vor übereilter Auffrischung alter körperlicher Beziehungen gewesen. Das hätte allerdings nicht die Begründung des Antrages sein dürfen, sonst wäre er wohl als missbräuchlich abgelehnt worden. Denn die Vormundschaftsbehörde hatte nicht die Aufgabe der Beihilfe zur Empfängnisverhütung.

48. Schuster bleib bei deinen Leisten

Er kam als Gastarbeiter aus dem Mezzogiorno und richtete sich in der Schweiz ein, ohne die Sprache zu erlernen. Er arbeitete Schicht in einer Plastikfabrik, auch seine Frau arbeitete daselbst. Sie hatten immer ein anständiges Leben geführt. Anfänglich liebäugelten sie mit dem Gedanken, nach ein paar Jahren wieder nach Italien zurückzukehren, weil dort nach ihrer, wie nach der Ansicht vieler Immigranten, alles viel besser war.

Dies äusserte sich wie in so vielen Fällen auch darin, dass sie sparten, wo sie nur konnten, um das Haus des Vaters in Süditalien, welches sie übernommen hatten, umzubauen und zu verschönern, sodass es ihrem in der Schweiz gepflegten Wohnstandard einigermassen entsprechen würde. Sie wollten anfänglich wie so viele ihren Lebensabend in Süditalien verbringen. Diese Absicht wurde jeweils im August, um den Feragosto herum und an Natale und Capo d`anno bei Besuchen im Süden wieder bestärkt und aufgefrischt. So sollte, meinten sie, die Bande zur Heimat erhalten bleiben. Dann kam aber, wie dies bei italienischen Immigranten häufig der Fall ist, die Phase, da die Frau erklärte: „Alla Migros si puo comprare quasi tutto" [1]. Dies stellt faktisch meist eine Absage gegenüber der Auffassung dar, aus Gründen der Beschaffung authentischer Lebensmittel müsse man früher oder später nach Italien zurückkehren. Später begann sie wie viele Italienerinnen zu klagen, im Mezzogiorno könnte sie nicht so frei spazieren gehen und ein Kaffeehaus besuchen, wie in der Schweiz, weil der Restaurantsbesuch dort reine Männersache sei. Und dann kam die Phase, da Tochter und Sohn sich nicht mehr an die Familienpolitik der Partnersuche in Italien hielten und sich ungefragt in Schweizer/innen und Secondi (oder heisst es Secundos, wie im Spanischen. Secondos, wie man in der Schweiz

sagt, ist ein sprachlicher Hybride) verliebten. Und so dachten sie mit der Zeit, doch in der Schweiz zu bleiben und freuten sich, dass Tochter und Sohn in der Schweiz als Secondi die gesellschaftliche Leiter aufstiegen, was ihnen selbst aus sprachlichen Gründen verwehrt geblieben war.
Hier verlief die Geschichte der Familie anders.

Die Eltern wollten ihren Arbeiterstatus, vom Ehrgeiz ihrer Kinder angesteckt, nun plötzlich schon selbst überwinden und als Geschäftsleute Geld verdienen. Sie kauften eine Pizzeria, ohne ausserhalb ihres Haushaltes je eine Pizza gebacken zu haben, ohne sprachlich in der Lage zu sein, die damals noch obligatorische Wirteprüfung abzulegen, ohne ein Budget, einen Liquiditätsplan, einen Businessplan oder irgend etwas Ähnliches aufstellen zu können. Es gibt Hasardeure, die Umsatz und Gewinn verwechseln und zu dieser Sorte gehörten sie. Beim Kauf der Pizzeria, welche den typisch italienischen Namen „Hellebarde" trug, liessen sie sich durch die Zahlen blenden und, da sie Umsatzzahlen mit Gewinnzahlen verwechselten, meinten sie, sie würden sehr bald reich werden. Sie mussten aber einen Pizzaiolo einstellen, weil sie von Pizzaöfen und vom Pizza backen nichts verstanden. Sie brauchten jemanden, der Ihnen, selbstverständlich nicht unentgeltlich, das Wirtepatent zur Verfügung stellte. Dabei gebrach es mangels Erfahrung im Umgang mit Angestellten an einer sorgfältigen Auswahl der Personen nicht nur, was die Qualität ihrer Arbeit, sondern auch, was deren Ehrlichkeit anbelangte. Letztendlich hatten sie auch noch nie etwas von Corporate Identity gehört, denn, wie konnte der Name „Hellebarde" für eine Pizzeria unverändert belassen werden, ein Name, welcher vielleicht zu einem Restaurant in der Nähe des Schlachtfeldes von Sempach gepasst hätte, oder zu einem Restaurant, wo man Fleisch von Hand frisst oder wo mit grossen

Spiessen am offenen Feuer gebraten wird. Die Pizzeria aber hätte wohl, obwohl sie sich in den nebligen Voralpen befand, eher „O sole mio" oder „Pizzeria Manduria" heissen müssen.

Der Geschäftsgang wurde nicht fachmännisch überwacht und, als dann die Serviertochter auch noch ihr eigenes mit dem Servierportemonnaie verwechselt hatte, nahm das Desaster seinen Lauf. Ihr Griff in die Kasse war der letzte Schritt in die Illiquidität der „Hellebarde". Die beiden (noch) berufstätigen Eheleute steckten einen guten Teil ihres Erwerbslohnes in die „Hellebarden"-Kasse, um die Liquidität zu erhalten, aber auch der versickerte teilweise in der Nebenkasse, welche Pizzaiolo und Serviertochter bald konspirativ führten.

Dies war die Situation, welche ich antraf, als mich die Eigentümer der Hellebarde in ihrer Verzweiflung konsultierten. Es wurde bald klar, dass hier - im figurativen Sinne gesprochen - guter Rat teuer sein würde. Den Hilfesuchenden fehlte jegliche Branchen- und Geschäftskenntnis und sie hatten sich schon beim Kaufpreis von Goodwill und Inventar - das Gebäude war nicht mitgekauft worden - über den Tisch ziehen lassen. Die Konsultationen von mir waren, anders als das obige Sprichwort sagt, nicht teuer sondern, vor allem vom Mitleid gegenüber den zwei Unbedarften geprägt, moderat. Die Finanzlage wurde immer verzweifelter und, obwohl ich erklärt hatte, die Eheleute dürften nicht mehr ihren Arbeitslohn in die Pizzeria pumpen, floss ihr Lohn abgesehen von ihren Auslagen, die sie für den Lebensunterhalt dringend erbringen mussten, praktisch ganz in die Kasse der Pizzeria „Hellebarde" und versickerte dort. Ich hatte ihnen geraten, möglichst bald die Bilanz zu deponieren und die Pizzeria zu schliessen, damit weiterer persönlicher Schaden vermieden würde. Lieber ein Ende mit Schrecken als ein Schrecken ohne Ende, hatte ich ihnen erklärt, aber vielleicht hatte es an der Unübersetzbarkeit ideomatischer Redewendungen gelegen, dass die Eheleute mir

nicht geglaubt oder zumindest nicht nach diesem Glauben gehandelt hatten. So warfen sie weiterhin schlechtem Geld gutes hinterher. Jeden zweiten Abend besuchten sie mich zu Hause zwecks Konsultation in höchster Not, standen mit erwartungsvollen Augen vor der Haustür, oft in der einen Hand mit einer Salami nostrano oder einer nduja und in der anderen mit einer Flasche vino fatto in casa bewaffnet. Da konnte ich nicht nein sagen, denn ich wusste diese Produkte durchaus zu schätzen.
Einmal nahm ich mit meinen Kindern gerade ein Bad, als sie wiederum läuteten und meine Ehefrau die Tür öffnete. Um Konsultation gebeten, liess ich ausrichten, ich sei jetzt im Bad und die Eheleute könnten sich an der Badewanne aufstellen, wenn die Konsultation unbedingt heute stattfinden müsse. Schliesslich hätten die Juristen des alten Roms auch an den „Termines de Caracalla" „juris consultae" ausgeübt. Dies überzeugte die Eheleute dann doch nicht, denn schliesslich waren wir in einem anständigen Land, wo es nicht wie im alten Rom her und zugeht und sie zogen unberaten und ungetröstet mit ihren Geschenken von dannen. Als ihre privaten liquiden Mittel schlussendlich erschöpft waren, wurde auf Antrag der Gläubiger der Konkurs über sie eröffnet und die Hellebarde wurde geschlossen.
„Signore avvocato ajutami, per favore, siamo perduti" [2], hatte der Ehemann in einer der letzten Konsultationen noch gefleht, worauf ich zur Antwort gegeben hatte:
„Lei non a piu bisogno d`un avocato. Solo Dio puo ajutare nel suo caso". [3]
Die Eheleute waren völlig überschuldet und die Last war so gross, dass sie sich entschieden, entgegen ihren gewandelten Vorsätzen und der Tatsache, dass ihre Kinder in der Schweiz Fuss gefasst hatten, ihre Zelte hier abzubrechen und nach Süditalien zurückzukehren. Das vom Vater geerbte Haus besassen sie ja noch, allerdings war es erst zur Hälfte renoviert. Und sie kamen

nicht als wohlhabende Privatiers nach dem Verkauf einer florierenden Unternehmung zurück, sondern als arme Schlucker. Sie verkörperten halt nicht das, was in Italien hochgehalten wird, das „essere furbo e fare bella figura" [4]. Hätten sie nur beide als Arbeiter ihr Ziel verfolgt, so wären sie entweder mit einem guten Polster fürs Alter in ihr eigenes Haus nach Süditalien zurückgekehrt, oder sie wären, nachdem die Frau nun alles in der Migros kaufen kann, bei ihren halb schweizerischen Enkeln in der Schweiz geblieben. So waren sie nicht nur nicht gut gepolstert sondern auch von ihren Enkeln getrennt. Fürs nächste Leben konnte man ihnen nur den Rat geben: „Schuster bleib bei denen Leisten".

---

1) In der Migros kann man fast alles kaufen.
2) Herr Rechtsanwalt, helfen Sie mir, wir sind verloren.
3) Sie brauchen keinen Anwalt mehr. Nur Gott kann in ihrem Fall helfen.
4) Schlau sein und einen perfekten Eindruck hinterlassen

49. War es Vergewaltigung und Unzucht mit einem Kind?

Ein Unternehmer hatte nebst seiner Ehefrau eine Freundin und, als diese Beziehung ernsthaft wurde, beschlossen die beiden, ihre Ehepartner zu verlassen, eine gemeinsame Wohnung zu nehmen und aus den ehelichen Wohnungen auszuziehen. Die Kinder des Freundes waren schon erwachsen, jene der Freundin acht und zehn Jahre alt, ein Mädchen und ein Knabe. Sie zogen mit ihrer Mutter ins neue Heim. Das Mädchen litt unter dem Auszug und dem Verlust des Vaters mehr als der Knabe und sehnte sich zurück nach seinem früheren Zuhause. Es hasste den Freund der Mutter. Auch hatte es den Eindruck, dass er die Mutter plagte, denn einmal, als deren Schlafzimmertür einen Spalt weit offen stand, schlich sie sich heran, guckte hinein und sah, wie der Freund auf der Mutter lag und wie diese seufzte und wimmerte.
In der Beziehung zwischen Mutter und Freund ging es auf und ab. Wenn sie Streit hatten, nächtigte er wieder für ein paar Tage bei seiner Frau. Dann versöhnten sie sich und er zog wieder ein. Dieses on und off schleppte sich während 10 Monaten dahin, bis die Beziehung endgültig auseinanderbrach, der Freund wieder in die eheliche Wohnung floh und die Mutter mit ihren Kindern vorerst allein in der Wohnung blieb, bis sie einem neuen Freund begegnete, welcher in ihr gemachtes Nest schlüpfte.

Der Unternehmer hatte von seiner Ex-Freundin und deren Kindern während zehn Jahren nichts mehr gehört. Eines Tages wurde er, Chef und Eigentümer einer Unternehmung mit 110 Arbeitsplätzen, während der Arbeitszeit in seinem Büro von uniformierten Polizeibeamten heimgesucht, vor seinen Angestellten verhaftet, abgeführt und in Untersuchungshaft genommen, ohne dass er vorerst wusste, unter welchem strafrechtlichen Vorhalt dies geschah. Am nächsten Tag wurde er dem Verhörrichter vorgeführt, welcher ihm unterbreitete, ihm werde vorgeworfen, vor gut zehn Jahren die Tatbestände der Unzucht mit einem Kind respektive der Vergewaltigung erfüllt zu haben. Es fand eine erste Einvernahme statt, anlässlich derselben der Vorwurf konkretisiert wurde, er habe in der gemeinsamen Wohnung mit seiner Freundin vor zehn Jahren deren Tochter missbraucht. Er fiel dabei aus allen Wolken und war entsetzt. Er war äusserst aufgebracht, als ich zur ersten Instruktion in der Untersuchungshaft erschien und er beteuerte immer wieder, dass er eine solche Tat nie begangen hatte. Ich hatte inzwischen erfahren, dass das vermeintliche Opfer nicht bei der Polizei, sondern in der psychiatrischen Klinik, wo es stationiert war, von einer Polizistin einvernommen worden war. Es lag eine Videoaufnahme dieser Einvernahme vor, welche mir bald zur Verfügung gestellt wurde.

Als der Unternehmer aus der Untersuchungshaft entlassen worden war, ohne dass er die Tat zugegeben hatte, sah ich mit ihm den Film der Einvernahme an. Die junge Frau, jetzt 18 Jahre alt, schien schwer geschädigt, im Video kreidebleich und durch viele Piercings über das ganze Gesicht entstellt, was darauf schliessen liess, dass sie zu selbstzerstörerischen Handlungen neige. Ihre traurige Geschichte schilderte sie folgendermassen: Sie erklärte, der Angeschuldigte hätte ihre Familie zerstört, ihr den Vater genommen und die Mutter geplagt. Er hätte sie selbst sexuell missbraucht und mit ihr den Geschlechtsverkehr vollzogen. Nach dem Auszug des Angeschuldigten wären sie und ihr Bruder mit der Mutter in der Wohnung geblieben. Bald wäre ein neuer Freund eingezogen und bald danach ein anderer. Als sie 15 Jahre alt gewesen wäre, wäre ein Freund im Hause gewesen, der gehascht hätte und manchmal hätte sie mitrauchen dürfen. Später hätte sie regelmässig Rauschgift konsumiert und wäre in die Fixerszene abgedriftet. Und irgendwann hätte sie begonnen, auf dem Drogenstrich Geld für ihr Heroin zu beschaffen. Sie wäre dabei von den Freiern gedemütigt, z.T. geschlagen und zu sexuellen Abartigkeiten gezwungen worden. Zuletzt hätte sie in einer grossen Stadt auf dem Drogenstrich gearbeitet.

Ich konnte mir in der Direktbefragung nur die Mutter vorknüpfen, da die Tochter zufolge ihrer psychischen Probleme von der Untersuchung abgeschirmt worden war. Ich erklärte dabei, ich werde den Eindruck nicht los, dass die Tochter ein schweres Schicksal erlitten und ein erstes Trauma erlebt habe, als durch die Beziehung der Mutter mit dem Angeschuldigten ihr der Vater entrissen wurde. Ich fragte die Mutter, ob es aber nicht so sei, dass die Tochter das ganze Unheil, das ihr während ihrer gesamten Jugend widerfahren sei, in die Beziehung mit dem Angeschuldigten hineinprojiziere, weil diese Beziehung alles ausgelöst habe. Die Mutter bejahte dies nach einigem Nachhaken und Nachbohren. Weiter fragte ich, ob es nicht wahrscheinlich sei, dass die Tochter wohl verführt worden sei, aber später, durch eine Drittperson, einen späteren Freund oder jemand anderen. Die Mutter räumte nach langer Befragung ein, dass dies möglich sei. Ob es wahr sei, dass sie später andere Freunde in der Wohnung gehabt habe. Auch dies räumte sie ein. Ob es wahr sei, dass einer dieser Freunde Haschisch geraucht habe. Auch dies gab sie zu und auch dass es möglich gewesen sei, dass die Tochter mit ihm mitgeraucht habe, wenn sie alleine mit ihm gewesen sei. Auch dass einer der Freunde jeweils nackt in der Wohnung herumgelaufen sei und dass er mit der Tochter allein in der Wohnung war, während sie gearbeitet habe und dass es durchaus möglich gewesen sei, dass dieser oder ein anderer Freund die Tochter verführt habe. Ich habe sie so in die Enge getrieben, dass sie es am Schluss eher als unwahrscheinlich ansah, dass der

Angeschuldigte mit der Tochter etwas angestellt hatte. Er war Unternehmer, viel beschäftigt und nie im Liebesnest, wenn sie bei der Arbeit war. Auch hätten sie ein aufregendes Sexualleben gehabt, erklärte die Frau. Am Schluss brach sie ein und bezweifelte, dass der Angeschuldigte ihre Tochter verführt hatte. Die Untersuchungsrichterin setzte danach die weitere Befragung aus, nachdem die Mutter auch ihr gegenüber erklärt hatte, es seien in ihr während der Untersuchung erhebliche Zweifel aufgekommen, ob der Angeschuldigte die Tochter verführt habe. Am Schluss stotterte sie: „Ich.....ich weiss es nicht."

Auf die Frage der Untersuchungsrichterin, ob sie unter diesen Umständen die Anschrift weiterer Freunde herausgeben würde, welche für die Tat in Frage kämen, erklärte sie zögernd: „Ja.......ja vielleicht."

Das Verfahren endete mit einer Einstellungsverfügung durch den Staatsanwalt. Ich wurde wurde für meine Vertretung vollumfänglich vom Staat entschädigt. Der Unternehmer war zwar von der Anklage befreit, aber seinerseits schwer traumatisiert, nachdem er eine Untersuchungshaft unter derartigen Umständen und Vorzeichen hatte ausstehen müssen. Ein schweres Trauma, für welches er nie eine Genugtuung erhielt. Diese Seite der Unbill und des schweren Schadens wird in der Regel nie berücksichtigt und davon wird allgemein fast nie gesprochen.

*

Ein Angeschuldigter maghrebinischer Herkunft besass in einer grossen Stadt eine Kleiderboutique. Er war gross und kräftig, gut aussehend und sehr von sich selbst überzeugt. Hin und wieder hatte er eine Freundin, wobei er mehr auf deren Äusseres als auf den Charakter achtete. Meist motzte sich die jeweilige Freundin in seiner Boutique tüchtig auf, was sowohl ihr als auch dem schönen Mann ungeachtet der dabei entstehenden Kosten Spass bereitete. Eine solche Freundin hatte er in einem Nachtclub kennengelernt, wo sie teils an der Bar, teils am vertikalen Reck arbeitete, ohne dabei eine Kunstturnerin zu sein. Sie war vermutlich von seinem guten Aussehen und von seiner Virilität, welche er immer durchblicken liess, angezogen, aber auch von seiner Boutique, wo sie sich regelmässig mit reizvollen Dessous, welche sie für ihre nächtlichen beruflichen und ausserberuflichen Aktivitäten brauchte, aufpeppen konnte. Die Beziehung, welche ca. ein Jahr dauerte, war aufregend und strapazenreich.

Eines Tages behauptete die Frau, sie hätte dem Mann ein Darlehen gegeben. Er bestritt die Darlehenshingabe. Die Beziehung kühlte sich merklich ab. Sie hatte aber immer noch einen Schlüssel zur Wohnung des Mannes, räumte seine Möbel eines Tages, als dieser in seiner Boutique arbeitete, bis auf einigen Grümpel vollständig aus und zügelte sie in ihre Wohnung. Dabei handelte es sich um sehr teure Möbel eines Luxusmöbelhauses. Wahrscheinlich tat sie dies zur vermeintlichen Kompensation der von ihr behaupteten Darlehenshingabe. Der Boutiquebesitzer forderte darauf die Frau schriftlich auf, ihm seine Möbel wieder zurückzugeben, worauf sie Strafanzeige gegen ihn erhob wegen Vergewaltigung. Sie hätte kurz vor ihrem Wegzug und der Wohnungsräumung in seiner Wohnung geschlafen, nachdem sie um drei Uhr morgens von der Arbeit im Cabaret zurückgekehrt wäre. Sie hätte sich neben ihn in die Federn gelegt, wäre total kaputt gewesen, nachdem sie die ganze Nacht Kunden bedient hätte und hätte keine Lust mehr auf sexuelle Spielchen gehabt. Ihre ganze Energie sei verbraucht gewesen. Ca. um 4 Uhr 30 sei er erwacht und hätte mit ihr gegen ihren Willen den Geschlechtsverkehr vollzogen. Sie hätte ihm vorher gesagt, sie wolle nicht.
Nun hat das Bundesgericht mehrfach entschieden, dass auch eine Dirne oder Sexarbeiterin vergewaltigt werden könne, wenn der Geschlechtsverkehr gegen ihren Willen erzwungen werde, denn

auch sie hat das Recht zu entscheiden, was für sexuelle Handlungen an und mit ihr und von wem durchgeführt werden und wann. Deshalb wurde im vorliegenden Fall gegen den Boutiquebesitzer auch ein Strafverfahren eröffnet und es kam zu einer Einvernahme vor dem Untersuchungsrichter, wo ich ihn vertrat. Der Angeschuldigte betonte, dass die Beziehung zur Zeit des Geschlechtsverkehrs noch bestand. Sie wäre nackt in das noch gemeinsame Liebesnest gestiegen. Hätte neben ihm geschlafen und irgendwann wäre er erwacht, hätte begonnen, an ihr herum zu fummeln und sie hätte sich nach anfänglichem Rückzug im Bett so positioniert, dass es für ihn wie eine Einladung zur Penetration ausgesehen hätte und, so sagte er vor Untersuchungsrichter glaubhaft aus, hätte ihn zu guter Letzt mit den Beinen umschlungen und umarmt. Ich gab zu Protokoll, dass die Körpersprache der Anzeigerin eindeutig auf einvernehmliche sexuelle Handlungen hinweise.

Auch kam im Verlaufe des Verfahrens heraus, dass sie nach einer früheren Beziehung den damaligen Ex-Freund ebenfalls der Vergewaltigung bezichtigt hatte und dass jenes Verfahren eingestellt worden war. Belastend für sie war auch, dass sie zugeben musste, die Möbel aus der Wohnung gebracht zu haben. Er konnte anhand des Kaufbeleges nachweisen, dass er der Käufer war. Für ihre Behauptung, sie habe ihm ein Darlehen gegeben, konnte sie dagegen keinen Beleg vorweisen. Er bestritt die Darlehenshingabe. Der Untersuchungsrichter wurde den Eindruck nicht los, der Vergewaltigungsvorwurf, die Darlehensbehauptung und die unberechtigte Wegnahme der Möbel seien Rachehandlungen der Barmaid gewesen. Das Strafverfahren wurde eingestellt.

50. Der Steuerhinterzieher

Jan war ein Selfmademan aus dem damaligen kommunistischen Ostblock und Konsulent verschiedener Unternehmungen unter anderem auch in Brasilien. Hin und wieder besuchte er die Schweiz, um seine Beratungshonorare, welche er in seiner eigenen Firma thesauriert hatte, abzuholen, wobei er versuchte, möglichst alle Steuern zu umgehen, und sich den Gewinn möglichst steuerfrei ausschütten zu lassen. Ich war alleiniger Verwaltungsrat der Firma. Sein Treuhänder, welcher die Buchhaltung führte, war mit seiner Revisionsstellenfirma (damals hiess es noch Kontrollstelle) verantwortlich, dass nicht übermässig Gewinne (Substanzdividenden) ausgeschüttet wurden und die entsprechenden Deklarationen bei der Steuerverwaltung korrekt waren. Der Fehler der beiden damals noch unerfahrenen Berater, Anwalt und Treuhänder war, dass sie Jan bei der Bank die Einzelzeichnungsberechtigung über die Konten der Firmen beliessen und er sich einmal eine übermässig hohe Überweisung zukommen liess, was die Verrechnungssteuerbehörde als Substanzdividende betrachtete und darauf eine 35%-ige Verrechnungssteuer erhob. Für diese hafteten die Organe der Firma, also auch ich, gegenüber dem Fiskus persönlich. Da nützte es nichts, dass Jan vorher darauf aufmerksam gemacht worden war, dass er grössere Überweisungen nur in Abstimmung mit seinen Dienstleistern veranlassen durfte.

Jan war eine Zeitlang verschwunden geblieben und ich wäre als kausal Haftender gesetzlich verpflichtet gewesen, die Verrechnungssteuer aus der eigenen Tasche zu berappen, was ich nicht beabsichtigte. Eines Tages meldete er sich unerwartet telefonisch aus dem Ausland und wollte mit mir einen Termin vereinbaren. Die Anwaltskollegen waren entrüstet, dass ich ihm, obwohl er mich hintergangen hatte, eine Audienz gewährte.

„Was, diesen Betrüger nimmst du noch, der sollte sich in der Kanzlei nicht mehr zeigen", war die empörte Bemerkung der anderen Anwälte.

Die Antwort war: „Ihr werdet schon sehen, wie ich mich gegenüber meinem Klienten absichere."

Jan kam aus dem Ausland mit seinem roten Porsche Carrera 4 angereist. Auf diesen wollte ich Zugriff nehmen und ihn amtlich liquidieren lassen, um so der Verrechnungssteuerverwaltung den geschuldeten Verrechnungssteuerbetrag abliefern zu können, ohne in die eigene Tasche greifen oder meine Haftpflichtversicherung beanspruchen zu müssen. Mit der Begründung, dass der Alleinaktionär als allein wirtschaftlich Berechtigter sich einen übermässigen Gewinn aus der Firma ausbezahlt hatte, erreichte ich einen Taschenarrest über alles, was Jan an den Anwaltstermin mitbringen würde. Der zuständige Betreibungsbeamte wurde auf die vereinbarte Besprechungszeit mit Jan in die Kanzlei aufgeboten und nahm im Vorzimmer Platz. Jan bekundete anlässlich der Besprechung, dass er mit mir zwar weiter arbeiten wollte, erklärte aber auch, dass er nicht gewillt sei, die Verrechnungssteuer zu übernehmen. Nach einigen Erklärungen über den Mechanismus der Verrechnungssteuer und Erläuterungen forderte ich ihn ein letztes Mal auf, sich zu verpflichten, seinen Verpflichtungen nachzukommen, ansonsten ich nämlich meine Taschen leeren müsse, was er mit einem hämischen Lächeln quittierte. Er fühlte sich sicher und dachte, er könne ja wieder ins sichere Ausland verschwinden.

Darauf erklärte ich: „Ich werde jetzt den Gerichtsvollzieher hereinrufen, der dein mitgebrachtes Vermögen beschlagnahmen wird."

Ich öffnete die Tür, der Betreibungsbeamte kam mit dem Arrestbefehl herein und las ihm diesen vor. Er wurde immer bleicher. Dann musste er den Autoschlüssel und sämtliches

Bargeld aus seinem Geldbeutel blättern. Während er zitternd die Noten herauszerrte, ca. 3000 Franken, flehte er mich an, ich möge vom Zwangsvollzug absehen. Ich antwortete, es sei jetzt zu spät. Er hätte sein Einverständnis zur Uebernahme der Steuern vorher geben müssen. Anfänglich protestierte er noch schwach, dann wurde er immer weinerlicher, als er merkte, dass es ernst galt und er seine Lieblingsspielzeuge, seinen Porsche, seine goldene Rolex und sein Geld abgeben musste. Das hämische Lächeln in seinem Gesicht war verschwunden und dieses nahm immer betrübtere Züge an. Die Kreditkarten wurden ihm belassen. Danach begaben sich der Betreibungsbeamte, Jan und ich auf den Parkplatz vor der Kanzlei, wo geprüft wurde, ob der Schlüssel zum Porsche passte. Dabei flehte er, er müsse doch seine Zahnbürste, das Haargel für sein schütteres Haar und den Waschlappen behalten dürfen. Damit waren wir einverstanden, denn immerhin handelte es sich dabei betreibungsrechtlich um sogenannte Kompetenzstücke, welche ihm nicht entzogen werden konnten.

Dann erkundigte sich Jan nach einem Anwalt, denn durch seinen bisherigen wollte er sich nicht mehr beraten lassen. Der Betreibungsbeamte gab ihm die Adresse einer in der Nähe liegenden Kanzlei an, stieg in den Porsche und fuhr ruckend und unsicher davon. Er war Opel Fahrer und hatte normalerweise nicht so viele Pferdestärken unter seinem Hintern. Jan wackelte jetzt auf Schusters Rappen, ohne Porsche und ohne Bares, mit seinem Necessaire unter dem Arm in Richtung der angegebenen Anwaltskanzlei und ich fuhr frohlockend mit dem Lift hoch in meine Kanzlei und erklärte den anderen Anwälten, dass ich die Verrechnungssteuer nun wohl doch nicht aus der eigenen Tasche berappen müsse.

Nach ca. 15 Minuten läutete das Telephon und ich wurde mit dem Anwalt, den der Betreibungsbeamte Jan empfohlen hatte, verbunden. Dieser seufzte, Jan stehe keuchend in seiner Kanzlei und wolle den Porsche zurück haben. Ich erklärte: „Ja, ich höre sein wütendes Pusten." Die beiden Anwälte besprachen das Mandat kurz und der Kollege kam zum Schluss, dass er aus Gründen einer Interessenkollision das Mandat nicht annehmen konnte, weshalb er Jan an einen dritten Anwalt verwies. Weitere 45 Minuten später wurde ich mit einem neuen Vertreter verbunden, der erklärte, Jan stehe wutschnaubend vor ihm und wolle den Porsche zurückhaben.

Ich erklärte: „Ja, ich höre ihn schnauben und keuchen." Ich führte weiter aus: „Ihr Klient kann den Porsche sofort zurückhaben, wenn er die Verrechnungssteuer für seine Aktiengesellschaft, deren Alleineigentümer er ist, bezahlt. Ich sehe aber ein Problem bei der Mandatsübernahme durch Sie, denn Sie sind auch Teilzeituntersuchungsrichter und damit Staatsbeamter, und müssen damit jede Straftat von Amtes wegen zur Anzeige bringen. Der Verrechnungssteuerbetrug ist eine Straftat und deshalb müssen Sie Ihren Klienten jedes mal der Polizei überführen, wenn er Ihre Kanzlei betritt."

Der Gesprächspartner am anderen Leitungsende schluckte ein paarmal leer und erklärte, er rufe später noch einmal an. Nach einigen Stunden war er wieder am Apparat und erklärte:

„Im Schuldbetreibungs- und Konkursgesetz steht geschrieben, dass eine im Bezirk wohnhafte Person für den Arrestschuldner eine Garantie abgeben kann, womit diese Garantie an die Stelle der verarrestierten Gegenstände tritt. Damit müssten Porsche, Rolex und die 3000 Franken wieder herausgegeben werden."

Ich wollte wissen, wer denn diese Garantie geben würde. Die Antwort des anderen Rechtsvertreters war: „ Ich!"

Nach einigem erstaunten Zögern erklärte ich: „ Wenn Sie das machen und die Verrechnungssteuer zahlen wollen, ist mir das recht. Sie sind für mich genügend solvent. Aber sichern Sie sich vorerst ab, sonst verlieren Sie einen Haufen Geld."

Der Rest wurde zwischen dem neuen Vertreter und dem Betreibungsamten geregelt. Nach Leistung der Sicherheit durch seinen Anwalt wurden Jan die konfiszierten Besitztümer wieder herausgegeben. Hoffentlich hatte sich der neue Rechtsvertreter abgesichert. Die Verrechnungssteuer wurde bezahlt, aber nicht von mir. Jan fuhr wohl mit seiner Habe davon, wurde nicht mehr gesehen und ich trat gestützt auf die Handelsregisterverordung als Verwaltungsrat zurück.

51. Zeugnisfähigkeit und Zuverlässigkeit

Zeugen, dies ist allgemein bekannt, sind das unsicherste und unzuverlässigste Beweismittel in Zivil- und Strafprozessen. Sie können den Sachverhalt, wie er sich zugetragen hat, vermischen mit Vorstellungen, die sie sich später aneigneten, mit Moralvorstellungen, mit Dingen, welche sie im Zusammenhang mit dem Sachverhalt vom Hörensagen kennen, und so weiter. Mit der Zeit verblasst auch die Erinnerung und wird durch neue Erfahrungen überlagert. Im Idealfall sagt der Zeuge dann auch, er wisse es mehr so genau. Oft aber schwafelt er aus Verlegenheit einfach irgend etwas. Meist sagen Zeugen aber nicht wider besseres Wissen aus.

Der Richter fordert deshalb den Zeugen vor dessen Aussage auf, nur das zu sagen, was er wirklich weiss und was er direkt gesehen, gehört oder erfahren hat, und nicht, was ihm durch Hörensagen zugetragen wurde. Der Richter erklärt ihm auch, er solle ruhig sagen, wenn er etwas nicht mehr wisse. Dies sei besser als etwas Falsches zu sagen.

Wie schwierig es zum Beispiel ist, im Zustand einer Aufregung sich an etwas Bestimmtes zu erinnern, hat ein Anwalt erzählt, der vor einem Fussgängerstreifen für eine betagte Fussgängerin hielt, damit sie die Strasse überqueren konnte, während von der Gegenseite her ein Autofahrer diese überfuhr und sie schwer verletzte. Der Anwalt leistete Soforthilfe, kümmerte sich um das Opfer und regelte anfangs auch noch den Verkehr. In dieser Stresssituation bemerkte er gar nicht, dass der Unfallfahrer geflüchtet war. Nach einer Stunde, als er von der Polizei befragt wurde, konnte er das Fluchtfahrzeug nicht richtig beschreiben, weder die Marke und das Modell noch die Farbe und schon gar nicht hatte er sich die Immatrikulationsnummer des Fahrzeuges gemerkt. Er hatte kurzfristig unter Schock gestanden, leistete erste

Hilfe und war mit dieser plötzlich auftretenden Multi-Task-Situation überfordert.

Ungenaue Wahrnehmungen und Wahrnehmungslücken ergeben sich oft, wenn sich ein Vorfall nicht aufgrund seiner unmittelbar wahrgenommenen Bedeutung ins Gedächtnis einprägt, weil es sich um etwas Banales und Alltägliches handelt. So wird ein Täter, der vorher nicht aufgefallen ist, zum Beispiel vom einen Zeugen als männlich, ca. 25-jährig und 185 cm gross, vom anderen Zeugen als männlich, ca. 40-jährig, 175 gross und kahlköpfig geschildert, während der erste Zeuge sich nicht mehr an die Haartracht erinnert.

Ein türkischer Zeuge erklärte vor Gericht:

„Du mir Zunge abschneiden, wenn ich lügen. Ich Wahrheit sagen."

Keine sehr überzeugende Bemerkung, welche der Richter bei der Bewertung des Wahrheitsgehaltes der Zeugenaussage wahrscheinlich nicht berücksichtigte. Der Zeuge selbst war aber von seiner Ehrlichkeit überzeugt. Ein anderer Zeuge erklärte dem Gerichtspräsidenten gegenüber, dass der Kläger, welcher dort stehe - er zeigte dabei mit dem Finger und ausgestreckter Hand auf ihn - ihm 1000 Franken geboten habe, wenn er für ihn lüge. Ich, welcher den Kläger vertrat, wusste nicht, soll ich dem Zeugen glauben oder nicht. Ich jedenfalls wusste nichts von einer solchen versuchten Bestechung, und quittierte die Aussage erst mit einem Pokerface und dann mit einem herablassenden Lächeln, um dem Gericht ja keinen Anhaltspunkt auf eine gewisse Unsicherheit zu geben. Auch der Gerichtspräsident ging nicht gross auf die Bemerkung ein. Er wollte sich wohl nicht noch zusätzliche Arbeit in Form eines Strafverfahrens auf Anstiftung zur falschen Zeugenaussage aufladen. Er drängte auf einen Vergleich und erklärte dann als zusätzliches Argument, um seinen Vergleichsvorschlag durchzusetzen, im Falle einer Fortführung des Verfahrens müsse dann wohl auch noch abgeklärt werden, was es mit der behaupteten versuchten Zeugenbestechung auf sich habe. Auch ich hatte kein grosses Interesse, dem Wahrheitsgehalt der Aussage des Zeugen auf den Grund zu gehen und empfahl dem Klienten, dem Vergleichsvorschlag des Gerichts zuzustimmen, was dieser auch tat. Damit kam die Wahrheit, wie so häufig, nicht ans Tageslicht.

Es macht auch keinen Sinn, Zeugen beeinflussen zu wollen oder eine Instruktion oder Hauptprobe mit ihnen durchzuführen. Dies kommt meist falsch heraus, denn die Aussagen werden in der Hitze des Gefechts mit dem Gericht und vor dem Hintergrund der Ermahnung zur Wahrheit durch dieses unter Androhung einer Gefängnis- oder Zuchthausstrafe im Falle einer falschen Zeugenaussage, noch wirrer und widersprüchlicher.

Natürlich gab und gibt es vor Gericht Fälle bewusster falscher Zeugenaussagen oder Fälle des Meineides, als Zeugen noch vor Gott schwören und nicht (nur) geloben mussten. Die Zeugenaussagen sind übrigens nicht ungenauer geworden, seit Zeugen nicht mehr schwören, sondern nur noch geloben müssen. Nach einer früher teils verbreiteten Meinung konnte der Zeuge den Schwur ableiten und war dann vor Gott entlastet, wenn er die nicht zum Schwur erhobene Hand in Richtung Boden streckte und Mittel- und Zeigefinger kreuzte. Wenn er damit den Schwur wie einen Blitz ableiten und so falsch aussagen würde - so war die verbreitete Meinung - , beging er keinen Meineid. Der Gerichtsweibel ging deshalb früher jeweils mit dem Stöcklein hinter den Zeugen hin und her und schlug sie auf die Hand, wenn sie diese mit gekreuzten Fingern zum Boden gestreckt hatten.

Oft bringen Zeugenaussagen kein klares Ergebnis und sie sind so unterschiedlich, wie die Wahrnehmungen von verschiedenen Personen über denselben Lebensvorganges sein können. So wird z.B. in einer Familie der Einkaufsbummel am Samstagnachmittag in der Stadt völlig unterschiedlich empfunden und geschildert. Wenn man die einzelnen Mitglieder über das Erlebte befragt, kann der Mann aussagen, sie seien im Sportgeschäft gewesen und hätten Joggingschuhe angeschaut, die Ehefrau, ihr hätte die neueste Sommermode mit viel grün und orange in diesem und jenem Geschäft gefallen, die Tochter, sie hätte eine Zuckerwatte und Magenbrot gegessen und der Sohn, eine Kawasaki 750 ohne Auspuff hätte in der Stadt einen Riesenkrach vollführt.

Ich erinnere mich an die Zeugeneinvernahmen in einem Ehrverletzungsprozess über folgenden Sachverhalt: In der Küche von Frau A. im zweiten Stock eines Mehrfamilienhauses war eine Lampe kaputt. Sie hatte deshalb Herrn B. vom dritten Stock gebeten, die Glühbirne auszuwechseln. Später berichtete B. einem Bewohner C. vom vierten Stock, Frau A. hätte ihm, als er auf dem

Küchentisch stand, mit der einen Hand die Glühbirne einschraubte und mit der anderen Hand den Lampenschirm hielt, ans Zeug gegriffen. C. erzählte die Geschichte weiter an D. vis-à-vis und D. an E. vom Erdgeschoss ecetera bis A. wieder davon erfuhr und den Vorfall aufs Vehementeste bestritt. Nachdem es zu keiner gütlichen Einigung gekommen war, leitete A. einen Ehrverletzungsprozess ein, sie habe das nicht getan, B. habe sie verleumdet. Im Beweisverfahren wurden vorerst die Parteien A. und B. befragt. Ihre Aussagen waren, wie zu erwarten war, kontrovers. A. bestritt ihren Griff ins Gemächt von B.. B. bestätigte, A. habe sein bestes Stück umfasst. C. erklärte, B. habe ihm gesagt, A. hätte B. ans Zeug gegriffen, D. sagte, C. habe gesagt, A. hätte ihm C. ans Zeug gegriffen und E. wusste nicht mehr, wer wem ans Zeug gegriffen haben soll. Der Gerichtschreiber war nach einem Nachmittag des Protokollierens widersprüchlicher Zeugenaussagen völlig entnervt und rief E zu: „Ja wer hat jetzt wem ans Zeug gegriffen?" Letztlich war nur eines klar, nämlich dass es unklar war, wer wem ans Zeug gegriffen hatte. Ferner war unklar, ob B. oder C. gesagt hatte, A. hätte ihm ans Zeug gegriffen. Ob dieses Durcheinanders wurde das Gericht nicht schlau und wies die Klage ab. Dies zeigt, wie unzuverlässig Zeugenaussagen sein können.

52. Catch as catch can

In einer Scheidung, bei der es um viel Geld ging, bekriegten sich die Parteien nach dem Muster catch as catch can, wobei sie sich weniger am Körper packten als im entsprechenden Kampfsport, sondern vielmehr an Seele, Herz und Nieren. Sie catchten sich im figurativen Sinne. Beim Catchkampf musste nur der schnöde Mammon aufgeteilt werden. Es schien, dass sie alles wollte und er ihr nichts geben wollte, obwohl praktisch das ganze Vermögen eheliche Errungenschaft darstellte, es also vereinfacht gesagt beiden gehörte. Bei diesem Kampf kam dem Mann zugute, dass er das Geld schon lange zuvor systematisch zu verstecken begonnen hatte, zuerst vor dem Fiskus und später, als sich die Scheidung langsam abzeichnete, auch vor der Ehefrau.

Der Ehemann war ein international tätiger Geschäftsmann, der auch anderen Geschäftsleuten dazu verhalf, einen Teil ihres Vermögens vor dem Fiskus zu verstecken. Beispielsweise, indem er skandinavischen Zahnärzten Beihilfe leistete beim Anlegen von Altzahngolddepots in der Schweiz. Dabei handelte es sich um Gold aus Zähnen, welche der Erneuerung von Zahnfüllungen oder von Zahnkronen der Patienten zum Opfer fielen. Das Gold hätte eigentlich diesen gehört, denn es war ja in ihr Gebiss eingebaut gewesen. Sie waren wohl aber jeweils dankbar, wenn ihr Gebiss geflickt war und sie beschwerdefrei waren und hatten dem wenigen aus- oder abgebauten Gold nicht nachgetrauert, wenn sie davon überhaupt Kenntnis hatten. Aber auch Kleinvieh macht Mist und so hatte sich mit der Zeit bei vielen Zahnärzten eine ansehnliche Menge Gold angehäuft. Das Zahngoldgeschäft war jedenfalls eine hübsche steuerfreie Nebenerwerbsquelle gewisser skandinavischer Zahnärzte.

Der Ehemann war aber nicht nur ein tüchtiger Geschäftsmann sondern auch ein robuster Trinker, welcher sich allerdings im

Rausch oft nicht unter Kontrolle hatte. So hatte er auf einem Erstklassflug von Stockholm nach Zürich - er flog er praktisch immer erste Klasse, denn „Monkeyklasse", wie er sie nannte, war ihm zu primitiv - im Suff die Airhostessen beleidigt und einer besonders hübschen ans Gesäss gegriffen, sodass er bei der damaligen Swissair ein Flugverbot erhalten hatte und fortan mit SAS vorlieb nehmen musste. In der Nacht nach diesem Vorfall in Zürich angekommen, stieg er in seinen am Flughafen geparkten Maserati und wurde auf der Nachhausefahrt nach ca. 20 km von der Polizei wegen seiner unsicheren Fahrweise angehalten. Die Weiterfahrt erfolgte dann auf dem Rücksitz des Streifenwagens. Dabei beschimpfte er die Hüter der Ordnung laufend. Plötzlich rastete er aus und warf deren Aktenkoffer durchs geöffnete Fenster auf die Autobahn hinaus. Nach der Blutprobe musste er eine Nacht in der Zelle statt im warmen Ehebett verbringen. Er wurde bestraft wegen Sachbeschädigung und wegen Fahrens in angetrunkenem Zustand, wobei hier eher die Bezeichnung „Fahren im Vollrausch" angebracht gewesen wäre, aber diesen Straftatbestand gibt es im Schweizerischen Strafgesetz nicht.

Im Umgang mit dem weiblichen Geschlecht war er generell unsättlich und nicht zimperlich. Als seine Frau mich zwecks Scheidung konsultierte, brachte sie mir seine Schattenbuchhaltung (Keine doppelte Buchhaltung in rufschem Sinne), seine Unterlagen über Bankkonten (weisse, graue und schwarze) sowie über seine Trusts in US-Virgin Islands und Barbedos mit. Sie, ebenso schlau wie er, hatte diese heimlich gesammelt. Dazu übergab sie mir auch eine Schachtel mit Sexutensilien und Folterinstrumenten wie Stiefel, Reitgerte, Brustwarzenklemmen, Eierschrauben und viele Bilder über Travestie und Folterakte. Mit den Buchhaltungsunterlagen konnte ich - die Frau war wirklich akribisch vorgegangen - schöne Diagramme seiner verschachtelten

Firmen und Überweisungsvorgänge erstellen und auch sein effektives Vermögen einigermassen ermitteln. Und dieses Vermögen wurde dann vor Gericht dem versteuerten Vermögen in einer sauberen synoptischen Darstellung gegenübergestellt, was die Richter ebenso beeindruckte, wie die eingereichten Sex- und Folterwerkzeuge.

Das Catch as catch can wurde immer extremer, der Ehemann trank schon fürchterlich und auch die Ehefrau begann zu trinken. Sie war früher Mannequin, aber sie alterte während des Scheidungsverfahrens im Eilzugstempo. Sie rief mich täglich morgens um 7 Uhr 45 an. Über ihr Befinden befragt antwortete sie jeweils mit tiefer betrunkener Stimme: „Mir geht es beschschisssen."

Die Scheidung begann für beide Seiten aus dem Ruder zu laufen. Die Klientin lehnte sich immer mehr an mich an. Sie wollte eine Wohnung mieten, von der sie mein Büro ständig sehen konnte und ich befürchtete schon ihre permanente telefonische und optische Überwachung mit dem Feldstecher. Damals war der Terminus „Stalking" noch unbekannt. Weil sie immer von mir sprach, erzählte der Ehemann überall, seine Frau habe ein Verhältnis mit mir. Die Hauptverhandlung fand vor einem Landgericht mit Laienrichtern statt. Der Anwalt des Ehemannes erklärte dem Gericht, er habe aufgrund meiner Rechtsschriften bezüglich sexueller Praktiken einige Fremdwörter dazugelernt, aber es könne nicht sein, dass sein Klient solches praktiziere, was nicht einmal er verstanden hatte. Er selbst hätte im Fremdwörterbuch nachschauen müssen, um zu verstehen, was seinem Klienten alles vorgeworfen werde. Das Praktizieren von Perversionen müsse er mit Nichtwissen bestreiten. Der Ehemann selbst konnte darüber nicht befragt werden, denn er hatte sich aus medizinischen Gründen vom Erscheinen an der Hauptverhandlung dispensieren lassen. Vielleicht war er gerade in einer Trinkerheilanstalt.

Obwohl die Richter auch die sinistren Transaktionen des Ehemannes nicht alle vollständig verstanden haben mögen, lautete das Urteil für die Ehefrau günstig und sie erhielt hohe Unterhaltsbeiträge und einen hohen Güterrechtsanteil zugesprochen. Die Lasten waren für den Mann so hoch, dass er die ausgesprochene Scheidung faktisch nicht vollziehen wollte und die Frau war so angeschlagen, dass sie lieber bei ihrem Ex-Mann blieb, als den Rest des Lebens allein in Angriff zu nehmen. So lebten sie geschieden zusammen im Konkubinat weiter. Die Ehescheidung hatte paradoxerweise eine festigende Wirkung für das Zusammenleben des Paares. Manchmal ist es sicherer, nicht in den Hafen der Ehe ein- oder wieder auszulaufen. Die Ehe zuvor war ein Auf und Ab, und zwar nicht im Sinne einer Wellenfahrt sondern einer Erlebnisbahn mit Sturzflügen und Loopings, so wie im Film „Who is afraid of Virginia Wolf" mit Liz Taylor und Richard Burton. Das Scheidungsverfahren hatte diesbezüglich eine heilende Wirkung.

53. Trouble um verschwundene Menschen

Es bedeutet einen Unterschied ob ein Mensch von einem Schiff, in den Bergen oder zu Hause verschwindet. Verschwindet ein Mensch von einem Schiff im offenen Meer, ist der Ort des Verschwindens oft praktisch nicht eruierbar und es macht keinen Sinn, ihn lange zu suchen, denn es ist kaum anzunehmen, dass er nach Tagen irgendwo im Ozean schwimmt. Trotzdem wird sein Tod nicht sofort festgestellt und er gilt für eine Weile als verschollen. Jener Skipper, der auf der Überfahrt von Portofino nach Sassari in Sardinien von der „Argonautin", einem stolzen Zweimaster, verloren ging, und die Tochter aus einer Bankiersfamilie, die im Bermudadreieck verschwand, wurden nie gefunden und die Ursache ihres Verschwindens wurde nie geklärt, hatten sie doch beide keine Abschiedsbriefe hinterlassen. Wollte der Skipper der „Argonautin" auf der Suche nach dem goldenen Vlies ins Wasser steigen, hätte er dies ja wohl eher in der Aegäis tun müssen. Oder fiel er zufällig oder gestossen über die Reling? Fiel er überhaupt je ins Wasser? Nie wurde das geklärt. Ebenso wenig konnte in Erfahrung gebracht werden, wie die betuchte Tochter im Bermudadreieck verschluckt wurde. War dies ein weiteres ungeklärtes Phänomen aus jener magisch-furchterregenden Zone? Hatte eine dunkle Kraft sie von Bord gezogen oder hatte sie sich einige Goldbarren aus der Bank zur Beschwerung um den Hals gebunden? In ihrer Luxussuite fehlte kein goldenes Armband und kein Diamantcollier, diese war nicht von Räubern heimgesucht worden.

Die Aufklärung eines Verschwinden interessiert in der Regel einen Anwalt von Berufes wegen wenig. Seine Aufgabe ist es, die mit dem Verschwinden verbundenen Auseinandersetzungen zu führen, das heisst Versicherungsleistungen einzufordern, Erbstreitigkeiten durchzuführen, Verschollenserklärungen zu bewirken oder das

vorhandene Vermögen als Willensvollstrecker zu verwalten und zu liquidieren.
In diesen beiden Fällen ging es nicht um den Erhalt von Versicherungsleistungen, weshalb auch keine Energie verschwendet wurde abzuklären, ob es Selbstmord oder Mord war.
Im Argonautinfall fand eine Auseinandersetzung zwischen dem italienischen Staat, welcher das Schiff sequestriert hatte, weil die Schiffssteuern nicht bezahlt worden waren, der Familie des Skippers, welcher als Erbin von Gesetzes wegen Eigentümerin des Schiffes war, und die sich als rechtmässige Eigentümerin des Schiffes betrachtete und demjenigen, der das Schiff vor dem Ablegen in Portofino gekauft hatte und einen Kaufvertrag und die Zahlung eines Teils des Kaufpreises vorlegen konnte. Diese beiden Parteien führten in einem Pretendentenstreit vor einem Genueser Gericht einen Prozess über die Herausgabe des Schiffes und die zu bezahlende Sequestrationsgebühr. Dem von mir vertretenen Käufer ging, nachdem sich alles verlängert und verzögert hatte, das Geld aus und er musste nach längerem Prozess die Flügel streichen und die Argonautin den Erben überlassen.
Bei der Bankierstochter ging es um das liebe Geld. Dieses war nämlich aus Sicht der Familie nicht rentabel genug angelegt. Sie musste aber die Frist bis zum Erhalt der Verschollenheitserklärung abwarten, bis sie es verwalten und darüber verfügen konnte. Ein absolutes Desaster für die Bankiersfamilie. Denn bei dieser musste das Kapital arbeiten und durfte kein Sabbatical während der Verschollenheitszeit einlegen. Deshalb musste mit der Begründung, die Frau sei in direkter Lebensgefahr verschwunden, die kurze Frist für die Verschollenserklärung beantragt werden, was meine Aufgabe war. Diese löste ich mit Bravour und so kam die Familie ohne grössere Verzögerung an das Geld, das doch nicht ruhen darf. Denn wenn jemand arbeiten sollte, in der Bankiersfamilie, dann das Geld. Die Verstorbene selbst hatte in

ihrem Leben nicht viel getan und hatte jetzt im Bermudadreieck ihren Totenfrieden, wenn der Neptun des Bermudadreiecks sie in Ruhe liess.

*

Nicht alle Todesursachen sind so geheimnisvoll wie der Tod durch Verschwinden auf hoher See, auch wenn sie ungewöhnlich sein können. So hatte ich für einen chinesischen Kollegen aus Hongkong Abklärungen über den Verbleib eines Klienten vornehmen müssen, der bei ihm zwei Firmen domiziliert, und seit einiger Zeit die Legal fees und die Domizilgebühr nicht mehr bezahlt hatte. Sein gegenwärtiger Aufenthalt war unbekannt. Der Kollege wusste nur, dass der Kunde Schweizer war und teils in der Schweiz, teils in Australien seinen Wohnsitz hatte, wo er über 100 Hektaren Land besass. Mit dessen Beschlagnahmung wollte er einen australischen Anwalt beauftragen. Ich dagegen klärte am Orte des letzten Wohnsitzes und am Heimatort ab, wo der Klient verblieben oder verblichen war und erhielt die Antwort, dieser sei vor zwei Jahren auf einer Skitour in den Schweizer Bergen nachts abseits der Piste erfroren. Diese Mitteilung leitete ich meinem chinesischen Kollegen in folgender freier Übersetzung weiter: „Our client died a typical death of a Swiss, he froze on a Skitour in the Swiss mountains two years ago." Er hatte in der Schweiz kein Vermögen hinterlassen und seine Erben - er hatte keine Ehefrau und keine Kinder - hatten die Erbschaft in Unkenntnis seines Vermögens in Australien ausgeschlagen. Also blieb dem chinesischen Anwalt noch die Vollstreckung zum Erhalt seines Guthabens in Australien. Wie erfolgreich diese war, entzieht sich meiner Kenntnis.

*

Leichter eruierbar war das Schicksal des Mieters einer Wohnung, dessen Eigentümer aus Italien mich bat, ich möge dort nach dem Rechten sehen, der Mieter zahle seit einigen Monaten den Mietzins nicht mehr. Nachdem dieser auf telefonische und schriftliche Intervention nicht reagiert hatte, liess ich die Wohnung polizeilich öffnen. Zuerst läutete, klopfte und rief die Polizei mehrmals. Dann entschied sie sich für das schonende Eindringen in die Wohnung. Beim Aufbrechen der Tür schwappte den Beteiligten eine Woge unsäglichen Gestankes entgegen und in der Wohnung war ein infernales Durcheinander. Im Wohnzimmer klebten Kopfteile und Blutfetzen an Wand und Decke und am Boden lag eine verweste aufgedunsene Leiche ohne Kopf und daneben eine Pistole. Der Mieter hatte an einem heissen Sommertag Suizid durch Schuss in den Mund begangen und war während längerer Zeit nicht entdeckt worden Er war völlig mittellos gestorben. Der Vermieter hatte zwar ein Mietzinsdepot von ihm verlangt und erhalten, aber dieses reichte nicht aus, um die ausstehenden Mietzinse zu decken, geschweige denn, die Totalrenovation der Wohnung zu finanzieren, welche nötig wurde durch die Art des Suizides. Der Schaden für den Vermieter war, bei aller Tragik des Falles, gross.

*

Viel ästhetischer war der Freitod einer mit einem Schweizer verheirateten und hier wohnenden Asiatin, nachdem sie von diesem verlassen worden war und durch meinen Kollegen die Scheidungsklage eingeleitet hatte. Sie war an einem Dezemberabend verschwunden, wurde in der Nacht von Freunden gesucht und am frühen Morgen in einer Obstplantage tot gefunden. Die Polizeiphotos zeigten sie in einem weissen durchsichtigen

Nachthemd, das von einem leichten Taufrost überzogen war, das aber hauchdünn war und die Konturen ihres zierlichen Körpers durchscheinen liess. An den Ärmeln hatten sich von den ersten Sonnenstrahlen Tautropfen gebildet, welche im Widerschein der Sonne perlten. Die zarten Zweige der Niederstämmer waren mit gefrorenem Raureif überzuckert, welcher in der Morgensonne langsam schmolz, was die Tautropfen wie goldener Topaz brillieren liess. Auch ihr schönes schwarzes Haar war teilweise vom Morgentau überzogen und ihr Gesicht war blass wie Schnee. Ein leichter Morgendunst zog über den Obstgarten und das Gras war vom Raureif weiss überzogen. Sie sah aus wie Schneewittchen nach dem Biss in den vergifteten Apfel. Leider gab es hier, als sie nach der polizeilichen Untersuchung eingesargt und aufgehoben wurde, keine Auferstehung durch Auswurf des Giftapfels, wohl weil der Bestatter nicht stolperte. Der Polizeifotograf hatte die äusserst tragisch-schöne Stimmung mit künstlerischem Talent eingefangen. Das Ganze erweckte in mir die widersprüchlichsten Gefühle. War ihr Schicksal für sie so tragisch, so strahlte das Bild ihres Totenfriedens eine unheimliche Ästhetik aus. Mit ihrem Freitod endete das Scheidungsmandat des Kollegen. Der Noch-Ehemann musste die Schlussrechnung bezahlen, denn er war solidarisch haftbar für ihre Schulden, die Erbschaft hatte er nämlich nicht ausgeschlagen. So profan war der Ausgang ihres Schicksals.

54. Generalversammlungen und Sitzungen des Verwaltungsrates

Das Schweizerische Aktienrecht hat den Vorteil, dass Generalversammlungen nicht am Sitze der Gesellschaft und nicht in Anwesenheit eines Notars abgehalten werden müssen, wenn keine Statutenänderung oder Sitzverlegung vorgesehen ist. - Anders ist dies zum Beispiel in Österreich der Fall, wo ein Notar anwesend sein muss. - Diese Freiheit kann dazu führen, dass bei gutem Geschäftsgang die Generalversammlungen in kleinen Aktiengesellschaften, sogenannten KMUs (kleineren und mittleren Unternehmungen), auch anlässlich eines Ausfluges in lockerer Atmosphäre abgehalten werden können. Dies ist in meinem Berufslebens einige Male geschehen. Über das Ambiente einzelner solcher Sitzungen soll hier, selbstverständlich unter Geheimhaltung der Namen der Firmen und des Inhaltes der Traktanden, berichtet werden.

Trocken bei den Generalversammlungen der hier beschriebenen Firma waren allenfalls der Champagner, normalerweise „Veuve Cliquot", und das Sprünglikonfekt, welche zur Beschlussfassung jedes Traktandums kredenzt wurden, ansonsten ging es überschwenglich zu, namentlich, weil der Geschäftsgang dieser Hightechfirma sehr erfolgreich verlief. Mit der Öffnung des Champagners durfte nicht bis zum letzten Traktandum gewartet werden, denn der Geschäftsgang war so heiß, dass die Kehlen jeweils eine entsprechende Abkühlung brauchten. Die Diskussionen über die Gewinnverwendung war jeweils locker und Décharge (Entlastung) konnte immer ohne Bedenken erteilt werden.

Nachher fand jeweils ein lukullisches Abendmahl in einem Gourmettempel statt unter Ausklang im Dunstschwall einer

Davidoff oder Montecristo, die lukullischen gingen langsam in dionysische Genüsse über und die Generalversammlung verlegte sich nach Mitternacht in eine Bar, wo die Teilnehmer vollends ausschweiften, was aber nie traktandiert worden war und auch nie protokolliert wurde, weil der Protokollführer den Überblick über die Sitzung vollends verloren hatte. Einmal wurden ihm nach einer solchen Sitzung die Socken eines Verwaltungsratsmitgliedes überbracht, welches diesen in der Hitze des Gefechts am Orte des letzten Aufenthaltes verloren hatte. Es muss ein Sommertag gewesen sein, denn es bemerkte den Verlust auf dem Nachhauseweg nicht.

*

Es stellt für einen Anwalt ein besonderes Glück dar, wenn er Verwaltungsrat einer Genussmittelfirma wird. Einmal wegen der Naturalgaben oder Bhaltis, wie der Schweizer in der Branche sagt. Ich hatte dieses Glück und wurde nach solchen Sitzungen von meiner Familie jeweils mit Ungeduld erwartet, weil ich jeweils mit Naturalgaben reich beschenkt zurückkehrte. Schön war aber auch das besondere Ambiente, in welchem die Sitzungen dieser Unternehmung oft stattfanden. Einmal wurde eine Generalversammlung auf einer Gourmetreise im Hofe eines Schlosses in der Steiermark abgehalten. Am Vorabend waren die Beteiligten auf einer der beiden steirischen Weinstrassen unterwegs, haben verschiedene Hügel mit Ausflugsrestaurants, Buschenschenken und Jausen besucht, reichlich Steirischem Wein zugesprochen und sich dabei die Unterschiede zwischen Birkhühnern und Auerhähnen erklären lassen, von denen einige ausgestopft auf Schränken standen, nebst Häuptern von Hirschen, Gemsen und Steinböcken, welche an die Wänden genagelt waren und uns beim Genuss von Rehpfeffer mit ihren Glasaugen

vorwurfsvoll ansahen. Wein und Essen waren von feschen steirischen Madeln in traditionellen Trachten aufgetragen worden. In einer der Jausen war der VIP der Gruppe von der rotbäckigen Wirtin in flauschigem Dirndl überschwenglich begrüsst worden: „Jo des is jo dä Heär Professoär, soans grüast. Scho longe hob i se net gseän. Dös is abä scheen. Dos letztä Mol woas im Fearnsehn, dos i se gesehn hob. Na kommn se räin, soans willkommn, die Heän. Wos wollen den eesn."
Und schon rotierte das ganze Haus. Bei so würdigen Gästen war höchste Konzentration in Küche und Schenke angesagt. Eine angemessene Hektik entwickelte sich in der sonst sehr gemütlichen fast verschlafenen Jause, aber der Gaumenspass war hervorragend und die Bedienung steirisch warmherzig. Die jungen Damen tischten die besten Köstlichkeiten aus dem Weinkeller auf und die Aufwartung, welche der Gruppe zukam, war der dort abgehaltenen Verwaltungsratsitzung zur Einleitung der Generalversammlung am nächsten Tag würdig. Aber es war wie erwähnt nicht die einzige Jause, welche die Gruppe besuchte, die Weinstrasse wurde immer länger und ebenso der Tag, der Abend und die Gesichter der Verwaltungsräte und nur langsam, spät in der Nacht löste sich die Versammlung auf und die Mitglieder verzogen sich in die Heia.
Am nächsten Morgen kam die Generalversammlung entsprechend langsam in Schwung, wenn überhaupt von Schwung gesprochen werden konnte. Sie entwickelte sich mit zunehmender Dauer zur Strapaze, weil die Köpfe und die Blasen den Teilnehmern mehr Sorgen bereiteten als die Traktanden selbst, weshalb immer wieder nach „Tempi utili" verlangt wurde und Pausen einzulegen waren, damit die Gesellschaft beschlussfähig blieb. Zum Glück war Tenueerleichterung angesagt worden und die Teilnehmer hatten ihre Krawatten schon nach der Begrüssung ausgezogen. Auch wurde reichlich dem Kaffee und dem von vielen benötigten

Nikotin zugesprochen. Aber nichtsdestotrotz, die Sitzung dauerte eine gefühlte Ewigkeit, obwohl die Traktandenliste weder von der Länge noch von der Bedeutung her von besonderem Gewicht war. Und immer, wenn Beschlüsse gefasst werden mussten, hatte der Präsident zu warten, bis sich wieder ein beschlussfähiges Quorum am Versammlungstisch befand. Dies nicht zuletzt auch deshalb, weil der Herr Professor ein sehr wichtiger und gefragter Mann war und immer wieder am Festnetz und am Handy verlangt wurde.

*

Trockener und formeller waren die Generalversammlungen einer Firma in Paris, welche in Anwesenheit von mir als Präsidenten, des Directeurs, des Maître Comptable, des Commissaire aux Comptes, des Vertreters sämtlicher Aktionäre und der Pariser Anwältin am Sitze der Gesellschaft durchgeführt werden musste. Das Protokoll und die Beschlussfassung waren vorher durchgesprochen worden, damit keine Überraschungen ins Haus stehen würden. Mein Hinflug erfolgte jeweils mit der ersten Maschine am Morgen der Versammlung. Die Sitzung dauerte jeweils 2 Stunden, worauf ich, nachdem den betreffenden Organen Quitus oder Décharge erteilt worden war, zum letzten, wichtigsten und nicht auf der Tagesordnung stehenden Traktandum, dem gemeinsamen Mittagessen oder besser Nachmittagsessen einlud. Jeder der Anwesenden konsultierte seine Agenda und stellte fest, dass er rein zufällig erst gegen den späteren Nachmittag hin eine wichtige Sitzung hatte, was aber keinen Teilnehmer davon abhielt, nebst einem fünf oder sechs Gänger (letzteres mit amuse bouche) auch reichlich verschiedenem Flüssigen in diversen Farben unterschiedlichen Alkoholgehalts zuzusprechen. Darauf ging es für mich wieder zurück nach Charles de Gaulle ins Flugzeug und für die anderen Mitglieder der Generalversammlung gemäss Agenda an die weiteren wichtigen Sitzungen, wenn denn dem so war, vielleicht aber auch an den Fussballmatch von Paris Saint Germain.

*

Exotischer waren die Generalversammlungen, welche in einer Firma eines Schweizerisch/Spanischen Joint Ventures meist entweder in Palma de Mallorca oder Malaga stattfanden. In Palma deshalb, weil man nach Malaga nicht am Tage der Sitzung hinfliegen und danach gleich wieder zurückfliegen konnte, während dies in Palma mit dem Hub von Air Berlin möglich war. Die Versammlungen in Palma waren meist hektisch und fanden in Schnellimbissrestaurants am Flughafen statt in entsprechend nüchterner Atmosphäre, unterbrochen durch die ständigen Ansagen im Flughafen, welche in Spanien noch üblich waren: „Senoras y Senores Passageros...".
Wenn die Sitzungen in Malaga stattfanden, traf man sich schon am Vorabend bei gemütlichem Essen in einem der guten Speiserestaurants an der Rambla oder am Wasser und genoss den Ausklang des Abends mit einem Jerez medio seco.

Die statutarische Geschäftssprache an den Sitzungen war Englisch. Aber schon nach dem zweiten oder dritten Satz sprachen die Schweizer Schweizerdeutsch und die Spanier Castiliano oder Valenciano und ich musste simultan übersetzen, das Protokoll auf Englisch schreiben und teilweise die Verhandlung führen. Dies manchmal während acht bis zehn Stunden, während denen bestenfalls ein Sandwich vertilgt und Unmengen Kaffee getrunken wurden. Dabei hielt der spanische Vorsitzende meist lange Monologe, unterbrochen durch Anrufe auf sein Handy, während denen dann die anderen Teilnehmer zu Wort kamen. Der weibliche

Finanzdirektor der Gruppe, eine herbe kunstblonde spanische Schönheit, der man allerdings schon ihre 20-jährige Kettenrauchgewohnheit ansah, rechnete und rauchte den ganzen Tag, schrieb auf ihrem Laptop und ergriff das Wort nur in den kurzen Redenspausen ihres Vorgesetzten, welcher mich punkto Grösse, Stolz und Körpersprache an die spanische Komikfigur Costa y Bravo aus „Asterix bei den Spaniern" erinnerte. Die Sitzungen zogen sich wegen unsäglicher Monologe und Palavers unnötig in die Länge und, wenn es zur Beschlussfassung kam, war die Versammlung meist nicht beschlussfähig, weil irgend ein Mitglied telefonierte oder ausserhalb des Flughafens oder im Raucherzimmer seiner Sucht nachging. Meist wurden die Sitzungen doch erfolgreich beendet. Fand sie an nur einem Tag in Palma statt, so musste ich am Morgen auf den ersten Flieger hasten, eine neunstündige Sitzung abspulen, während der ich hauptsächlich spanisch sprach und nachher wieder auf den letzten Flieger rennen. Meist kam ich dann um elf Uhr abends nach Hause, sprach mit meiner Frau nur spanisch und leerte bis Mitternacht eine Flasche Faustino, um meine aufgekratzte Seele wieder zu beruhigen.

*

Ähnlich verliefen die Sitzungen einer italienischen GmbH in Arona am Lago Maggiore. Während die italienischen Teilnehmer des Englischen nicht mächtig waren, sprachen die Deutschen und Amerikaner kein Italienisch und ohne meine Übersetzungshilfen hätte an den Sitzungen ein babylonisches Sprachengewirr geherrscht, wenn auch die Bilanzzahlen für alle Anwesenden verständlich waren.
Angenehm war jeweils der Sitzungsausklang in einem Speiserestaurant entweder in Arona, auf einer Höhe über dem

Lago Maggiore, oder auf der Isola Pescatore und der Isola Madre bei Stresa, im abendlichen Sonnenschein bei einem feinen Grappa Barolo.

55. Das Au-Pair-Mädchen aus der Westschweiz

Ein Au-Pair-Mädchen ist eine junge Hilfskraft im Haushalt, welche auch nach den Kindern schaut und Familienanschluss hat. Das Mädchen, dessen Schicksal hier beschrieben wird, hatte sich aufgrund eines Inserates in der Wirtezeitung gemeldet und erwartet, es komme in einen Wirtehaushalt mit Kindern in der Ostschweiz. Die Unschuld aus der ländlichen Westschweiz hat mit Sicherheit nicht daran gedacht, au Pair hätte mit Paarung zu tun, als sie mit dem letzten Zug am anderen Ende der Schweiz ankam. Sie hatte von der Paarung auch keine Ahnung, aber das sollte sich bald ändern.

Das Unheil brach schon über sie herein, als sie in den letzten praktisch unbesetzten Bummelzug kurz nach elf Uhr einstieg, der einzige weitere Passagier an ihr Gefallen fand, ihr an die Brust griff, sein Glied aus dem Hosenstall kramte und sich zu ihrem Entsetzen vor ihr befriedigte. Am übernächsten Bahnhof wurde sie von ihrer neuen Hausmutter abgeholt, oder besser gesagt von ihrer Puffmutter, weil es nämlich kein gewöhnlicher Haushalt mit Kindern war, in dem sie ihre Au-Pair-Arbeit antreten sollte. Sie wurde an ihren neuen Arbeitsort gebracht. Die Puffmutter, eine ca. 50-jährige Wasserstoffsuperoxid- oder -peroxidbombe mit österreichisch-schweizerischem Akzent, der bei jedem als „oa" ausgesprochenem „ei" (statt „weisch" „woast") steirische Wurzeln offenbarte, wies sie in ihr neues Quartier ein. Erst wunderte sich das Au-Pair-Mädchen über die schummrige rote Beleuchtung in ihrem neuen Wohnbereich, die Nacktbilder in allen Zimmern sowie die vielen Spiegel an den Decken über den Betten und die herumliegenden Utensilien, die so gar nicht zu dem gehörten, was sie aus dem Haushalt ihrer Eltern kannte, nämlich Reitgerten, Peitschen, Brustklemmen, Cowboyhüte und -stiefel mit Sporen,

Lederdessous und, in einem schwarzen Zimmer, Masken und ein grosses schwarzes Kreuz mit Lederriemen an jedem Kreuzbalken. Ein Licht ging ihr erst auf, als sie Sexspielzeuge, Penisse und Dildos in allen Grössen und Farben sah. Als sie dann die Speisekarte vorgesetzt bekam, wurde ihr vollends klar, dass sie nicht mit kleinen Kindern, sondern mit grossen Gliedern zu spielen hatte und jetzt lernen musste, wie sie den Appetit der Männer auf die Angebote in der Speisekarte anregen sollte. Auf der Speisekarte waren nicht Amuses Bouches à la Phantaisie du Chef de cuisine, hors d`oeuvres, Hauptspeisen, Desserts und Getränke aufgeführt, sondern Gunstdienstleistungen wie einfaches Handaufoder -anlegen für 50 Franken, französisch mit oder ohne Gummi, 100 Franken respektive 200 Franken, 69 für 200 Franken, eine Stunde für 350 Franken, oder Folterkammer, ab 500 Franken.
Beim ersten Kunden wurde es dem Mädchen schon das erste Mal schlecht und es musste sich nach dem Vollzug des „Dienstes am Herrn" übergeben. Beim zweiten Kunden war die junge Frau entsetzt, denn er war 85 Jahre alt, also 67 Jahre älter als sie, und nie hätte sie davon geträumt, sich sexuell mit einer Person einzulassen, welche ihr Urgrossvater hätte sein können. Auf ihr ungläubiges Nachhaken, ob seine Altersangabe denn wirklich wahr sei, zückte er voller stolz seine Identitätskarte und übergab sie ihr zur Überprüfung. Als sie entsetzt reagierte, zeigte er voller Stolz auf seine noch strotzende Kraftwurzel und forderte sie auf, diese in den Griff zu nehmen, was sie voller Widerwillen tat. Sie fand ihn scheusslich, noch scheusslicher als den ersten Kunden. Und so ging es weiter im Text in dieser Nacht. Sie im roten, die Puffmutter im schwarzen Zimmer. Nach drei Uhr wurde sie für den Rest der Nacht im roten Zimmer eingesperrt. Sie war äusserst verzweifelt und wollte fliehen. Durch die Tür konnte sie nicht entwischen. Da blieb nur das Fenster. Vom dritten Stock versuchte sie über das Garagendach zu fliehen. Frühaufsteher in der

Nachbarschaft sahen sie am Fenstersims hängend und avisierten die Polizei, welche sofort im Streifenwagen heranfuhr, das Mädchen aus seinem Martyrium befreite, auf den Polizeiposten mitnahm und es mit Hilfe einer Übersetzerin befragte. Die Puffmutter wurde noch zu früher Stunde verhaftet und bekam einen meiner Partner als amtlichen Verteidiger zugeteilt. Das Mädchen wurde wieder seinen Eltern zugeführt, welche hoffentlich den nächsten Au-Pair-Platz des Mädchens sorgfältiger auswählten. Die Puffmutter wurde der Freiheitsberaubung, Nötigung zur Unzucht und Kuppelei schuldig gesprochen und verurteilt und das Etablissement „Au plaisir" wurde geschlossen.

56. Mit den Herren Rüdisühli und Dibeli in London

Die zwei Herren waren, wie schon ihre Namen vermuten lassen, alles andere als weltgewandt, wiewohl Herr Rüdisühli bereits einen Sprachaufenthalt in England hinter sich gebracht, der aber keinerlei Früchte in sprachlicher Hinsicht getragen hatte. Den entscheidenden taktischen Fehler hatte er begangen, als er am ersten Abend das Swiss Center besuchte, statt einen englischen Pub oder einen jamaikanischen Club und statt einer Einheimischen aus Croydon oder einer Exotin aus der Karibik eine Appenzellerin traf, eine kurze Beziehung während seines Aufenthaltes mit ihr einging und mit ihr Konversation im heimatlichen Idiom und anderes trieb, was für seine Englischkenntnisse nicht förderlich war. Er blieb dadurch im ihm bereits bekannten Kulturkreis gefangen. Der Englandaufenthalt war damit zwar durchaus erbaulich, aber zum Bildungsurlaub wurde er nicht. So blieb für ihn das „Proficiency" ein Buch mit sieben Siegeln. Und so musste er sich, als er später als Geschäftsmann mit seinem Partner einen Alleinvertriebsvertrag für Produkte einer englischen Firma abschliessen wollte, eines Anwaltes und Übersetzers bedienen. Die Aushandlung der Verträge auf Englisch verbunden mit einer Reise nach England war angesagt und so musste ich die Herren begleiten.

Die Verhandlung fand zu einem Zeitpunkt statt, da die Swissair noch ein Vorzeigeunternehmen war, zu Höhenflügen ansetzte, als zwar vom „Landing" der Flugzeuge aber noch nicht vom Grounding der Unternehmung gesprochen wurde. Es war auch die Zeit, da das Schengener Abkommen noch nicht in kraft war und es noch Identitätskontrollen gab. Innerhalb Europas reichte die Identitätskarte zwar als Ausweis aus, aber auf den britischen Inseln bedurfte es der Vorzeige eines Reisepasses. Aber das wussten die beiden Geschäftsleute nicht oder der Englandgereiste hatte dies vergessen und ich war zwar auf schwierige Verhandlungen und Übersetzungen gewappnet, betrachtete meinen Job aber nicht als „bonne pour tout". Meine Reisevorbereitung und Beratung bezog sich auf das Fachliche. Ich ging davon aus, dass Herr Rüdisühli die Einreisevorschriften in England kannte. Auch die Swissair hatte sich nicht versichert, ob die Passagiere den Bestimmungen genügten, obwohl dies ihre Aufgabe gewesen wäre. So traten wir drei Herren die Reise nach London guter Dinge und voller Zuversicht an. Beim Grenzübertritt erlebten wir aber eine gehörige Überraschung, als der Customs Officer erklärte, Rüdisühli dürfe nicht einreisen, da er keinen Reisepass vorweisen könne. Wir mussten beiseite treten und wurden ins Immigrationoffice komplimentiert, wo eine längere Verhandlung begann. Der Station Manager von Swissair wurde herbei beordert und erhielt eine Standpauke, weil die Swissair den Passagier ohne genügenden Ausweis befördert hatte. Die Airline musste eine Busse von 2500 britischen Pfund bezahlen. Erst lautete der Entscheid, dass Rüdisühli mit dem Retourflug der Swissair zurück in die Schweiz fliegen müsse. Dann setzte ich zu einem längeren Plädoyer an, bei dem ich betonte, dass Rüdisühli und Dibeli an diesem Tag wichtige Verträge abschliessen müssten, dass dies unbedingt heute sein müsse und dass sie am selben Abend, mit dem letzten Swissairflug zurück in die Schweiz fliegen würden, wofür sie ein OK für den Flug hatten. Sie hätten keinerlei Absicht, in England unterzutauchen und würden sich während des Aufenthaltes absolut korrekt verhalten.

Der stellvertretende Officeleiter liess sich nach langem Hin und Her durch diese Argumente erweichen und erteilte formell eine Tagesbewilligung für den Arbeitsaufenthalt von Rüdisühli. Die Swissair musste die erwähnte Busse zahlen, - zum Kurs von damals 2.5 waren das über 6000 Franken - und wir drei Englandreisenden waren erleichtert und konnten einreisen. Dr. George hatte seine erste Schlacht des Tages gewonnen und fast schon sein Honorar gerechtfertigt gehabt. Auf der Fahrt von Heathrow in die Stadt im Londoner Cab fühlte sich Rüdisühli dann schon fast wie zu Hause und schwärmte von vergangenen Londoner Zeiten, welche ihm offensichtlich durch die Appenzellerin versüsst worden waren. Die Stimmung vor der Verhandlung war denn auch ausgezeichnet. Der Empfang im Headoffice des Geschäftsführers war formell englisch höflich und die Verhandlungen schritten dank meiner Simultanübersetzung zügig voran. Die Parteien hatten sogar noch Zeit für einen Lunch in einem nahegelegenen chinesischen Restaurant, bei dem Rüdisühli und Dibeli ungelenk mit den Chopsticks im gedämpften Reis herumstocherten und die Sticks beim Essen der Springrolls im Reis stecken liessen, als wären sie Weihrauchstäbchen vor einem Grab oder in einem buddhistischen Tempel. Ein absolutes No Go in Asien, welches aber ausser mir niemandem aufzufallen schien oder höflich übersehen wurde. Allein, dem Verhandlungserfolg tat diese Unbeholfenheit keinen Abbruch und am späteren Abend konnten wir mit einem unterschriebenen Alleinvertriebsvertrag in bester Laune die Heimreise antreten und wurden mit dem Tagesdokument von Rüdisühli auch anstandslos durch die Passkontrolle gewunken.

Der Vertrag wurde später von den englischen Partnern gebrochen, weil sie offenbar einen gewandteren Vertreiber gefunden hatten. Für Rüdisühli und Dibeli war die Führung eines Prozesses gegen die Vertragsbrecher eine Schuhnummer zu gross und sie verzichteten auf Einleitung eines Prozesses.

*

Nicht immer wurde am Zoll auch schon vor dem Inkrafttreten des Schengener Abkommens so rigoros kontrolliert und so bürokratisch vorgegangen. So fuhr ein amerikanischer Geschäftsführer einer internationalen Firma, in welcher ich Verwaltungsratspräsident war, nur mit dem Schweizer Ausländerausweis mit dem Zug nach Genf und von dort nach Savoyen, wo er auf französischem Boden an einer Sitzung teilnahm, danach flog er von Genf mit dem Flugzeug nach Paris, wo er einem nächsten Meeting beiwohnte und von dort nach Zürich, wo er das erste Mal am Zoll angehalten und freundlich ermahnt wurde. Der Grenzbeamte erklärte ihm geduldig, dass er das nächste Mal seinen amerikanischen Pass dabei haben müsse, wenn er die Grenze übertrete. Er wurde aber anstandslos wieder in die Schweiz hereingelassen.

57. Von Dirnen, die das (Stoff-)Herz nicht am rechten Fleck tragen

Ein Nachtclubbesitzer hatte immer wieder Probleme mit den Behörden wegen der Bekleidung seiner Tänzerinnen. Die Bekleidungsvorschriften waren im Gesetz nicht genau geregelt. Viel lag im Ermessen der zuständigen Behörden. Die eine war toleranter und die andere strenger. Auf der Bühne oder am vertikalen Reck war die totale Nacktheit erlaubt, nicht aber im Bereich des direkten Umgangs mit den Clubbesuchern. Die Ausübung des Geschlechtsverkehrs oder die Befriedigung mit Instrumenten hingegen war auch auf der Bühne verboten. All dies wurde aber nicht laufend und nicht besonders rigoros kontrolliert und vieles oblag auch der Selbstkontrolle der Nachtclubbesitzer, welche naturgemäss lax war, denn je mehr Frischfleisch gezeigt wurde, umso grösser war der Andrang der Konsumenten. So wurde die Minimalvorschrift, die Servicerinnen müssten beim Servieren und beim Sitzen auf dem Schoss ihres Champagnerspenders mindestens ihre Scham bedeckt halten, oft von diesen unterlaufen, indem der Gast das Herzchen, welches ihre Scham verhüllte, an die linke Brust rückte, um den sich freie Sicht und freie Bahn auf das Delta der Venus zu verschaffen. Im Falle einer behördlichen Kontrolle war das Herzchen sofort wieder dort, wo es eigentlich hingehörte, oder, war die Scham durch ein Feigenblatt verdeckt gewesen, fiel dieses wieder in ihren Schoss, womit es nichts zu beanstanden gab.
Bei kleineren Verstössen wurden Bussen oder Verwarnungen ausgesprochen. In einem von mir betreuten Fall wurde eine sofortige Clubschliessung angeordnet. Aber der Nachtclubbesitzer eröffnete ein anderes Lokal mit einer sittlicheren oder besser gesagt weniger unsittlichen Geschäftspolitik. Die gegenseitige

Befriedigung zweier Tänzerinnen mit Entenfedern auf der Bühne wurde nur mit Verwarnung geahndet und zog keine weiteren Konsequenzen nach sich.

Bedeutend strenger waren die Kleidervorschriften in einer Stadt. Der Stadtpräsident hatte persönlich mit seiner Juristin einen Besuch angekündigt. Ich hatte mich darauf erkundigt, was verlangt würde, und die Kleidervorschriften wurden vorher besprochen. Die Serviererinnen hätten mindestens eine bikiniähnliche Bekleidung zu tragen, wie dies auch im örtlichen Schwimmbad der Fall sei, hiess es. Vor der Besichtigung wurde eine Hauptprobe abgehalten, welche gelang. Die Bikinis waren anständig und sauber, was nicht unbedingt dem Geschmack der Gäste, wohl aber jenem des Stadtpräsidenten entsprechen würde. Und so verlief denn auch der Augenschein mit diesem und seiner Juristin reibungslos. Es wurde im Entscheid nichts beanstandet und die Kontaktbar konnte weitergeführt werden. Inwieweit die Kleidervorschriften dann in den Chambres separées und im oberen Stock eingehalten wurden, entzieht sich meinen Kenntnissen.

*

An einem Winterabend bei starkem Schneefall besuchte ein Untersuchungsrichter in Polizeibegleitung eine Kontaktbar und wähnte sich im Schwimmbad, als er auf den Barstühlen sechs Brasilianerinnen antraf, welche bekleidet waren, als sässen sie an der Copacabana oder in Ipanema. Sie nippten an tropischen Fruchtsäften oder warteten mit den Händen im Schoss auf dessen Aktivierung durch ankommende Freier. Mit dem Untersuchungsrichter hatten sie nicht gerechnet. Auf dessen Frage, was sie hier täten, antworteten sie, sie seien hier in den Ferien, quasi im Badeurlaub. Eine Ausrede, die zwar ihrem erlaubten Status als Touristinnen in der Schweiz entsprochen hätte, aber angesichts von Ort, Jahreszeit und Bekleidung absolut unglaubwürdig war. Sie waren ganz offensichtlich zu

Erwerbszwecken hier, nämlich zur Ausübung des ältesten aller Gewerbe, wofür sie das erforderliche Visum nicht besassen. Dies hatte zur Folge, dass der Untersuchungsrichter sie, nachdem sie klimagerecht angezogen waren, mitnahm, in Untersuchungshaft versetzte und nach Abhörung abschieben liess ins tropische Brasilien, wo ihre Barbekleidung angepasster war. Die Frauen waren ganz einfach zur falschen Zeit am falschen Ort. Im Januar passte ihr Outfit ganz sicher an einen brasilianischen Strand aber nicht in den schweizerischen Winter.

58. Die fliegende Porschebrille

Als die Eigentümerin in ihr neu gebautes Einfamilienhaus einzog, war die Nachbarsfamilie, welche seit Jahren vor dem Haus eine Volière besass, gewarnt. Die Neusiedlerin war schon an ihrem früheren Wohnort, wo sie Mieterin war, bekannt dafür, dass sie gerne zankte. Eine ihrer Spezialitäten war es, beim Passieren mit ihrem Kinderwagen den Abstand der Autos zum Strassenrand zu messen. Entsprach dieser nicht den Vorschriften, schrieb sie die Kontrollschildnummern auf und meldete diese unverzüglich der Polizei oder rief die Eigentümer an und beschimpfte sie, sie könne mit dem Kinderwagen kaum passieren. Der Ruf, sie sei streitsüchtig, eilte ihr voraus.

Stein des Anstosses an ihrem neuen Wohnort waren nicht falsch geparkte Autos, denn mittlerweile waren ihre Kinder aus dem Kinderwagenalter entwachsen und gingen bereits zur Schule, sondern die Vögel der Nachbarin in der Volière. Es waren keine Singvögel. Für solche hätte sie vielleicht mehr Verständnis gehabt. Musikgehör hatte sie durchaus, sang sie doch im Kirchenchor ihrer evangelikalen Religionsgemeinschaft mit. Die Volière war aber hauptsächlich mit Beos bevölkert, welche durchaus auch schön singen können, wenn sie durch die Umgebung musisch inspiriert sind. Aber die Volière befand sich nicht in der Nähe ihrer Kirche, wo sie vielleicht mit in ein „Grosser Gott wir loben dich" eingestimmt hätten. Nein, sie befand sich in der Nähe eines Feuerwehrdepots und der Polizeiwache, womit die eindrücklichsten Geräusche, die sie ständig wirklichkeitsgetreu nachahmten, Sirenen von Feuerwehrautos und Streifenwagen waren. So wurde die neue Nachbarin tagsüber laufend in ihrer andächtigen Ruhe gestört und erschreckt: „Ist schon wieder ein Brand ausgebrochen oder hat sich schon wieder ein Unfall

ereignet? Nein, es sind die vermaledeiten Beos, die wieder stören." So kam es laufend zu Streitereien zwischen den Frauen und auch die Hecke, die langsam zwischen den Grundstücken heranwuchs, vermochte nicht die nötige Distanz zu schaffen, denn sie war ein löchriger Sichtschutz und schon gar kein Schutz gegen Lärmimmissionen. So kam es bei den Heckenlücken immer wieder zu verbalen und, als die neue Nachbarin diese mit der Schere zurechtstutzte, so behauptete sie, zu tätlichen Auseinandersetzungen. Die neue Nachbarin beschimpfte zuerst die Vogelbesitzerin, worauf diese erklärte:
„Du hast einen Vogel, nicht ich!".
Die Beschimpfte fuchtelte darauf mit der Heckenschere vor dem Gesicht ihrer Gegnerin herum, worauf die Vogelmutter nach Aussage der Nachbarin dieser den Besen, den sie gerade in der Hand hielt, über den Kopf zog, sodass deren Porschesonnenbrille wegspickte, auf dem nahen Birnbaum landete und zerbrach. Die Fehde erreichte ihren Höhepunkt, als die Porschebrillenbesitzerin gegen die Vogelmutter Strafanzeige wegen Körperverletzung, allenfalls Tätlichkeit und Sachbeschädigung erhob und behauptete - so stand es zumindest im Polizeirapport -, die Vogelbesitzerin hätte mit dem Besen so stark zugeschlagen, dass die Porschebrille auf einen Baum geflogen sei.
Die Gerichtsverhandlung, bei welcher ich die Volièrenbesitzerin vertrat, stand ganz Zeichen der Marke Porsche. So fuhr ich mit meiner Klientin im Porsche zum Verhandlungsort. Die Anwälte legten vor Gericht ihre unterschiedlichen Positionen dar und ich wies als Vertreter der Beschuldigten insbesondere auf folgendes hin: „Es stimmt zwar, dass die Parteien gestritten haben. Der Streit hat mit der Drohung der Vogelhasserin mittels Heckenschere ihren Höhepunkt erreicht. Die Bedrohte hat aber keinen Besen in der Hand gehabt, sondern sie ist verängstigt abgezogen. Die Schilderung, wonach die Vogelmutter ihr einen Besen über den

Kopf gezogen habe, worauf die Porschebrille auf einen Baum geflogen sei, ist völlig unglaubhaft. Porsches könnten selbst bei 200 Sachen nur tief fliegen, was ich aus eigener Erfahrung weiss und auch Porschebrillen folgen dem Gesetz der Schwerkraft und fallen von der Nase auf den Boden und nicht auf einen Baum. Deren Besitzerin hat beim Fuchteln mit der Heckenschere die Kontrolle über sich und ihr Gleichgewicht und dabei ihre Porschebrille verloren und muss darauf getreten sein. Deshalb ist sie auch zerbrochen. Dies kann nicht beim Flug auf den Baum und der dortigen relativ weichen Landung geschehen sein. Eine Tätlichkeit und eine Sachbeschädigung liegt daher nicht vor."

Die Papagena wurde vom Gericht freigesprochen. Der wahre Sachverhalt war, wie so oft, wenn es keine Zeugen gibt, nicht zu ermitteln. Aussage stand gegen Aussage. Papagena und ich fuhren mit dem Porsche wieder nach Hause. Papagena flog dabei fast, beflügelt durch ihren Erfolg. Der Porsche flog tief. Die zwei streitbaren Frauen lebten fortan weiterhin in Zwietracht nebeneinander und die Beos haben ihr Repertoire nicht erweitert und auch inskünftig keine Kirchenmusik gesungen.

*

Vögel können also durchaus Ursache von Reibereien im vorstehenden Fall von Nachbar-, hier aber von Ehestreitigkeiten sein. Eine Ehefrau hatte von ihrer Familie im Rahmen eines Erbvorbezuges ein idyllisches Einfamilienhaus in Obstgärten am Waldrand geerbt und das kinderlose Paar zog aus seiner Stadtwohnung aufs Land. Während die Gemahlin die neue Idylle in vollen Zügen genoss, hatte der Gatte, ein Musiker, der abends jeweils als Alleinunterhalter auftrat, Mühe mit der Angewöhnung an die neue Geräuschkulisse. Motorenlärm und Reifenquietschen blieben ihm vertrauter als morgendlicher Gesang der Singvögel am Waldrand. Le retour à la nature gelang bei ihm nicht. Vor allem des frühen Morgens, wenn er sich nach seinen musikalischen

Höhenflügen im Stil des Musikantenstadels ins Bett legte, liess ihn der Gesang der Nachtigall aus dem Wald und der Lärche von der Flur nicht einschlafen und gönnte ihm die schichtbedingt verschobene Nachtruhe nicht. Offensichtlich passte die Musik des Musikantenstadls eher zum Strassenlärm als zum Gesang von Nachtigall und Lärche. Letztendlich zog er aus dem ehelichen Haus aus und die Ehefrau leitete durch mich das Scheidungsverfahren ein. Gestritten wurde nicht um Kinder und Tiere, sie hatten keine, nicht ums Haus und das Vermögen, dieses gehörte ihr, sondern nur um den Hauptpunkt, die Ehe war - unter anderem wegen der Vogelgesänge - tief und unheilbar zerrüttet. Sie wurden relativ rasch geschieden.

59. Bauernsohn heiratet Thailänderin

Dort, wo der Bauernsohn die Thailänderin kennengelernt hatte, bahnen sich normalerweise keine Ehen, sondern nur Schäfer(halb)stündchen gegen Bezahlung an. Die Thailänderin wurde anfangs gelegentlich von ihm besucht. Mit der Zeit und der immer höheren Frequenz seiner Besuche, wurde sie zu seiner Lieblingsmasseuse. Es entwickelte sich eine Beziehung zwischen den Beiden und schliesslich führte der Bauernsohn sie zum Traualtar. Damit endete auch die Phase der bezahlten Liebesdienste oder besser gesagt, sie wurde kurzzeitig unterbrochen. Das junge Brautpaar zog noch am Hochzeitstag in die obere Wohnung auf dem elterlichen Bauernhof ein, was einen krassen Tapetenwechsel für die junge Ehefrau bedeutete. Zwar stammte sie ursprünglich auch aus ländlichen Verhältnissen, aber ihre Eltern waren hauptsächlich Taglöhner und nur nebenbei Kleinbauern und sie hatte schon sehr früh in der Stadt ihr eigenes Brot erarbeiten müssen.

Die Ehe war, was die Kinderproduktion betraf, durchaus fruchtbar und die Kadenz der Fruchtfolge konnte es fast mit jener im elterlichen Bauernhof aufnehmen. So gebar die Thailänderin in den ersten drei Jahren ihrer Ehe jeweils ein Kind. Auch schien sie im bürgerlichen Leben angekommen zu sein. Beide Eheleute gingen einem geregelten Erwerb nach. Sie arbeitete in einem Industriebetrieb als Hilfsarbeiterin, er auf dem Hof. Der Schwiegervater brachte sie bei seinen Fahrten mit dem Traktor zur Käserei am Morgen jeweils zum nahegelegenen Bahnhof, damit sie den Zug zum Arbeitsplatz im nächsten Städtchen erreichen konnte. Sie fror im Winter und im Sommer, wenn sie auf dem Hinterradkasten des Traktors sass und die Temperatur nicht 20 Grad erreichte. Sie war sich an kaltes Wetter nicht gewöhnt. Sie empfand das Leben auf dem Bauernhof zunehmend als langweilig und ihre Abhängigkeit von den Grosseltern, welche auch die Kinder während ihrer Arbeitszeit hüteten, als immer belastender. Aus Frustration und, weil es in der Nähe des Bauernhofes keine Mode- und Juweliergeschäfte gab, studierte sie Mode- und Schmuckkataloge und bestellte wahllos Schmuck, welcher ihr in die Augen stach, Schmuck vom Diamanten bis zum Trompetengold. So ging ihr Lohn als Fabrikarbeiterin weitgehend drauf und der Ehemann musste sämtlichen ehelichen Kosten allein tragen, was in der jungen Ehe zu immer heftigeren Streitigkeiten führte, bis sie ausriss und einen neuen Wohnsitz und Arbeitsplatz in einem Massagesalon bei einer Thailänderin in der nächsten Grossstadt fand. Die Kinder überliess sie derweil ihrer Schwiegermutter.

Der Ehemann, welcher sie immer noch liebte und sie zurück haben wollte, machte sich auf, sie zu suchen. Er vermutete, dass sie wieder in ihrem angestammten Beruf arbeiten würde und begann, an Wochenenden mit Exkursionen auf Freiers Füssen in der Grossstadt. Er besuchte wieder thailändische Massagesalons und fragte die jeweils Gefreite nach seiner Ehefrau. So war er einige Wochen mit seiner Suche beschäftigt und lernte dabei wieder eine Vielzahl einschlägiger Institute kennen, bis er durch Zufall auf seine Frau an ihrem neuen Arbeitsort stiess und die zwei sich bei einem ausgedehnten Schäferstündchen wieder fanden, für welches der Bauernsohn den von der Puffmutter verlangten Preis bezahlte. Das Schäferstündchen verlief zwar harmonisch, aber die Ehefrau liess sich auch nach diversen Besuchen ihres Gatten nicht mehr zur Rückkehr auf den Bauernhof erweichen. Vor allem war ihr auch die mühselige Arbeit als Fabrikarbeiterin, bei der sie sich abrackern musste, zuwider. Da musste sie sich im Massagesalon doch viel weniger schinden.

Nach einigem Bedenken und langem Hin und Her leitete der Ehemann schlussendlich die Scheidung ein und die Thailänderin suchte mich in meiner Kanzlei auf. Sie fuhr mit dem Zug zum ersten Anwaltstermin und beklagte sich bei mir, dass man in der Schweiz nicht mal ungestört von Blicken der Männer Zug fahren könne. Dies verwunderte mich nicht sonderlich, denn sie trug, obwohl es Spätherbst war, hautenge Hotpants, welche ihre Pobacken buchstäblich ausstellten und ihren Schritt deutlich abzeichneten. Sie stakste in Lackstiefeln, die übers Knie reichten, mit hohen Absätzen umher und ihr griffbereites Handy sass in einer Art Pistolentasche, welche an einem Maschinogurt mit goldener Gürtelschnalle hing. Ihre hautenge Bluse erlaubte dem Betrachter gerade soviel Durchblick, dass ihm nicht ganz klar wurde, ob er das, was er wahrnahm, sah oder phantasierte. Auf ihrem Gesicht war die branchenübliche aufreizende Kriegsbemalung aufgetragen und ihr Haar war aufreizend gestylt. Die Intaktheit ihres Auftritts liess nicht vermuten, dass sie am frühen Morgen schon einen Kunden bedient hatte. Sie sah aus wie eine etwas kurzbeinigere etwas billigere Variante von Lara Croft. Sie räkelte sich vor mir, als wolle sie mich verführen, aber ich ging nicht darauf ein. Sie erklärte nach der Sitzung, sie wolle die Heimreise per Autostopp antreten, damit sie den Männerblicken nicht mehr derart ausgesetzt sei. Ich hoffte nur, dass der sie mitnehmende Autofahrer der Verkehrssicherheit zuliebe den Blick auf den Strassenverkehr und die Hand am Steuer belassen würde.

Die Hauptverhandlung wurde vorbereitet. Die Frau verlangte die Zuteilung der Kleinkinder an sie und angemessene Unterhaltsbeiträge, weil sie vorübergehend nicht mehr ihrem Gewerbe nachgehen würde, bis die Kinder etwas grösser wären und sie eine Nanny, eine aus dem Gewerbe Ausgestiegene, finden würde. Am Tage der Hauptverhandlung holte ich die Frau am Bahnhof ab. Ich hatte ihr empfohlen, sich dezenter zu kleiden, wenn sie Unterhaltsbeträge erhalten wolle. Dies tat sie. Allerdings hatte sie einen Grossteil des Gold- und Trompetengoldschmuckes, welchen sie vom Versandhandel bestellt hatte, an oder umgehängt und sie sah aus wie ein Jugendstilchristbaum. Ich erklärte ihr, sie solle diesen ausziehen und in die Handtasche legen, sonst denke das Gericht, sie sei nicht bedürftig und spreche ihr keinen Unterhaltsbeitrag zu. An der Verhandlung wurde vor allem übers Geld gestritten. Der Ehemann und sein Vertreter erklärten, dass sie in ihrem angestammten Beruf viel verdienen könne und übrigens am Morgen auf dem Bahnhof goldbehängt aus dem Zug ausgestiegen sei, was ich natürlich bestritt und erklärte, sie könne mit drei Kindern nicht als Dirne arbeiten. Dafür hatte das Gericht Verständnis und es sprach ihr und den Kindern angemessene Unterhaltsbeiträge zu.

Nach einem halben Jahr fragte mich der Gerichtspräsident bei einer Gelegenheit einmal, ob der Bauernsohn der Thailänderin die Unterhaltsbeiträge bezahle. Er hätte nicht gedacht, dass er dies tun würde und sei erstaunt gewesen, dass ich diesen nie betrieben und vor Gericht nie Rechtsöffnung verlangt hatte. Ich antwortete, meine Klientin hätte eine viel bessere Lösung gefunden, als laufend das Gericht zu beanspruchen. Eine win-win-win-win Lösung, wie man in der Wirtschaft sagen würde. Ich erklärte ihm, der Bauernsohn zahle zwar die Unterhaltsbeiträge nicht, aber er übe jeden Sonntag sein Besuchsrecht aus und wolle dabei mit ihr geschlechtlich verkehren. Dies erlaube sie ihm nur gegen Zahlung jeweils eines Viertels der monatlichen Unterhaltsbeiträge. So komme sie zu ihrem Unterhaltsgeld, der Ehemann müsse für den wöchentlichen Dirnengang nicht noch zusätzlich Geld ausgeben und ich und die Behörden und Gerichte würden nicht mit Inkassoaufgaben und gerichtlichen Auseinandersetzungen belästigt. Dies sei auch eine verfahrensökonomisch gute Lösung. Der Gerichtspräsident schmunzelte zustimmend, wenn er dabei auch gedacht haben mag, gerade konventionell sei die Lösung nicht. - Man muss aber auch im Anwaltsberuf hin und wieder kreativ sein, wobei hier festgestellt sei, dass ich meine Klientin nicht zu dieser Art Inkasso angestiftet hatte sondern sie selber darauf kam, als der Bauernsohn Postmatrimonial mit ihr verkehren wollte. - So endete, was mit bezahlter Liebe begann, im Hafen der Ehe zwischenlandete, wieder im Verkehr beim Austausch von Körpersäften gegen Geld, wobei nicht ganz geklärt wurde, was die Causa der Geldleistung war, Unterhaltszahlung oder Dirnenlohn. Hauptsache: Jeder war zufrieden - Sex der Mann - Geld die Frau - keine unnötige zusätzliche Arbeit für Behörden, Gericht und Anwalt, win – win – win – win.

60. Feurige Eifersucht unter Latinas

Die Dominikanerin hatte ihre Karriere als Stripteasetänzerin hinter sich gebracht, einen Schweizer geheiratet, war Mutter und Hausfrau geworden und schien glücklich, eine bürgerliche Existenz aufgebaut zu haben. Aber ihr Ehemann konnte es nicht lassen, auch während der Ehe weiterhin in Nachtclubs nach Abwechslung zu suchen, auch wenn das Budget ehebedingt nun kleiner war. Die eherne Regel des Boxsports: „they never come back", galt bei ihm nicht, wie so oft bei Kunden des ältesten Gewerbes. Sonst hätte dieses wohl nicht bis zum heutigen Tag überdauert. Männer bleiben oft auch nach der Heirat gegenüber Reizen anderer Frauen anfällig und geben ihnen nach. Ewig lockt das Weib oder, die Katze lässt das Mausen nicht. So war der Ehemann wieder einmal am Mausen, während die Ehefrau den Haushalt machte, die Kinder hütete und sich am Abend allein ins Bett legte. Die Ausflüge des Ehemannes waren in letzter Zeit immer intensiver geworden und er wurde immer öfter rückfällig, und bald wusste die Frau auch, dass er sich verliebt hatte und wo sie ihre Widersacherin zu suchen hatte. Als er wieder einmal eine Nacht ferngeblieben war, beschloss sie frühmorgens, ihn in flagranti zu ertappen, packte ein Küchenmesser in ihre Handtasche, rief ihre dominikanische Freundin an, sie solle auf die Kinder aufpassen, nahm das erste Postauto und fuhr zum Hotel, wo das Cabaret untergebracht war. Da sich dort keine Réception befand, ging sie durchs ganze Haus und öffnete aufs Geratewohl die Zimmertüren, welche nur teilweise verschlossen waren. Sie hatte Glück, als sie in ein Zimmer trat. Während die Schlafenden im Bettdeckengewühl kaum identifizierbar waren, erkannte sie die Hosen und den Pullover ihres Mannes und brüllte hysterisch, worauf eine dunkelbraune Üppigkeit, offensichtlich eine

Brasilianerin, aufsprang und sich nackt mit vollem Busen vor ihr aufplusterte, während ihr Ehemann unter die Decke glitt. Die zwei Wildkatzen begannen sofort, sich anzufauchen, sich immer lauter zu beschimpfen und an den Haaren zu reissen. Dabei gruben sie ihre kunstnagelverstärkten Krallen sich gegenseitig ins üppige Fleisch. Am Schluss erlitt die Brasilianerin mehrere Stichwunden an Hals, Brust und Bauch, das Blut spritzte und es entstand ein riesiges Durcheinander im Zimmer. Die Nachbarinnen waren durch den Lärm aufgeschreckt worden und alarmierten die Polizei. Während dessen versuchte der Ehemann, sich unter der Decke unsichtbar zu machen, was ihm nicht gelang, weil die Ehefrau diese wutschnaubend wegriss, worauf er im Adamskostüm versuchte, ein Handtuch zu ergattern und sich in der Toilette einschloss. Ein gründlich missratener Kavaliersrückzug angesichts des Desasters, das er mitverantwortet hatte.

Vor dem Untersuchungsrichter schilderte die Dominikanerin, welche von mir vertreten war, auf die Frage, wie es zur Messerstecherei kam, sie wisse das nicht. Auf dessen Frage, ob sie nicht ein Messer mitgebracht habe, es behändigt und zugestochen habe, gab sie zur Antwort, sie und ihre Gegnerin hätten sich geschlagen. „Plötzlich ist ein Messer dagewesen, woher und wie weiss ich nicht, und plötzlich ist Blut gespritzt", flunkerte sie. Letztendlich musste sie aber zugeben, dass es sich beim Messer um eines ihrer Küchenmesser handelte und dass sie es mitgebracht hatte in der Absicht, es auch zu verwenden. Der Ehemann sagte nichts dazu, gab aber zu, dass er seine Liebhaberin weder vor seiner Frau, noch diese vor jener geschützt hatte und nicht dazwischengetreten war. Die Kollateralschäden seiner Eskapaden liessen ihn offensichtlich kalt.

Die Ehefrau wurde wegen Hausfriedensbruchs und vorsätzlicher schwerer Körperverletzung verurteilt. Die Liebhaberin hatte im Strafverfahren Schadenersatz geltend gemacht, da sie für geraume

Zeit nicht mehr tanzen und ihre nackte zerstochene Haut nicht mehr zur Schau tragen und zudem den Freiern nicht zu Diensten stehen konnte. Diese Schadenersatzklage wurde, was den entgangenen Gewinn mit den Freiern anbelangte, mit der Begründung abgewiesen, dass der entgangene Dirnenlohn ebenso wenig einklagbar sei wie der Dirnenlohn selbst. Der Ehemann war zweifach gestraft. Zum einen war die Brasilianerin für ihn während geraumer Zeit unpässlich und zum andern belasteten die Busse und die Verfahrenskosten die eheliche Haushaltskasse erheblich. Dass dies ihn aber dazu bewegt hat, von künftigen Seitensprüngen abzusehen, ist kaum anzunehmen und entspricht nicht meinen Berufserfahrungen.

61. Eine verdorbene Familie

Die Mutter, 35-jährig, korpulent und ziemlich hässlich, Zeitungsverträgerin mit achtjähriger Tochter und sechsjährigem Sohn, hatte auf dem Inserateweg einen 40-jährigen Bayern kennengelernt, der kurz zuvor aus dem Gefängnis entlassen worden war, wo er eingesessen hatte, weil er eine 80-jährige vergewaltigt hatte. Sie war mythologisch gesprochen keine Helena und er war kein Adonis, nein, sie waren betreffend Aussehen beide das pure Gegenteil. Aber, die Parteien hatten zu einander gefunden und bald zog er bei ihr ein. Weil die Mutter am frühen Morgen Zeitungen vertrug und am Tag als Putzfrau arbeitete, wurden die Kinder oft vor und nach der Schule von der Grossmutter, welche einen Freund hatte und einen Schäferhund besass, betreut und sie schliefen manchmal auch dort. Aber die Grossmutter erzählte ihnen, anders als man meinen würde, nicht aus Gebrüder Grimm, Schneewittchen, Rotkäppchen und Hänsel und Gretel, nein, sie sahen drei Stunden am Tag fern, und, wenn die Grossmutter und ihr Freund in ihrem Zimmer oder ausser Haus waren, schauten sich die Kinder auch hin und wieder einen Pornofilm des Freundes der Grossmutter an, was, wie ich kürzlich von einem Gerichtspräsidenten gehört hat, heutzutage nicht mehr aussergewöhnlich ist. Heute werden Pornofilme wie Doughnuts und Big Macs konsumiert.

Seine erste sexuelle Erfahrung machte das Mädchen mit dem Schäferhund der Grossmutter. Wenn sie sich jeweils vor dem Ins-Bett-gehen in ihrem kurzen Nachthemd am Stubenbuffet räkelte, befeuchtete der Schäferhund sie mit seinen Nüstern und Lefzen zwischen den Beinen, klemmte ihren kleinen Körper zwischen seine Vorderläufe und vollzog rhythmische Bewegungen an ihr. Kurz, die Erziehung bei der Grossmutter war nicht geeignet, den Kindern Mores zu lehren. Auch von der Mutter konnten sie diesbezüglich nicht viel profitieren, denn diese überliess schon am Vorabend die Erziehung dem privaten oder öffentlichen Fernsehen, während sie, die frühaufstehende Zeitungsverträgerin, sich schon früh mit ihrem Freund in die Federn zurückzog um den Abend ihrem eigenen Vergnügen zu widmen.

Nach einiger Zeit berichtete die Tochter Mutter und Tante von sexuellen Übergriffen des neuen Freundes auf sie und, als die Mutter mit dem Freund einmal Streit gehabt hatte und von diesem geschlagen und arg zugerichtet worden war, erhoben Mutter und Tante Strafanzeige wegen Unzucht des Freundes mit einem Kind. Die Polizei verhaftete ihn und er wurde in Untersuchungshaft genommen. Der Untersuchungsrichter hatte in diesem Fall sehr Mühe mit der Unschuldsvermutung, denn, wer eine 80-jährige vergewaltigt, ist auch in der Lage, eine Achtjährige zu verführen, so dessen Logik. Einem Gerontophilen ist auch Pädophilie zuzutrauen. Der Freund wurde als sexueller Omnivorent, als Allesfresser verdächtigt.

Ich wurde als dessen amtlicher Verteidiger bestellt und sah mir die Akten an. Ebenso meine Sekretärinnen, welche diese kopieren mussten. Am meisten interessierten diese die Tataufnahmen. Der Täter schien gemäss den Photos ein derartiger Unsympath zu sein, dass er gestützt darauf fast schon vorverurteilt werden musste und die Freundin sah auf den Bildern aus wie eine dicke Pflaume, welche mit ihrem schon zuvor dicken Gesicht durch die Vermöbelung noch zusätzlich aufgedunsen war. Ein Elendsgesicht, das bedauernswert aussah.

Die Befragung des Mädchens durch die Polizistin und die Jugendpsychologin ergab dann aber, dass dessen Aussagen unglaubwürdig waren. Dass es vor allem aus Rache und Eifersucht den Freund der Mutter bezichtigt hatte, dass Mutter und Tante noch ein wenig dazu gedichtet hatten und an der Unzucht mit einem Kind nichts dran war. Die Tochter musste sich anderswo für ihre Aussage inspiriert haben. Der Freund wurde aus der Untersuchungshaft entlassen. Die Anklage implodierte und ausser heisser Luft war nichts gewesen. Das Liebespaar traf sich nie wieder. Die Anklage wurde reduziert auf vorsätzliche einfache Körperverletzung, denn, „dies schleckte keine Geiss weg", die Schwellung am Mund der Mutter und die Veilchen um ihre Augen, waren nicht beim Liebesakt mit ihrem Freund entstanden. Die Strafe, die er dafür bekam, war eine Busse.

62. Gruppenvergewaltigung

Vier Männer aus Südosteuropa suchten spät am Abend einen Nachtclub heim, nicht in der Absicht, dort vier Tänzerinnen zu einem Cüpli oder einer Flasche Champagner einzuladen. Sie waren gross, kräftig und sahen grobschlächtig aus. Einer, ein Riese mit Vollbart, bekleidet mit einem Overall, der einem Kampfanzug glich, hatte eine Pistole bei sich und zückte sie beim Eintritt ins Lokal. Sofort rannten die meisten Mädchen, die zu solch später Stunde noch arbeiteten, in ihre Zimmer oder in die Damentoilette, denn sie ahnten nichts Gutes. Zurecht, wie sich herausstellen würde. Die Besucher hatten einen spöttischen Gesichtsausdruck, während sie den Nachtclub durchkämmten und sich ein Mädchen aussuchten. Die meisten hatten fliehen können. Nur die Barmaid, eine zierliche Kolumbianerin, war in ihrer ovalen Bar in der Mitte des Nachtclubs gefangen geblieben, hatte keine Rückzugsmöglichkeit und die Wahl der Unholde für ihr Opfer fiel zwangsläufig auf sie. Ihr wurde noch erlaubt, die Kasse und die Bar abzuschliessen. Dann ging es mit „Begleitschutz" der vier Männer im Auto auf eine ca. 60 km lange Fahrt zu deren Wohnort. Dort trafen sie in der Stube ein Paar und einen Mann an. Die zierliche Kolumbianerin wurde kurz darauf vom Alphatier, dem Pistolenträger, in ein Schlafzimmer geführt, wo sie ausgezogen und vergewaltigt wurde. Nach vollzogener Tat, war das Betatier dran, dann das Gammatier dann Delta und am Schluss Epsilon, der fünfte Mann, der in der Stube gewartet hatte. Der Vergewaltigungsakt lief nach strengem Ritus ab. Zuerst wurde fünfmal ein Vaginalakt, dann fünfmal ein Analakt und dann viermal ein Oralakt vollzogen, viermal, weil der Täter, welcher, wie dies aus der Strafuntersuchung später hervorging, nur einen Hoden hatte, nicht mehr mithalten konnte. Nach jeder Runde musste die Kolumbianerin unter Aufsicht baden und ihr jeweils benutztes Organ unter Benutzung des Duschstrahls gründlich waschen. Dies wohl nicht in erster Linie aus hygienischen Gründen. Offensichtlich hatten die Barbaren schon mal etwas von der Ermittlung von DNA-Spuren gehört. Der Badeakt diente der Spurenverwischung.

Gegen Morgen, nach 14 Akten - nur der Eineiige hatte wie erwähnt den letzten ausgelassen -, nach dem letzten gründlichen Bad, wurde die Kolumbianerin von ihrem Martirium erlöst. Einer der Täter, nämlich jener, welchen ich später als amtlicher Vertreter verteidigen musste, brachte sie am Morgen im Auto zum nächsten Bahnhof, zahlte ihr das Retourticket und küsste sie zum Abschied intensiv auf den Mund. Auch die Penetration seiner Zunge liess sie teilnahmslos und schicksalsergeben über sich ergehen, erlöst, da sie von ihrer Marter befreit war.

Die Täter wurden trotz Verwischung ihrer DNA-Spur rasch gefunden. Ihre Autonummer war von Nachbarn des Nachtclubs aufgeschrieben und der Polizei gemeldet worden. Verschiedene Zeuginnen aus dem Club und das Opfer erkannten die Täter im Vorführtest hinter der einseitig verspiegelten Glasscheibe sofort wieder. Das Opfer hatte ein schweres Trauma erlitten und musste danach die Qual der Untersuchung über sich ergehen lassen und lange Fragen zum Tathergang beantworten, bei denen es den ganzen Albtraum noch einmal erlebte. Dann kam die Hauptverhandlung, wo sich das Ganze noch einmal wiederholte. Zu seinem Schutz sass es nicht im Gerichtssaal, sondern in einem Nachbarraum, der zum Gerichtssaal geöffnet, aber nicht einsehbar war, so dass es die Originalstimmen der Täter hören konnte, deren Bild aber von der Kamera live in ihren Nebenraum übertragen wurde. Die Täter, jeder durch einen amtlichen Verteidiger vertreten, traten zum Teil arrogant auf, fühlten sich auch vor Gericht immer noch stark und einige verhöhnten Gericht und Opfer. Namentlich das Alphatier zeigte überhaupt keine Einsicht.

Die Täter brachten zu ihrer Verteidigung vor, die Frau habe auch Spass am Sex gehabt. Das Alphatier erklärte, die Frau sei eine Hure und der Ort, wo sie sie aufgegriffen hätten, sei ein Puff. Der Angeklagte, der von mir vertreten wurde, erklärte zu seinen Gunsten, er sei mit der Frau freundlich gewesen, habe sie zum Bahnhof gefahren und ihr die Rückfahrkarte geschenkt. Zudem habe das Ganze versöhnlich geendet, indem sie ihm einen Abschiedskuss gegeben habe.

Die Barbaren wurden zu sehr langen Gefängnisstrafen verurteilt. Sie erhielten Zuchthausstrafen von 15, 14, dreizehn, zwölf und elf Jahren. Der Täter, der von mir vertreten war, kam mit der mildesten Strafe von elf Jahren davon, wohl deshalb, weil bei ihm noch ein Hauch von Menschlichkeit zu spüren gewesen war und weil er Reue gezeigt hatte, was bei den anderen Tätern nicht der Fall war.

63. Eine Taubstumme und ein Pakistani geben sich das Ja-Wort

Ein Zivilstandsbeamter auf dem Lande kam in arge Bedrängnis vor der Herausforderung folgenden Heiratsversprechens: Eine taubstumme Schweizerin und ein Pakistani wollten heiraten. Dafür mussten sie sich, so sieht das Gesetz es vor, das „Ja"-Wort geben. Der Zivilstandsbeamte war mit der Heirat nicht einverstanden mit der Begründung, die Taubstumme sei viel zu alt für den Pakistani und dieser wolle sich nur den Aufenthalt in der Schweiz erschleichen. Er weigere sich, sie zu verheiraten. Die Taubstumme könne auch nicht „Ja" sagen, also könne sie nicht heiraten und auch der Pakistani könne ja kein Deutsch, auch deshalb verheirate er sie nicht. Als Anwalt, welcher das Paar vertrat, erklärte ich ihm, dass der Pakistani ein wenig Deutsch lernen könne, sodass er „Ja" sagen könne und die Taubstumme könne ihre Zusage konkludent durch Kopfnicken, durch „Ja"-Schreiben oder durch einen Laut, der dann vielleicht wie „Chchchaa" töne, zum Ausdruck bringen. Wichtig sei doch nur, dass die beiden bei ihm ihren Ehewillen bekunden würden, aber wie sie dies täten, sei unwichtig. Er solle doch mit dem Zivilstandsinspektorat sprechen, ich mache grundsätzlich keine Rechtsbelehrungen für Zivilstandsbeamte.
Dieser erklärte, es sei einfach eine Sauerei, wie die Ausländer sich an ältere Frauen heranmachen würden, nur um sich den Aufenthalt in der Schweiz zu verschaffen. Ich erwiderte, die Frau sei doch gar nicht so alt. Sie war 36 und er 20. Das Bundesgericht hätte kürzlich den Entscheid einer Kantonalen Behörde aufgehoben, mit welchem die Heirat eines 21-Jährigen mit einer 78-Jährigen abgelehnt worden war. Sie hätten danach heiraten dürfen. Um ihn positiv zu stimmen, erzählte ich ihm auch noch den lustigen Nebeneffekt, welcher diese später vollzogene Ehe dann hatte. Ich

war nämlich Verwaltungsrat in der Firma, wo der 21-jährige arbeitete. Sein Familienname war Kohl. Der Name der 78-jährigen Frau Gemahlin war Blumer. So nannten ihn seine Arbeitskollegen den Blumenkohl. Wir verabschiedeten uns lachend. Ich war in zuversichtlicher Stimmung. Nach einer Woche rief der Zivilstandsbeamte wieder an und erklärte, er werde nach Rücksprache mit dem Inspektorat das Paar nun doch trauen. Also konnte es nun glücklich in den Hafen der Ehe einlaufen und Dr. George hatte seinen Auftrag erfüllt.

Die Ehe hat dann allerdings die Behörden mehr beschäftigt als die meisten anderen Ehen, insofern war mein Sieg ein Phyrrussieg. Nach einigen Jahren kam ein hübsches Knäblein zur Welt. Weil die Eltern nicht in der Lage waren, es ohne Hilfe zu erziehen, schaltete sich bald die Vormundschaftsbehörde ein und es wurde zur Betreuung bei Pflegeeltern platziert. Die Eltern hatten immer wieder Streit mit diesen und der Vormundschaftsbehörde. Dabei wurde ich jeweils beigezogen. Jeder warf dem anderen vor, er erziehe das Kind falsch. Zum Eclat kam es, als das Knäblein erklärte, der leibliche Vater komme an den Besuchswochenenden zu ihm ins Bett und stecke ihm manchmal ein Stecklein in den Hintern. Dies tue weh. Der Vater bestritt dies und erkärte, er sei nicht pervers, habe seine Frau und eine Freundin, bei denen er sexuelle Befriedigung finden würde. Zwei Stunden vor der vorgeworfenen Tatzeit sei er noch bei seiner Freundin gewesen und habe mit ihr verkehrt, sei nach Hause gekommen, müde ins Bett gefallen und neben seiner Frau eingeschlafen. Ein medizinisches Gutachten ergab, dass das Knäblein am Anus verletzt war. Ein kinderpsychologisches Gutachten stellte fest, dass die Verletzung vom Vater und nicht vom Pflegevater stammen musste. Der Vater bestritt. Es kam zur Hauptverhandlung. Er verschwand zwei Tage davor auf Nimmerwiedersehen und wurde zu sechs Jahren Zuchthaus verurteilt. Die Flucht wurde mit als Indiz gewertet, dass er die Tat begangen hatte. Er ist nie mehr aufgetaucht und blieb verschwunden.

64. Der Geistheiler und der vietnamesische Mörder

Ein Vietnamese, 19-jährig, suchte einen Geistheiler und Hellseher auf, da er psychische Probleme hatte. Er hatte Ängste in der Nacht und sah sich von Geistern, „ma", wie die Vietnamesen sagen, verfolgt. Er war im kommunistischen Vietnam aufgewachsen, aber die Bevölkerung auf dem Lande war nicht atheistisch, sondern sie war teils buddhistisch, vorwiegend aber auch animistisch geprägt, glaubte an böse Geister und auch er dachte, er sei von bösen Geistern besessen. Er war klein, zierlich und ein netter Junge. Der Geistheiler war ein grosser, kräftiger Mann und 73 Jahre alt. Sie hielten wöchentlich eine Sitzung ab, aber der Zustand des Patienten verbesserte sich nicht, obwohl er viel Geld in die Praxis des Geistheilers trug, welches er von der Krankenkasse nicht zurück erhielt. Irgendwann gingen ihm Geld und Geduld für die Heilung aus und er beschloss, die Therapie abzubrechen.

Einige Monate später, sein Zustand hatte sich nicht gebessert, traf er zufällig seinen Therapeuten an einem Samstagabend in der Bar eines Viersternhotels. Er setzte sich zu ihm und dieser lud ihn zu einem Drink ein, zu noch einem und noch einem, während sie unter anderem über seine Probleme sprachen. Gegen Mitternacht hatte der Geistheiler die Idee, sein früherer Patient könnte sich anschliessend einer Exorzismussitzung bei ihm zu Hause unterziehen und lud ihn auf einen weiteren Drink zu sich zu Hause ein. So geschah es. Der Geistheiler holte eine Flasche Weisswein aus dem Keller und dann noch eine. Dann unterbreitete er den Vorschlag, sie könnten zusammen einen Sexfilm schauen, was dem Vietnamesen nicht unrecht war. Die Sexszenen wechselten sich ab. Vorerst wurden heterosexuelle Szenen gezeigt, später homosexuelle und bald machte sich der Exorzist am Hosenstall des

Vietnamesen zu schaffen. Dieser wehrte sich und flehte, er solle aufhören. Der Hellseher wiederholte die Hosenschlitzattacke zweimal, bis der Vietnamese ein Messer aus der Gurttasche entnahm, es aufschnappen lies und wie von Sinnen auf den Hellseher einstach. 53 Messerstiche wurden bei der Autopsie im Gerichtsmedizinischen Institut festgestellt. Die Todesursache waren zwei bis drei Stiche ins Herz und in die Aorta.

Der Vietnamese wurde in der Strafuntersuchung psychiatrisch begutachtet und es wurde eine erheblich verminderte Zurechnungsfähigkeit festgestellt. Die Hauptverhandlung fand vor grossem Publikum statt, denn der Geistheiler war auch als Hellseher eine bekannte Persönlichkeit, welche in der Öffentlichkeit auftrat. Der Strafantrag des Staatsanwaltes lautete auf drei Jahre unbedingt, wegen der verminderten Zurechnungsfähigkeit des Angeklagten, eine Strafe, welche das anwesende Publikum dem Raunen noch als zu kurz bemessen befand, denn es betrachtete den Vietnamesen als Mörder.

Ich schilderte vorerst die zwei Persönlichkeiten. Den Hellseher, als einen gross gewachsenen stattlichen und selbstbewussten Mann, 85 Kilo schwer, in weiten Kreisen angesehen und bekannt. Er hatte erheblichen Einfluss auf den unsicheren jungen Vietnamesen ausgeübt. Dieser war 168 cm gross, wog 55 Kilogramm, war jung, etwas retardiert, unsicher und labil und hatte Wahnvorstellungen. Er stand zudem in einem starken Abhängigkeitsverhältnis zu seinem ungewöhnlichen Therapeuten und war am Abend der Tat zudem stärker alkoholisiert als dieser, einmal wegen seines erheblich geringeren Körpergewichts und des weiteren, weil Asiaten zufolge eines Enzymmangels den Alkohol weniger gut ertragen als Europäer. Zudem war er vom Therapeuten offensichtlich unter dem Vorwand in dessen Wohnung gelockt worden, es finde eine weitere Behandlung statt, dabei ging es diesem aber nur darum, den Jungen zu verführen. Dann wurde er vollends abgefüllt und mit dem Sexvideo gelockt. Erst bei den homosexuellen Szenen und, als der grosse Täter sich über ihn hergemacht habe, sei er sich seiner wehrlosen Situation bewusst geworden. Er habe das Unheil noch abzuwenden versucht, indem der den Geistheiler gefleht habe, er solle von ihm lassen und klar erklärt habe, er willige nicht ein in Sex. Doch dies habe alles nichts genützt, weshalb ihm nur der Ausweg der Notwehr geblieben sei.

Ich stellte dem Gericht zum Vergleich die Situation eines jungen Mädchens bei der gynäkologischen Untersuchung dar, welches plötzlich und unerwartet von Gynäkologen unsittlich betastet und bedroht wird. Es nimmt das Skalpell, das auf dem Beitisch liegt und sticht zur Abwehr, nachdem es ihn vorgewarnt hatte auf ihn ein und er stirbt. Dann stellte ich dem Gericht, drei Männern und zwei Frauen, die rhetorische Frage: „Würden sie diese Mädchen zu einer unbedingten Gefängnisstrafe verurteilen, weil es sich gegen ihren Peiniger gewehrt hat? Hat es nicht in Notwehr gehandelt? Was ist hier anders als im erwähnten Beispiel? Liegt der Fall nicht gleich? Wäre es nicht eine Diskriminierung, wenn man hier anders entscheiden würde, nur weil der kleine Vietnamese ein Junge ist? Haben wir ein geschlechtsspezifisch unterschiedliches Notwehrrecht?" Ich wies zwar darauf hin, dass der Junge natürlich nicht gerade 53 Mal hätte zustechen müssen. Er habe aber im Wahn und im Rausch wie von Sinnen gehandelt. Notfalls könne das Gericht Notwehrexzess annehmen und ihn zu einer geringfügigen bedingten Strafe verurteilen.

Das Gericht folgte nach langer Beratung diesem Antrag und entschied auf Notwehrexzess.

Nach der Urteilsverkündung ging wieder ein Raunen durch die Reihen der Zuschauer. Der Gerichtspräsident begründete sein Urteil mit ähnlichen Worten, wie ich sie im Plädoyer vorgetragen hatte. Das Publikum nickte zum Teil verständnisvoll. Es hatte diese Aspekte nicht gesehen und ging, von der Boulevardpresse aufgestachelt, von einem brutalen Mord aus. In der Vorhalle vor dem Gerichtssaal suchten einige das Gespräch mit mir und pflichteten meinen Argumenten mehrheitlich bei. Ich konnte den Vietnamesen vor dem Gefängnis bewahren, aber den Teufel austreiben konnte ich ihm nicht. Der Hellseher war verblichen. Seinen eigenen Tod hatte er nicht vorausgesehen.

65. Er leckte seinem Lehrer die Füsse

Der Lehrer war ein fachlich hervorragender Pädagoge. Er war beliebt bei den Schülern, den Eltern und den Schulbehörden und er liebte sie auch. Besonders die Schüler zwischen 16 und 18. Eigentlich war er ein ganz normaler Lehrer, hatte eine Familie, eine sehr sympathische Frau und drei liebe und aufgeweckte Kinder, die ihm viel Freude bereiteten. Aber er hatte auch ein Faible für Knaben. Solchen gab er Nachhilfestunden bei sich zu Hause oder in der Schule. Die Mädchen brauchten weniger Nachhilfestunden oder er brauchte die Mädchen nicht in den Nachhilfestunden. Nach den Lektionen führte er interessante Gespräche mit den Knaben, welche meist ein starkes Abhängigkeitsverhältnis zu ihm entwickelten, so dass er nicht viel Druck einsetzen musste, um zu seinem Ziel zu kommen nämlich, um sie zu befriedigen oder sich von ihnen befriedigen zu lassen.
Er selbst hatte eine Klosterschule besucht, wo er von Priestern missbraucht worden war und wo er diese seinerseits hatte befriedigen müssen. Und so war es nicht unerklärlich, dass er das, was er über sich ergehen lassen musste, von seinen Lieblingsschülern verlangte, wohl aber unverständlich. Er ging bei der Auswahl seiner Schüler und bei der Annäherung an sie so behutsam vor, dass sie freiwillig in seine Verführungen einwilligten und ihn nicht anzeigten, sondern die Zuneigung erwiderten. Gedroht hatte er ihnen nie. So blieb sein Handeln über lange Jahre unentdeckt und auch seine Familie blieb völlig ahnungslos, bis ein junger Mann nach etwa zehn Jahren, als er in einer psychiatrischen Behandlung wegen Drogenabhängigkeit stand, ihn verriet und ein Strafverfahren ins Laufen brachte.
Er gab alle Taten zu, wurde als Lehrer sofort entlassen und seine Frau fiel aus allen Wolken, hielt aber zu ihm. Seinen Kindern konnten die Taten vorenthalten werden, weil die Familie

unverzüglich in eine andere Gegend der Schweiz zog. Der Fall erregte viel Aufsehen und die lokale und die schweizerische Boulevardpresse berichtete darüber. Aus der Untersuchungshaft schrieb der Lehrer an seine Frau Briefe mit Entschuldigungen und Liebesbeteuerungen. Sie hielt ihm die Stange. An der Hauptverhandlung, bei der ich ihn vertrat, fragte der Richter den Lehrer, was er sich bei diesen Taten denn gedacht habe und ob ihm nicht der Ekel gekommen sei, als er die Knaben verführte. Er antwortete, Ekel sei in ihm wirklich einmal aufgekommen, als er auf dem Ledersofa im Hause eines Schülers, dessen Eltern in den Ferien weilten, einen 69iger vollzog, der Schüler ihm die Socken auszog und an seinen Zehen zu lutschen begann. Da sei ihm bewusst geworden, dass er etwas Falsches getan habe und er habe aufgehört, sich an Schülern sexuell zu vergehen. Dies sei vor ca. zehn Jahren gewesen.

Und gerade da hängte die Verteidigung ein, nicht an den Füssen, sondern an den zehn Jahren. Damals stand die Verjährung sexueller Taten in Diskussion und im Umbruch. Die Verfolgungsverjährung war damals bei solchen Delikten fünf bis zehn Jahre. Gewisse neue Verjährungsfristen waren in der Zwischenzeit in Kraft getreten, aber hatten keine Vorwirkung auf Taten, welche vor Beginn der Verjährungsfristen begangen worden waren. Ich absolvierte buchstäblich einen Slalomlauf durch die verschiedenen Verjährungsfristen für meines Klienten und blieb an keiner Torstange hängen, sodass das Gericht die meisten Taten als verjährt betrachten musste und er für diese nicht bestraft werden konnte. Nur ein kleiner Teil der Taten blieb hängen, was zu seiner bedingten Verurteilung führte.

Das löste einen Tsunami der Entrüstung in Bevölkerung und Presse aus. Richter und Staatsanwalt wurden in der Luft zerrissen. Sie erhielten anonyme Morddrohungen. Der Gerichtspräsident musste unter Polizeischutz gestellt werden und konnte sich eine geraume Zeitlang nicht mehr frei bewegen. Ganz offensichtlich hatten weder die Presse noch der Mann der Strasse verstanden, worum es ging. Der Täter musste nach dem Menschenrechtsgrundsatz, „Nulla poena sine lege" d.h. keine Strafe, wo kein klares Gesetz besteht, verurteilt werden und wegen der Verjährungsfristen entschlüpfte er den meisten Taten. Über mich stand nichts in der Zeitung. Kein Ruhm und kein Tadel. Ich genoss still meinen moralisch fragwürdigen, rechtlich aber unerschütterlichen Erfolg.

66. Streit um den Mietzins für ein Massageinstitut

Das Massageinstitut war in einem dreistöckigen Haus, ursprünglich wohl einem kleinen Mehrfamilienhaus, an einer befahrenen Strasse als Alleinmieter eingemietet. Im Keller war die Sauna, ein Whirlpool mit Duschen, im Parterre die Küche und ein Begegnungs- und Kontaktraum, im oberen Stock waren die Räume, in die sich der Klient zur Massage oder zur Befriedigung anderer Bedürfnisse mit einer Dame zurückziehen konnte und hinter dem Haus war ein grosser Garten mit Sitz- und Liegegruppen und einem grossen Fernseher, wo sich die Herren von der Entspannung erholen konnten.

Das Haus hatte, schon bevor die Puffmutter es inklusive eingerichtetem Massagesalon mietete, einen solchen beherbergt. Die Hauseigentümerin hatte diesen betrieben, bevor sie sich aus Altersgründen zurückzog und in ihrem Heimatland, den Philippinen, den, wie es hier ein wenig euphemisch tönt, wohlverdienten Ruhestand genoss. Diesen hatte sie allerdings früh angetreten, denn sie war erst in den frühen 50igern. Er war auch gut gepolstert, denn der Mietzins betrug inklusive Inventar 8000 Franken pro Monat, und, ob soviel gerecht und verdient waren, darüber schieden und stritten sich die Geister.

Die Mieterin und ihr Sugardaddy kamen zusammen zur Besprechung mit mir und beklagten sich über die überteuerten Mietkosten. Sie hatten diese schon zehn Monate nicht mehr bezahlt und die Vermieterin würde die Ausstände demnächst einklagen lassen, wie sie durch ihren Treuhänder angedroht hätte. Das Mietobjekt wurde in den düstersten Farben geschildert. Es war offenbar alt, abgenützt und das Mobiliar verbraucht. Die Sauna war nicht gut isoliert, der Whirlpool funktionierte nur unzuverlässig, die Betten waren durchgeritten und teils defekt und das Haus war feucht, nie renoviert worden und der Keller ein feuchtes Desaster. „Sie müssen sich dies alles einmal ansehen, Herr Rechtsanwalt", erklärten sie, „der Mietzins ist viel zu teuer, und wir haben wegen des schlechten Zustandes des Objekts viel Umsatz eingebüsst. So ein Objekt müsste luxuriös aussehen, wenn man entsprechende Honorare fordern möchte". Offenbar war auch dem Daddy der Sugar ausgegangen oder er wollte ihn besser als in die Puffmutter und ihren Betrieb investieren.

Ich nahm Verhandlungen mit dem Treuhänder der Philippina auf und die Parteien vereinbarten, einen Augenschein vor Ort zusammen mit einem Experten durchzuführen. Danach sollte ein gerechtfertigter, ortsüblicher Mietzins ermittelt werden. Der Ortstermin war um zehn Uhr an einem Morgen angesetzt und Treuhänder, Experte, dessen Assistent und ich trafen sich vor dem Objekt. Wir läuteten, warteten, läuteten wiederum und warteten weiter. Nichts geschah. Es war mäuschenstill im Haus. Offenbar hatte die Puffmutter den Termin verschlafen und Kunden wurden um diese unchristliche Zeit noch nicht erwartet. Ich rief den Sugardaddy an, ob er die Tür aufmachen könne. Dieser erklärte, wir sollen ums Haus gehen und Steinchen ans zweite Fenster, von der Strasse aus gesehen, im ersten Stock werfen. Dort schlafe die Chefin, werde so geweckt und würde dann schon aufmachen. Gesagt getan. Wir bemühten uns mit unterschiedlichem Erfolg, das Fenster zu treffen und die Dame zu wecken. Schliesslich, nach drei bis vier Treffern, zeigte sich ein etwas zerzauster Blondschopf in einen schwarzen Seidenkimono gekleidet und erklärte, er würde die Tür bald aufmachen. Nach zehn Minuten des Wartens näherte sich von innen Gebell im Basston der Haustür und wurde immer kräftiger. Offensichtlich hatte die Dame keinen Chihuahua als Schosshündchen. Die Tür wurde zuerst einen Spalt geöffnet und heraus lugten der Blondschopf und ein Dobermann. Dessen gewahr, legten sich die Hände der Herren instinktiv schützend, wie beim Freistoss im Fussball, auf den Schritt. Nachdem der Dame klar war, dass hier keine Gruppe von Freiern im Anzug war, sondern ihr Anwalt mit Experten und dem Vertreter der Vermieterin, wurden die Herren freundlich eingelassen, nachdem sie noch versichert hatte, der Bluthund sei harmlos, was er mit einem Zähnefletschen quittierte. So konnten sie mit der Bewertung des Hauses beginnen.

Im Keller, wo der Experte mit seinen 190cm den Kopf einziehen musste, wurden die Sauna und der Whirlpool unter die Lupe genommen. Der Keller glich eher einem rustikalen, ungepflegten Weinkeller, nur dass es hier nicht nach Wein, sondern müffelig und nach Javelwasser roch. Der Whirlpool war vom Alter angegraut, die Aussenwand der Sauna war schimmelig und die Duschvorhänge mit unappetitlichen grauen Flecken übersäht. Die Herren fragten sich, wie einem hier der Appetit auf mehr aufkommen konnte. Auf der Treppe ins Obergeschoss begegnete ihnen ein später (oder früher) Freier, der errötete, als er einen der Herren erkannte. Im ersten und zweiten Obergeschoss waren die Schlafzimmer. Alle kleinbürgerlich mit heimeligem Holztäfer ausgestattet, welches teils mit grossformatigen Bildern erotischer Schönheiten überdeckt war, roten Lampen und den üblichen Utensilien auf den Nachttischchen, XXL-Boxen mit Kondomen und Tuben mit Gleitschutzmitteln. Die Zimmer waren allesamt spärlich, billig aber mit pragmatischem Sinn fürs „Wesentliche" eingerichtet. Im zweiten Obergeschoss befand sich ein Zimmer, indem zwei Königinnen der Nacht selig schlummerten und eines, wo eine Prinzessin schnarchte und sich durch unser Eindringen gestört räkelte. Nach kurzer Öffnung der Türen zogen sich die Herren teils erschreckt über die angetroffenen Schönheiten, teils schockiert über den austretenden Körper- und Schweissgeruch, der sie an ihre Militärdiensttage erinnerte, schnell wieder zurück. Im Kontaktraum hielten sie eine kurze Lagebesprechung und

Instruktion des Experten ab, während eine matinal veranlagte Irma la Douce sich einen Kaffee kochte.
In der Expertise wurde festgestellt, dass der Mietpreis weit über dem ortsüblichen war. Das Objekt sei nie renoviert worden und in äusserst bescheidenem, wenn nicht teils erbärmlichen Zustand. Ich erklärte vor Gericht, dass beim Mietzins auf die Ortsüblichkeit abzustellen sei und nicht branchenspezifisch, in Branchen, wo die Marge relativ hoch sei, ein dermassen überhöhter Mietzins angesetzt werden dürfe, denn hier eigne sich das Mietobjekt nicht für ein luxuriöses Unternehmen. Ich wies auf die einzelnen Mängel hin, insbes. die Tatsache, dass Sauna und Whirlpool von grösseren Menschen, wie z.B.dem Herrn Gerichtspräsidenten kaum benutzbar seien und ich lud den äusserst hochgewachsenen Präsidenten ein, im Beweisverfahren doch einen Augenschein durchzuführen. Dieser lehnte dankend ab. Er werde diesen Ort, welcher einen Schandfleck in der Gemeinde darstelle, sicher nie, auch nicht in einer Beweisabnahme, betreten. Überhaupt habe er keine Lust, sich mit dem Fall zu befassen. Die Parteien sollten sich vergleichen. Er unterbreitete einen Vergleichsvorschlag und, nach Konsultation der abwesenden Vermieterin durch deren Vertreter, willigte diese ein, nachdem die Massagebetreiberin schon an der Hauptverhandlung damit einverstanden war.
Der Schandfleck ist zum Leidwesen des Herrn Gerichtspräsidenten nicht ausgemerzt worden. Er hat aber eine neue Betreiberin gefunden. Das Laster stirbt nie aus. Es ist nicht alles vergänglich.

Der Autor

Der Autor ist in der Ostschweiz geboren und hat dort seine Jugend verbracht. Seine Ausbildung unterbrach er für Wanderjahre in den Orient, Indien, Nepal, Sri Lanka, Japan und nach den USA. Er war danach während ca. 35 Jahren selbständig praktizierender Rechtsanwalt in einer gut eingeführten lebendigen Anwaltskanzlei mit Partnern und Mitarbeitern. Die hier anekdotisch beschriebenen Fälle haben sich alle in diesem Zeitraum in seiner Kanzlei zugetragen. Die meisten Fälle hat er selber, einzelne hat er zusammen mit anderen Anwälten der Kanzlei und einige haben seine Partner betreut.

Seinen dritten Lebensabschnitt verbringt er hauptsächlich in Vietnam, wo er in einem Traveller Lodge in vielen Sprachen Touristen Reisetipps gibt, Hoteliers Englischlektionen erteilt und Reisegeschichten austauscht. Er bewirbt sich derzeit um die Vietnamesische Staatsbürgerschaft und wird einen vietnamesischen Namen erhalten. Als Pseudonym für seine Publikation verwendet er den Namen Dr. Simon George. In der südvietnamesischen Regenzeit lebt er in der Türkei. Den Erlös aus diesem Buch möchte er Kindern in Ham Ninh, Vietnam, deren Eltern sich ihre Schulbildung nicht leisten können, zukommen lassen, damit sie mindestens während fünf Jahren die Schule besuchen können. Ferner möchte er bedürftige Kranke für notwendige Behandlungen unterstützen.

Ham Ninh, Phu Quoc Island, im November 2016